李伯元——原著　蔡登山——主編

評點
晚清人物

南亭筆記

李伯元和《南亭筆記》

蔡登山

魯迅在談晚清譴責小說時，指出劉鶚的《老殘遊記》、李寶嘉的《官場現形記》、吳沃堯的《二十年目睹之怪現狀》和曾樸的《孽海花》，稱為：「晚清四大譴責小說」。

李寶嘉（一八六七－一九〇六），字伯元，號南亭亭長，筆名遊戲主人、謳歌變俗人、二春居士等，江蘇常州武進人。生於世宦之家，他祖父、父親、伯父都是科第出身，有的在地方任牧令、監司，有的在京城官居樞要。伯元生在山東，三歲時，父親去世，隨母住堂伯父李翼清家。當時李翼清任山東道員、東昌府知府，伯父對他督教甚嚴，母親只此一個兒子，更是把全副心力放在他身上。伯元自幼聰慧好學，興趣廣泛，每當夜深人靜之際，淡月孤燈之下，攻讀不止。他擅長制藝詩賦，善於繪畫篆刻，懂得金石考據，可謂多才多藝。光緒十八年（一八九二）翼清辭官，伯元隨之由山東返回常州。此時，坐落在北門外青山橋畔羅武壩的祖宅，已在戰亂中毀壞，於是在城內青果巷選擇一處房屋居住。過了二年，伯父去世。他曾中鄉試第一名秀才。但後來始終未能考中舉人，仕途失意，這對他後來思想的變化，痛感官場黑暗，敢於起來加以揭露鞭撻，是有重要意義的。

一八九五年甲午中日戰爭爆發，內憂外患刺痛了李伯元的心，又因受到維新變法維新思想影響，他放棄了對科舉的追求，於一八九六年到上海進入《指南報》擔任編輯工作，該報於一八九六年六月六日創刊，創辦者為西商（並非李伯元）。一八九七年六月二十五日，李伯元自己創辦了《遊戲報》，每期四頁，約五千字，文字、廣告各占一半，有市井新聞、諧文、詩詞、燈謎、碑傳、楹聯、酒令、論辯等欄目。李伯元的本意是要借遊戲之說，嘲罵之文，對貪官污吏及政治腐敗現象加以揭露、諷刺、譴責，希望社會現實有所改良、變革。《遊戲報》開創了以小說、唱詞、詩賦等文學作品來反映時事的先河，為清末各小報仿效，被譽為「晚清文藝小報之巨擘」。

《遊戲報》出版後，一時靡然從風，效顰者踵相偕也。李伯元喟然嘆曰：「何善不趨而不知變哉？」於是他將《遊戲報》轉讓給他人，於一九〇一年四月七日在上海創辦第二份報紙——《世界繁華報》，該報為日報，闢有諷林、藝事志、野史、時事嘻談、小說、論著、譚叢等欄目，也以暴露、嘲諷官場腐敗現象為主。該報並開始大量連載小說、彈詞等文學作品，曾連載了李伯元的《官場現形記》、《庚子國變彈詞》，及著名譴責小說家吳趼人的《糊塗世界》等。在李伯元成功創辦《世界繁華報》的影響下，上海各小報紛紛蔚起，他因而被稱為小報界的鼻祖。

當時，李伯元住在上海勞合路（今六合路），那裡妓院叢集，他特意在大門上貼了一副對聯「老驥伏櫪，流鶯比鄰」，在此環境下，他開始撰寫《官場現形記》，該小說由若干獨立的短篇小說連綴而成，原計畫寫一百二十回，後因病，只寫了五十多回，再由朋友歐陽巨源補綴而成至六十回。該書所寫的基本上是他從親友處收集來的實事逸聞，大都實有其人，實有其事。惟都不用真名，而所用假名亦皆有寓意，明眼人一望而知。如第三十八回的〈丫姑爺乘龍充快婿〉，指湖北協統張彪。如第四十三回〈八座荒唐起居無節〉，指的是張之洞，四十四回提到的太監，即指李蓮英，全面而集中地描繪了晚清時期形形色色的官僚群像，反映了整個官場的貪賄、欺詐等醜惡現象。由於他善於以滑稽玩世的文風貶斥時弊，所以頗受讀者歡迎，成為晚清四大「譴責小說」之一，在連載的同時，還被報館分五編先後單行出版，在中國文學史上頗有影響。李伯元也在這段期間從報人向小說家轉型的。

一九〇三年，李伯元應商務印書館之聘，擔任《繡像小說》半月刊的主編，該刊自一九〇三年五月創刊至一九〇六年三月終刊，歷時三年，共刊行七十二期。該刊經常刊載吳趼人等人的作品，曾連載了劉鶚的小說《老殘遊記》，也連載李伯元自己的創作，如《文明小史》、《活地獄》、《海天鴻雪記》、《中國現在記》、《醒世緣彈詞》等十餘篇小說與彈詞，《繡像小說》也是借文藝形式針砭社會醜惡現象的刊物。為吸引讀者，版面上還穿插一些彈詞、戲曲和雜文，所刊小說均配上繡像插圖，圖文並茂，很受讀者喜愛。此時李伯元小說家的身分已經蓋過當初的報人身分，成為晚清著名的譴責小說家。

李伯元還擅長繪畫，閒時用於消遣。但他的生活並不景氣，常常負債，某年除夕，討債人接踵而來，他只得跑到一個茶館躲避。據《文壇逸話》說，李伯元向吳趼人借了大洋兩百元，都沒有還，直到他病得差不多要死了，吳趼人去看他，李伯元說：「我借了你的錢沒有還，現在我差不多要死了，今生還不起債，只好來生變做犬馬來報答你。」吳趼人聽了，心中很難過，就答道：「你不要為我這筆債著急，我不要你還呢。」吳趼人回到家裡拿了借據，來到李伯元的病榻前，說道：「你這兩百元的借據，我如今就在這裡燒了。」他還再贈李伯元二十元，做為醫藥費。工作的繁重和生活的困頓使他患了肺病。一九〇六年因肺病惡化在上海逝世，年僅四十歲。遺著有《芋香室印譜》、《南亭筆記》、《南亭四話》及多種書畫作品。

《南亭筆記》一九一九年由上海大東書局印行，為石印線裝本四冊。一九二四年二月再版，全書十六卷，約十三萬字。大東書局廣告云：「南亭亭長李伯元先生，為近時小說家巨擘。此其遺著，書中所記，多為前清一代遺聞軼事，上自宮廷，下至閭巷，自云得諸四方友人所傳述，無事不確，無語不新，非東抄西撮，臆造偽託者可比，曉嵐、留仙，差可比擬，讀者當信言之不謬也。坊間素無印本，本局覓得原稿，精印行世。」對於書之內容，魏紹昌在所編的《李伯元研究資料》一書中說：「但書內顯然混有他人之作，如卷十二第八頁記紹興府貴福後任劉嶽云：『以黃紙印成太皇太后牌位，飭差傳諭居民，購買供奉。』按貴福因殺秋瑾調離紹興府，此太皇太后牌位指光緒和慈禧，兩人均死於一九〇八年。又如卷十四第二頁記陳小石中丞『飾言某官所獲太湖梟匪，其實徐錫麟類也』。按徐錫麟暴露革命黨身分在一九〇七年。以上二則所記均為李伯元逝世（一九〇六年）以後之事。書內非李所作或不僅此兩則，然因混雜在一起，已頗難一一甄別了。」

《南亭筆記》主要是記述清朝，特別是晚清的一些著名人物及遺聞軼事，還有當時的官場情狀。其中所涉及的人物有：康熙、雍正、年羹堯、鰲拜、納蘭明珠、肅順、懷塔布、安維峻、世續、剛毅、洪承疇、金聖嘆、吳三桂、和珅、甘鳳池、方苞、姜宸英、劉石庵、張嘉祥、紀曉嵐、畢秋帆、邵慕濂、劉春霖、何子貞、洪鈞、潘祖蔭、丁日昌、林則徐、胡林翼、馬新貽、郭崇齡、曾國藩、曾國荃、左宗棠、彭玉麟、李鴻章、任伯年、趙爾巽、袁世凱、吳大澂、趙舒翹、王文韶、邊壽民、翁同龢、陸潤庠、樊增祥、瞿鴻禨、鹿傳霖、劉坤一、李興銳、吳稚暉、王之春、鄭孝胥、蘇元春、文廷式、譚鍾麟、沈曾植、梁鼎芬、唐蔚之、徐世昌、徐桐、張蔭桓、胡雪巖、何桂笙、張之洞等等。頗多道人所未道者，可補正史之失。

此次據上海大東書局版重新打字點校排版，並製作小標題，便於讀者檢尋，是繁體版的重排版的首次出版。

目次

卷一

卷二

卷二

卷四

卷五

卷六

卷七

卷八

卷九

卷十

卷十一

卷十二

卷十三

卷十四

卷十五

卷十六

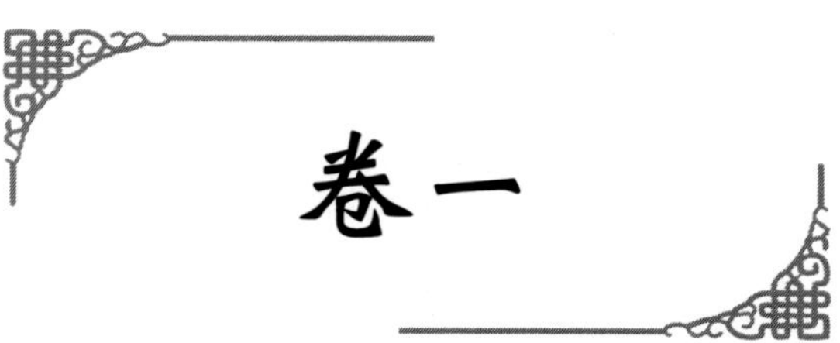

卷一

嚴禁內官干預政事

滿清起於長白，多爾袞進關，掃除李闖，奪取明室，據有中國。自順治時，殷鑒前代宦官之禍，乃立鐵牌於交泰殿，以示內官不許干預政事。乾隆朝待之尤嚴，稍有不法，必加棰楚。又命內務府大臣監攝其事，以法周官冢宰之制。有內監高雲從，稍洩機務，帝聞之大怒，將高立置磔刑，其嚴厲如此。

康熙賞侍衛

康熙秋狩木蘭，方極風毛雨血之樂。有人奏吳三桂叛，帝聞之不懌。已而歎曰：「此所謂虎兕出於柙，龜玉毀於櫝中。」左右皆不解所謂，竊竊私語。一侍衛曰：「佛爺說的，是典守者不得辭其責也。」康熙大喜，乃謂曰：「汝能讀《四書注》，甚佳。」遂厚賚之。

康熙怒貶嬪妃

康熙暮年，牙齒盡脫。嘗在池上，率嬪妃釣魚取樂。偶舉竿得一鰲，旋脫去。一妃曰：「亡八撓了（北京謂走曰撓）。」皇后在左曰：「光景是沒有門牙了，所以銜不住鉤子。」妃斜視康熙，而笑不止。康熙怒。以為言者無意，笑者有心，因貶妃終身不使近御。

典史盡責

康熙南巡時，鑾輅所經，督撫派員除道。左右為夾道，聽官民往來，御道居中，禁人行走。某典史巡視某處，聖駕未臨。有太監戴孔雀翎，彪彪然直馳御道，典史阻之。太監叱曰：「若何人斯，敢阻咱老子耶！」典史命拖下馬，械至官棚，坐堂執法。舊例刑太監不褫下體衣，如存婦人顏面也。典史不知，扯袴杖責。太監叩頭乞哀乃罷。督撫聞而讓之。典史曰：「卑職典守御道，只知有聖駕，不知所謂太監也。」督撫詣行在具奏，自請處分。帝問典史何在，奏曰：「待罪宮門。」帝曰：「其人有此膽量，不宜辱以典史。」召見，甚寵異之，以四品官用，旋擢是省巡撫。

雍正知人

雍正事必躬親，不遑暇食，萬幾之暇，手批臣下奏札，無不洞中隱微。南府傳戲，御史某力諫其事，具疏三次。雍正乃批云：「爾欲沽名，三折足矣。若再瑣瀆，必殺爾。」又批云：「狗食骨，人奪之，豈不恨。」蓋御史某嘗昵一優，優被南府選入當差，故御史某假公以濟私也。其知人隱微如此。

雍正斃杖伶人

雍正萬幾之暇，罕御聲色。偶觀雜劇，有演《繡襦記》院本，鄭儋打子之劇，曲伎俱佳，大喜，賜食。其伶人某，偶問今常州守為誰（戲中鄭儋，乃常州刺史）。帝勃然大怒曰：「汝優伶賤輩，何可擅問官守？其風實不可長。」因立斃杖下。

雍正有密探

康熙誕生皇嗣甚多，故當雍正在外邸時，恒與商賈雜處，以深自韜晦。江湖間奇材異能之士，皆陰蓄之，以備他日之用。及登大寶，各省皆置祕密偵探隊，吏民一舉動必以聞。吏則溺職有誅，民則偶語有罰，朝野肅然，不敢相欺詐，蓋皆得力於此輩之飛簷走壁，故使在下無遁情也。新簡某省巡撫某中丞，頗有政聲，暮夜視事已畢，在上房與夫人輩鬥小牌為戲，即俗所謂接龍者。未及數次，忽失去么六牌一張，遍覓不得，亦遂聽之。無何，廷寄至，著來京，毋庸開缺。中丞即入都陛見，召對一次，略無所問，著回任供職，殊不解被召之由。及陛辭，叩頭而出，雍正特意呼之使返。徐探懷出一物予之曰：「幾乎忘卻，此卿家物也，可攜去。」視之，么六牌一張也。大驚失色，流汗沾衣，趨出。由是衾影必慎，卒以功名終。

乾隆以〈無逸〉靜心

乾隆於勤政殿扆間御書〈無逸〉一篇，以之自警。凡別宮離館，其聽政處皆顏「勤政」，以見雖燕宴遊覽，無不以蒞政為要。後暮年少寢，乃默誦〈無逸〉七「嗚呼」以靜心焉。

乾隆善射箭

乾隆初年，例每月朝孝聖憲皇后於暢春園者九，因於討源書室聽政。乙巳秋，天氣肅爽，帝乃習射門側，發二十矢，中者十九。侍班諸臣，無不悅服。齊侍郎召南以詩紀之，帝賜和其韻。即命鐫諸壁上，以示武焉。

御湖有明珠

乾隆初，有小內侍夜於御湖泛舟，見神光燭天，自湖中出。因網羅之，得蚌徑尺。中有明珠寸餘二顆，相連如葫蘆形。內監不敢匿，因以進。乾隆嵌於朝珠，晶瑩異常。夫御湖非孕珠之地，而獲此奇寶，異矣。

順天府尹救鄉人

乾隆南幸，乘輿出國門才里許，鄉人某荷鍤迎觀。侍衛出刀于鞚，斥去之，鄉人倔強不少卻。一尉持梃撻其顱，鄉人負痛而號奔。乾隆驚詢何事，以刺客對。大怒，命縛交順天府尹，嚴鞫論擬。府尹某，廉得其情，知鄉人實非刺客，且恐興大獄也，即具摺覆奏。略謂：「鄉人某，素患瘋疾，有鄰右切結可證，罪疑惟輕，且無例可援。鄉人某某，著永遠監禁，遇赦不赦；地方官疏於防範，著交部議處。是否有當，伏乞聖鑒訓示。」云云。疏上，稱旨。即奉批答：「著照所奏，妥為辦理。欽此。」故至今論者韙之，謂能顧全民命。不獨鄉人感德，即失事之地方官，亦在斡旋之中矣。

察爾奔泰善諫

乾隆南巡，駐蹕蘇州靈巖。靈巖有古梅，大逾合抱。時正繁花如雪，乾隆時摩挲愛惜之。內大臣察爾奔泰忽拔佩刀作欲斫狀，乾隆大驚，止之曰：「汝何恨！」察伏地奏曰：「恨其不生於京師圓明園，致聖主有跋涉江湖之險也！」乾隆聞奏默然。於是察爾奔泰善諫之名，乃大著於世。

乾隆慧眼識翰林

乾隆嘗試諸翰林，題為〈汚巵賦〉。諸翰林不得其解，有誤「汚」為「窊」者。一翰林知，為擬傅咸〈汚巵賦〉。繳卷後，以為必得高等矣。揭榜，名次甚後。乾隆帝因語近臣曰：「殿廷之上，接膝而坐，苟以語眾，未必失儀。此人秘而不宣，乃刻忮小人也。尚望前茅哉！」諸翰林聞之，相與嘆服不已。

松苓酒

乾隆時，張文敏獻松苓酒。此酒製法，於山中覓古松，伐其本根，將酒甕開壇埋其下，使松之精液吸入酒中。逾年後掘之，其色如琥珀，名曰「松苓酒」，帝喜飲之。說者謂此酒能延壽云。

乾隆賜鹿

乾隆庚寅，舉行六十萬壽禮。錢文端公獻竹根如意。帝批札云：「未須僧紹之賜，恰致公遠之貢。文而有理，把玩良怡。今賜卿木蘭所獲鹿，服食延年，以俟清晤。」其風趣如此。

章攀桂拍錯馬屁

淮揚道章攀桂，以吏員起家，素工獻納。乾隆南巡，章司行宮陳設，欲媚上歡，以鏤絲造吐盂，設坐側。帝見之，瞿然曰：「此與七寶溺器何異？」心甚惡之。終其身不遷其官。

嘉慶警告和珅

和珅與朝貴偶語，必盛稱太上皇。嘉慶密偵得之，怒詈曰：「和珅奴才，可恨蔑視朕躬，不給他一個信，他還做夢哩！」翌日，召見便殿，低聲語和曰：「太上皇待你好麼？」和頓首答曰：「太上皇恩典，天高地厚，奴才雖死不忘。」嘉慶又問曰：「然則朕待你如何？」和又頓首答曰：「陛下待奴才恩典雖異於太上皇，奴才誓以死報。」嘉慶又曰：「好個誓以死報！」又問：「太上皇與朕孰賢？」和頓首謝曰：「奴才不敢說。」強之，乃曰：「太上皇有知人之明，陛下有容人之量。」嘉慶笑曰：「好個容人之量，你候著罷！」和戰慄辭歸，汗流浹背，重棉為濕。

和珅危疑慘怛

乾隆登遐，嘉慶秘喪不發，密遣內豎矯太上皇旨，召和相入宮。使者去，嘉慶遲和於便殿。和入見嘉慶，俯伏行君臣禮。嘉慶色甚霽，賜箭衣一襲。衣制短後，兩袖亦窄甚。嘉慶促和衣之。和無奈，脫舊衣，更新衣，袖窄格不得入。強納之，必敝，恐滋咎戾，遂不復御。內豎抗聲詰之，以袖小對。嘉慶笑曰：「袖是不曾小，你的拳（權）太大了。」和知有變，請見太上皇。嘉慶偕之入寢宮，知已崩逝，始大哭。嘉慶亦哭。既而語和曰：「皇考待汝如何？」和嗚咽曰：「先帝恩典，天高地厚，奴才沒齒不忘。」嘉慶曰：「皇考棄天下時，遺詔以汝為殉。汝前云『誓以死報』朕躬，猶憶之否？皇考待汝不薄，死以身殉，義不容辭。汝今日之死，不過略報涓埃，苟得其所死，可無憾。」因出遺詔示之。和大駭，淚墜如斷綆。跪奏：「家有老母，奴才死，母無生理。奴才死不足惜，如老母何？」嘉慶笑曰：「言猶在耳，忠豈忘心。汝今日云云，負皇考甚矣。」言已，縱之使去。和危疑慘怛，遂成心疾。

道光善騎射

道光才藝超邁，而尤嫻騎射。所御彈弓，能於百步外瞄準擊飛鳥，百不失一二。天理教徒之變，宮門戒嚴，亂匪已定期闖宮。是夜，適大雷電，道光親挾彈弓，巡行各處。見匪已越登宮牆，急發彈擊之，無不應弦而倒。回至乾清宮，忽見有一人立殿脊上，手揮令旗，號召匪黨。欲擊，則彈已告罄。即於御袍上齧下金鈕扣，連珠發去，擊中其目，立即顛墮，破腦而死。未幾，即大雨如注，匪遂不得逞。論者謂是役也，固賴道光英勇，而匪之所在，電光輒屢照之，俾帝得展其長，是亦清運之尚未盡耶（按：此當是仁宗年間帝為阿哥時之事）？

咸豐躬行節儉

咸豐初親政，躬行節儉，上書房門壞其樞，左右請易門，咸豐不許，命修之。照例下工部招商承辦。修訖，報銷銀五千兩。咸豐大怒，將問有司罪。有司懼，謂係五十兩之誤。遂罰廠商，以寢其事。既而咸豐新御一杭紗套袴，偶失檢，致燒傷成窟窿，約蠶豆瓣許大。左右請棄置弗用，咸豐再三惋惜曰：「物力艱難，棄之可惜，宜酌量補綴之。」左右皆稱頌古賢君衣有經三浣者，主子儉德，殆猶過之。咸豐亦遂置不問。及明年，尚衣又以此進御。咸豐視之，雖完好如初，然補綴痕可數也。問之，始知係由內務府發交蘇織造承辦。然補此區區一窟窿，報銷銀已數百兩有奇。咸豐乃慨然歎曰：「為人君者，儉猶不可，而況奢乎？」由是不敢復以意旨喻近臣，蓋恐益增煩費也。

某臣向道光推薦淫書

某某年，道光御便殿，召見最親幸之某旗員。時長晝如年，道光倦甚，因問有何消遣之良法。某對曰：「臣以為讀書最佳。」道光曰：「讀書固佳，然書貴新奇，耐人尋味。內府群書，朕已遍覽，不識外間有何妙書，足供寓目否？」某率爾對曰：「妙書甚多，即如奴才所見之《金瓶梅》、《紅樓夢》、《肉蒲團》、《品花寶鑑》等，均可讀之以消遣。」道光聞而茫然，略記其名，頷首稱善。明日於軍機處見潘文恭公，笑問曰：「聞卿家藏書甚富，如某某等書，諒必購置。」公大驚，伏地叩頭不起。道光曰：「第欲問卿借書，何遽至此？」公乃婉奏：「此皆淫書，非臣家所敢蓄，不識聖聰何以聞之？」道光默悟，即降手諭，將某嚴行申斥。

成親王善書

成親王以善書著名，所謂詒晉齋主人是也。一日趨朝，有侍衛以一箑相求，王命僕從收之。顧而微哂，詰旦還其箑，侍衛喜逾望，展視，則橫書三字曰：「你也配。」王有潔癖，居恒明窗淨几，不染纖塵。其作書也，根王蒂趙，卓然自成一家。雅喜臨池，若宿墨劣縑，避之若浼。一時海內風行，有必欲得之心，有必不可得之勢。蓋實有不可與尋常書家同年語，其矜貴有如此者。

成親王不著新衣

王丰裁峻朗，所御袍褂極舊，然熨貼整削，遠望之，恍如玉樹臨風。嘗奉朝命致祭某陵，當恪恭將事之時，圍而觀者如堵牆。爾時京華風尚，不著新衣，實王有以啟其漸也。

乾隆賜名十二字

乾隆時，滿州蒙古王大臣，由乾隆命之名科爾沁王豐紳濟倫。「豐紳」二字，乾隆所加（豐紳，清語有福澤也）。御前行走科爾沁王「鄂勒哲依忒木爾額爾克巴拜」，亦乾隆命之名。（鄂勒哲依，蒙古語有福。「哲依」二字急讀。忒木爾，有壽。額爾克，鐵也。巴拜，寶也。）王為大長公主所鍾愛者，帝幼時期其有福有壽，結實如鐵，而又珍奇若寶也，故以是名之。一名至十二字，實為歷來所未有。

禮親王篝燈夜讀

禮親王號「嘯亭外史」。生而好學，雖造次顛沛，必手一編，尤深於許慎之學。十三齡，得《說文解字》，篝燈夜讀，時值嚴寒，圍爐竟夕。火發延及床帳，幾兆焚如。包衣輩了見紅光，咸攜水具集寢宮，王猶未釋卷也。

張獻忠死於豪格之手

肅武親王名豪格（滿洲風俗，生子皆呼為格。格者，哥音之轉也。小說《兒女英雄傳》安公子小名玉格，即其類也），張獻忠殪於其手。相傳張獻忠曾於塔中拆出一碑，文曰：「造者余化龍，拆者張獻忠。吹簫不用竹，一箭貫當胸。」獻忠一日騎馬巡行，肅武親王望見之，援弧一發，獻忠應聲而落。將士亟奔救，則死矣。人始悟所謂「吹簫不用竹」者，蓋肅武親王之「肅」也。

善耆禮賢下士

肅親王善耆，工於八法，然以日不暇給，往往命人代筆以節其勞。所印圖章，親書者為「松壺」二字，其餘則為「煙雲過眼」，識者以此辨之。王禮賢下士，頗有握髮吐哺之風，顏世清觀察尤為器重。一日袁項城乘頤和園跪安之便，至邸第，投官銜帖。延入廳事間，淪茗清談。忽閽者告顏至，僅持一片。王欣然曰：「請。」袁大為驚異。既退，遂委觀察以洋務局員差。大學堂胡煥，亦王上客。胡嘗致書座下，字大於拳，通篇狂草。王曰：「我可不論這個，但是我從來沒有看見這們大的字。」

善耆為人開明

肅王工嘔噱，與客閒談，提及《在野邇言》故事，肅邸笑曰：「照這樣說起來，我的名字叫『善耆』，不是可以對『惡少』嗎？」聞者歎為工絕。肅王人極開通，或與之談天下事，慷慨而言曰：「只要你們漢人弄得好，咱們旗人滾蛋都行。」嘗辦崇文門稅務，守正不阿，外人皆愛敬之，願與結納。西太后嘗顧榮文忠曰：「善耆認得的鬼子很多啊。」

恭忠親王善崑曲

恭忠親王嗜酒，喜唱崑腔，即侍者亦皆熟精此道。每小飲微醺後，即倚節而歌。未竟，顧侍者曰：「你來罷。」侍者連綴而下。王樂，則挹杯賞之。

孫菊仙開玩笑

王嘗召優演劇，上武戲。忽曰：「你們到臺下來打。」臺下，即丹墀也，俱鋪錦石，一翻筋斗，則腰骨受傷。類皆躊躇不決。王促之甚力，並命取銀為賞。孫菊仙在其側，戲曰：「你們好好兒的打，打完了，王爺非但賞你們每人一個錁子，並且賞你們每人一帖膏藥。」王始大笑而罷。

醇王有涵養

醇王春容大雅，實為懿親貴族中出色人才。考試經濟特科時，奉廷諭監場。某君攜荷蘭水入，去塞時，砰然激射，中王面頰。某君懼為呵叱。王略以手巾拂拭，詞色未嘗少變，人因服其涵養之深。

福康安異姓封王

清朝以異姓封王者，三藩而後，福康安一人而已。福為傅文忠第三子，初生時，文忠入告，上大喜，即賞散秩大臣。及歲，在御前行走。既長，沉毅勇敢，迥異常人。定回疆，平臺灣，剿川陝兩湖教匪，功高天下。然生平未見敵人一騎，蓋聲威所播，足以寒其膽也。

厚報恩人

福文襄官侍衛時，隨軍進征，中暑仆地，其儕無過問者。四川營兵王慶，獨奇其貌，覓涼水飲之，負行百餘里，始達大營。未幾督蜀，忽憶其人，令於行伍物色之。旋知為重慶馬兵，年六十餘，已退伍家居。亟飛檄招致，其人惶恐詣轅。福迎謁維謹，呼曰「恩人」，為具盛饌，並述往事。其人恍然知為十年前被救之中暑侍衛。顧老無宦情，瀕去，贐以千金。馳檄川東地方官，為置腴田三百畝，曠屋一廛，報之。

福蛙

福率兵西征，過一村落，日已曛黑，遂就僧庵止宿。蛙鳴聒耳，不能成夢。怒極，命材官捕之。材官獲一枚以獻。王見其青翠可愛，戲以朱筆點其額，復投之池。自是，此池之蛙額上灼然皆有朱點。有蓄一枚於家者，可祓火災，居民呼為「福蛙」。

候補邑佐有急智

福過粵省，供張甚奢。時方溽暑，醉後忽索涼冰。粵中素無是物，大吏惶懼無措。一候補邑佐，自稱能辦。命取大磁盆，盆以大塊水晶置其中，沃以井水進之。醉中不辨真偽，但覺涼氣襲人，大喜而去。大吏深德其人，不數年，洊擢知府，滿載而歸。

福康安享用豪奢

福享用豪奢，大軍所過，地方官供給動逾數萬。福既至，則笙歌一片，徹旦通宵。福喜禦茶色衣，善歌崑曲。每駐節，輒手操鼓板，引吭高唱。雖前敵開仗，血肉交飛，而嫋嫋之聲猶未絕。

教匪有邪術

征川陝教匪時，女酋楊一妹者，有邪術。能剪紙作刃，遙擲之，取敵人首於百步之外。練勁旅二，曰

「紅鸞」、「綠鳳」，十五六尖髮女也。貌皆婉孌妖冶，壯夫當之，輒披靡，後改名「長勝軍」。福行軍所向無敵，至是亦敗，大患苦之，按兵不動者七晝夜。諜往返三四，廉得其實。因選軍士之少艾白皙者美手姿者若干人，適符敵人之數。亦為二隊，曰「顛鸞」，曰「倒鳳」。餉以春酒（即媚藥），衣者裸之，出其勢翹然。令宣戰，而以奇兵殿其後。敵人整旅而出，見之大駭，掩面欲走。福驅兵襲殺，數千人無一存者，一妹援絕，亦被擄。

擅竊威柄

福生長華朊，而嫻習韜略，能利用士卒，與之同眠食，共甘苦。攘臂一呼，懦頑皆奮。川陝教匪之亂，蔓延豫楚，京師戒嚴。福以獨力刈大難，策殊勳，識者偉焉。然恃功而驕，往往擅竊威柄。大軍所至，勒令地方官盛飾供張。偶不當意，必取馬棰擊之，若撻羊豕。一令獨強項，且黠甚。福至，循例郊迎，勞軍之典殊簡略。福盛氣詰責，令不答，笑以鼻。福愈怒，欲以軍法從事。令抗聲曰：「縣令雖小，亦朝廷命官。只以民貧地瘠，不勝供應之苦，致開罪從者。若因此斷首，冤矣！必先斬香兒，正其鼓聲不揚之罪，卑職雖死無憾。」福大駭，笑謝之。香兒者，福之姬侍，易弁從戎者也。先是香兒挾瑟邯鄲，與令有舊。未幾，歸福。擅專房寵。令傳見時，香兒支頤炫服，立福側，目眈眈注視。故以言動之，不料其果是也。

侍衛奮勇

海蘭察以侍衛告奮勇，屢贊福文襄軍務。短小精悍，戰必前驅，單騎所至，千人披靡。打尖，輒食蛇、蠍、蜈蚣、蜘蛛之類。辦差者，預盛一盒。海得之，笑談咀嚼，須臾立盡。觀者咸為咋舌。

年羹堯餘威猶存

年大將軍羹堯，受雍正帝知遇，以平青海功，封一等公，金黃服飾，三眼花翎，四團龍補。其子年富，封一等男。其奴魏之耀，賞四品頂戴。年既承寵眷，寖驕縱。入京，公卿跪接於廣寧門外。年策馬過，毫不動容。王公有下馬問候者，年頷之而已。至御前，昂首箕踞，無人臣禮，上決意誅之。籍沒日，其家蓄婦女舊包頭數篋，云欲作綿甲。又有刀劍無算。命其交將印於岳威信，時遲三日，始付出。或云幕友有勸其叛，年夜觀天象，歎曰：「事不諧矣！」始改號臣節，其降為杭州駐防。防禦時，日坐湧金門側，時往來者皆不敢出其門，曰：「年大將軍在也。」其餘威尚如此。實清代勳臣所未有。

蔣孝廉有遠見

方年鎮西安時，廣求天下才士，厚養幕中。有蔣孝廉衡，應聘往。年甚愛其才，曰：「下科狀頭當屬君。」一蓋年聲勢赫，擢試官皆不敢違故也。蔣見其威福自用，驕奢已極，告同舍生曰：「年德不勝威，禍必至，吾儕不可久居此。」一友不聽。蔣偽作疾發，辭歸，年贐以千金，蔣辭不受，百金乃受。歸未逾時，年以事誅，幕中皆罹其難。年素侈用，不及五百者，不登簿。蔣故辭千金而受百。

年羹堯惑於功過之說

年惑於功過之說，粒米寸縷，愛護周至，而自奉甚侈，日費萬錢所不惜也。軍行，諭爨卒：「浙米不去穀者，殺無赦；匿勿告者，罪亦如之。」一日，有客造訪。客，年同鄉也。堅留午餐。餐竟，遺二穀。侍者對之蹙額，客不覺也。年以目視司馬，司馬諾而去，須臾以函貯人首入。年見人首，談笑自若。既而指所遺穀謂客曰：「殺人者，公也。」客大駭，出詢軍司馬，始知顛末，因呼年為「不穀將軍」。

年羹堯有駿馬

年好馳馬，而苦無駿足。有客牽瘦馬詣年求售，年哂之。客曰：「公何哂也？」因以錢置馬腹下，令年俯身就拾之，而馬不驚。年奇馬，酬以重金。客不受，曰：「此馬助公立殊勳，非阿堵物所能致也。望善視之，馬不死，公不敗。」語畢，飄然徑去。後年轉戰數省，皆賴此馬。征藏日，為藏人所暗殺，一慟幾絕，未幾竟被逮。先是年得此馬，喜甚，因名之曰「連錢」。其實古所謂連錢馬者，固別有一種類也。

年羹堯年幼知義

年家貲巨萬，父某長於心計，持籌握算，纖屑靡遺，年頗不是喜也。十二歲時，自塾中翹課歸，散步郊原，見一老嫗倚樹根坐而哭，目盡腫。年詢所苦，嫗自陳所苦：離年家僅十數武，老而寡。有子四人，皆浮薄，不治家人生產業，日與里中無賴博。博屢負，鬻所居屋償之，已署券矣。屋主促讓屋無寧晷，讓屋不難，如無家何？年亦惻然。問屋主為誰，則即年父也。年大喜曰：「姥無慮，屋主即我父。容歸謀之，必有以處也。」因挾嫗歸，白於父，請返其券。父有難色。年向母索得券出，取火焚之，令嫗跪謝父訖，即揮之去，父竟無如何也。

貪夫之骨

年用兵之際，聲威赫然，而所至殊貪黷。一日，有一叟跪獻一玉盆，命啟視，內藏枯骨一片，形凹而中空，眾莫之識。詰之，叟叩首進言曰：「此至寶也。請置骨於天平之左，而右置黃金十鎰，必骨重金輕。」試之，果然。命加金。則金更加而骨愈重。愕然問故。叟以黃土一撮布其上，骨頓輕而金頓重。因問究是何物，叟曰：「此貪夫之目眶骨也。故金愈多，其眼愈貪，不知饜足，不見土不休。凡人堆金積玉，迨其死後，亦作如是觀。」將軍默然。

聞雁聲而知賊至

年征青海時，一夜闔營安寢，已三更矣。忽出帳傳令，分兵數隊，離營十里埋伏。派帳前將弁，帶兵接應。並云：「四更時，有賊兵劫寨。」眾咸茫然，以軍令素嚴，姑遵令埋伏。四更後，賊果大至。突起邀截，賊出不意，大敗奔回，斬馘無算。明日，眾將入賀，參贊某進曰：「我等同在營中，杳無所聞，不審將軍何以預知賊至？」年笑曰：「有送信者，汝等自不覺耳。」眾愈不解。年曰：「昨夜在帳中，聞群雁飛過，嘹唳有聲。今夜月黑，雁已就宿，必有人驚之始飛。雁宿必依水泊，其地離營百餘里，為賊人來往必經之地。雁飛較捷，雁以三更過，賊必四更至矣。」眾始佩服。年後驕恣日甚，伏法。道光年間，岳興阿官內閣侍讀，曾於冊庫內檢出封套一件，大書「諭內閣」，中加朱勒，字大三寸許，一面書「大將軍封」。其悖妄如此。

炒肉絲　甘美異常

年死後，侍妾數百人，一時星散。一妾李姓，嫁某學究。旋以李奩貲，夤緣為某學訓導。紙閣蘆簾，飽嘗苜蓿。一日，學究問李曰：「聞大將軍生前，後陳數百人，有司衣者，有司膳者。卿侍大將軍，司衣乎？司膳乎？抑別有所司乎？」李曰：「大將軍生平最研究的是穿衣吃飯。一人只司一衣或一菜，必須斟酌盡善。每晚選二妾侍寢。譬如大將軍吃某人的菜，穿某人的衣，是晚即令該二人當夕。數百人輪流薦枕，周而復始。一歲之中，其最擅寵者，亦不過一二次。我是將軍司膳妾，專製一菜，是炒肉絲。」學究曰：「炒肉絲乃尋常食品，大將軍捨熊蹯鳳髓不食而嗜此，庸有說乎？」李曰：「是不然，大將軍之炒肉絲，迥非貧家可比，甘美異常。」學究聞之，不覺涎垂其踵。他日值丁祭，宰豕甚夥，懇李試為之。李不得已，如法炮製。啖之，味果雋永。樂甚，且啖且飲，不覺沉醉。夜半行禮，學究為分獻官。扶醉登殿，首觸殿柱，血出無算。狂呼：「子路，夫子饒命。」竟以失儀鐫職。嘗謂人曰：「畢竟年大將軍是上天福星。鄙人才嘗一臠，便丟官去。再吃一次，恐連性命都不保了。」言竟，復歎息不置。

康熙誅殺鰲拜

鰲拜在清世祖時即入樞垣，有膂力，嘗挽強弓，以鐵矢貫正陽門上，侍衛十餘人拔之不能出，亦可知其大概矣。康熙帝初膺大寶，鰲恃其榮寵，嘗呼為小孩子。鰲時掌握兵權，諸朝貴半屬門生故吏。懼其有他志，因加意防之。密選健童百十，在宮中習拳棒，及逾年無不一能當十者。康熙喜，而誅鰲拜之心遂決。誅鰲日，康熙帝在南書房，召鰲進講。鰲入，內侍以椅之折足者令其坐，而以一內侍持其後。命賜茗。先以碗煮於水，令極熱，持之炙手，砰然墜地。持椅之內侍乘其勢而推之，乃仆於地。康熙帝呼曰：「鰲拜大不敬！」健童悉起擒之，交部論如律。（按：此事與說部中所載打嚴嵩大同小異。《嘯亭雜錄》言之鑿鑿，諒非臆造。）

納蘭明珠興建園林

納蘭明珠為太傅，窮奢極欲。大興土木，建一園林，風廊水榭間，純以白玉鑿為花，貼於四壁。有池寬十畝，每交冬令，則以五彩剪成花葉，浮於水面，以為荷芰。復以各色雜毛，綴為鳧雁，亦可見其大概矣。今說部《紅樓夢》，所謂大觀園者，蓋指此。袁簡齋牽合隨園，猶是掠名之意也。

明珠僮僕工資高

明珠家，僮僕盈千，每月優給工貲。其年長者，偶之以婢，且有指分田產者。明珠敗，一家星散。僮僕紛紛覓主人，輒拒之曰：「汝自明太傅家出，我處何能過活？」多有麾之使去者。

佞佛又殘忍

夫人某氏，亦蒙古籍，終年佞佛，一龕香火，有若優婆尼。然御下綦嚴，婢媼有一蹈淫邪事者，鞭之立斃，此即說部《紅樓夢》中之所謂王夫人。

納蘭明珠恃寵

明珠以奉乾隆帝登極，因而固寵。其全盛時，仕宦之奔走於其門者，累累如狗。後皆反顏相向，且有上疏彈之者，可謂極人情之變矣。乾隆間嘗用膳，啖魚羹而美，遣中使持往賜明珠。其遭際之隆如此。

納蘭容若即賈寶玉

成容若，為太傅明珠之子，即小說《紅樓夢》之賈寶玉也。十七為諸生，十八舉鄉試，十九成進士，二十二授侍衛。天姿英絕，蕭然若寒素。擁書萬卷，彈琴歌曲，評書畫以自娛，不知其出宰相家也。字學褚河南，善騎射，入禁掖，日事演習，發無不中，扈蹕時，雕弓牙箭，列於罽帳。以意製器，多巧匠所不能到。嘗讀趙松雪〈自寫照詩〉有感，繪小影仿其裝束。座客期許太過，皆不應。徐東海曰：「爾何酷似王逸少。」乃大喜。

納蘭容若喜古籍

有中表戚，備宮闈之選，無從會晤。適某後崩，乃扮作喇嘛僧，得窺一面，卒以不能通言而罷，此《石頭記》賈寶玉夢見瀟湘妃子之所由作也。此事為鍾子勤所述。鍾撰《穀梁補注》，硜硜然一守經之士，當不致造作虛言。容若喜古籍，家藏宋元本甚富。徐東海為之校刊，《通志堂古經解》刊刻甚精。並著有《納蘭性德詞》二卷。

阿相國居官清介

阿相國爾薩，以胥吏起家，屢任封疆。不喜科目，嘗謂傅文忠曰：「朝廷奚必置棘闈，三載間取若干無用人，以為殃民誤國之員。」經傅呵斥。然居官清介，籍沒時，其家黃連數十斤，當票數紙而已。

殺頭打扮

乾嘉時，京師盛行青種羊翻毛褂。戊午科場案發，正總裁柏葰，身罹大辟。行刑日，柏衣青種羊翻毛褂，押赴市曹，自是無有衣青種羊翻毛褂者。有衣者，則目為殺頭打扮。近時之喜穿此服者，不可不知。

舞文手筆

柏葰因科場案發，內閣某臣擬旨，中有曰：「法無可恕，情有可原。」意蓋欲脫其罪也。既上，肅慎顛倒其詞曰：「情有可原，法無可恕。」遂論棄市。此種舞文手筆，聞之令人咋舌。

官場炎涼之態

勒襄勤督四川時，待下屬以禮。即不歉意者，亦未嘗不飲人以和也。嘗告陳梅亭方伯曰：「我始由筆帖式，官成都府通判，不得上官歡，時遭呵譴。同官承風旨，置之不齒。每衙參時，無與立談者，抑鬱殊甚。又以貧故，不能投劾去，含忍而已。會聞新任總督某來，十年前故交也，心竊喜而不敢告人。總督將至，身先郊迎，辭不見，慍矣。抵城外，上謁，又不見，更慍甚。乃隨至行轅，大小各官，紛紛晉謁，皆荷延接，而我獨不見。手版未下，又不敢徑去。時天氣盛暑，衣冠鵠待，汗流浹背，中心忿恨欲死。正躊躇間，忽聞傳呼『請勒三爺』，不稱其官，而稱行輩，具見舊時交誼。此一呼也，恍如羈囚忽聞恩赦。爰整衣冠，捧履歷，疾趨而入。則見總督科頭披衣，立於簷下，指令代解衣冠，曰：『為勒三爺剝去狗皮，至後院乘涼飲酒去。』我於此時，越聞罵，越歡喜。比至院中，把盞話舊，則此身飄飄然若登仙境，較今日封侯拜相，無此樂也。時司道眾官，猶未散，聞之皆驚。我飲至三鼓歸，首府縣官尚伺我於署中，執手問總督意旨。從此遇衙參時，逢迎歡笑，有進而與右師言者，有就右師之位而與右師言者矣，而勒三爺之為勒三爺如故也。官場炎涼之態，言之可歎。故於今日，待屬官有加禮，以此不肯輕意折辱屬官，亦以此也。」方伯時舉以告人，自謂一生歷官，不敢慢易忽略人者，勒侯之教也。

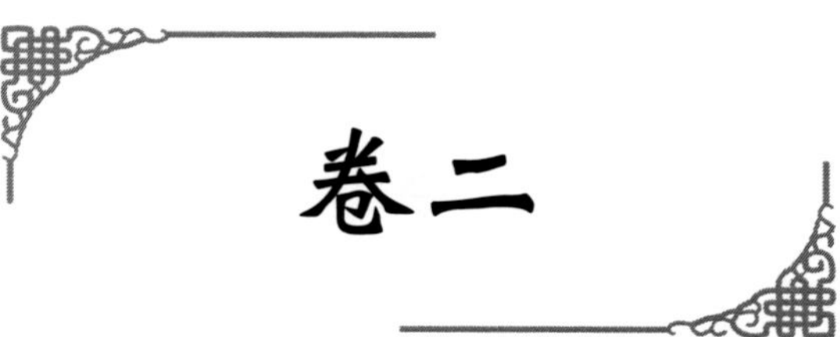

卷二

微服私訪

長牧庵相國撫蘇時，訪聞長洲縣貪利虐民，勒捐各鋪戶，以飽其私囊。且每夜出外遊行，聞市中有偶語者，謂其誹謗官府，立飭差役帶回縣衙敲打，必令其家以銀錢買通，方肯釋回。民間畏官如虎，畏吏如狼，相戒不敢妄語。一日長公便服出外私訪，遇縣官乘轎而來，乃出轎跪長公前，問：「大人何故微服夜行？」長公以查夜為辭。轉問縣官何往，則亦以查夜對。長公謂縣官曰：「查夜何必帶許多僕從？」均遣散回去，令縣官更易便服，攜手步行。至一酒肆，強拉入內飲酒。對面而坐，長公招酒保問之曰：「我乃遠方客人，不知本地風俗，前因追討舊賬，欠主不肯還錢，只得在長洲縣涉訟，未知縣官聲名如何，果能代我伸理否？」酒保亦愛多言，並勸客人宜在他處衙門控告。長公問其故，酒保即將縣官劣跡和盤托出，無少隱諱。

其時長洲縣如坐針氈，恨酒保入骨髓，思必有以報之。長公亦明知其意，當即算付酒資，長出告別。長公謂縣官曰：「此等無知小民，妄言誣官，不必與之計較。」長公俟縣官去遠，復回酒肆中借宿，肆主以非客寓不准。長公告訴肆主曰：「汝酒保闖下禍來，我特在此保汝。適才與我同飲者，乃長洲縣太爺也。」肆主戰嚇，面色如土。長公慰之曰：「有我在，無妨。」須臾，有縣中差役數人，手持鎖鏈，將肆主酒保與長公均鎖赴縣衙。見縣官高坐堂皇，怒氣勃勃，喝令帶來人一齊跪下。長公以氈帽蒙頭，獨不肯跪。縣官疑之，親自下坐，揭帽一看，見長公項垂鐵鍊，即忙跪下碰頭，口稱：「卑職該死！」長公即坐縣官公案上，謂縣官曰：「我久聞汝許多劣跡，尚恐不足憑信，今日親耳所聞，親眼所見，尚有何辭抵賴？汝可趁早回家，聽候參辦，免致為地方之害。」遂將縣官印攜去，即日奏參革職。嗣後大小官員，知此項消息，都勉為廉能，無敢有絲毫放縱，深恐長公之暗地察出者。至今蘇人猶稱頌之不衰。可見屬員之貪利營私，妄作威福，皆由該管上司不能認真訪察。若能如長公之細心辦事，懲一儆百，何至有貪官污吏貽害百姓乎！

靴子李行如風

寶文靖解蜀督之任，回京，泛舟溯岷江歸。夜中時聞篷背有飛鳥聲，不之異也。抵京後，寓內城。值天寒，方擁爐坐，窗自啟，一短衣人，籟然入。寶叱之。短衣人半跪請曰：「某由蜀護公至京，道路至窵遠，費且不貲。今歲暮不能活，乞公賞某五千金。」寶見其所挾刃，銛利如霜雪，噤不敢復語。良久，其人請如前。旋指一篋曰：「此中貯金葉可二百兩，乞賞某。」寶頷之。其人啟篋得金葉去。瀕行回視案上玉煙壺曰：「乞一聞。」寶曰：「爾亦知煙乎？」其人曰：「略知。」頃少許嗅之。曰：「亦佳。某有少煙欲獻公，而苦無壺。願假此壺去，明日並煙還公，何如？」寶頷之。既至庭外，復返身曰：「某李姓，無名。生平喜著靴，故人呼靴子李。」言已，聳身去。

寶始號警夜者紛集，環視無跡。明日，諭官緝賊。期三日務以此人至，否則皆獲嚴譴。至第三日，吏見一人飲於市樓，貌似李，密告司官某，某曰：「是可以智取，不可以力擒也。」詣酒樓長跪哀之。李曰：「遲汝久矣。否則尚有人能蹤跡我耶？」言已，與並騎，出詣刑部。官鞫之，曰：「銀係中堂賞小人者，非小人劫中堂者。」官曰：「汝未持刀威嚇乎？」曰：「未。」曰：「煙壺亦賞汝者乎？」曰：「煙壺係借自中堂者，今將還之。」官命繫諸獄，將請寶示辦法。寶是夜即獲煙壺，中貯煙極佳，又不審所從來，駭甚。明日臨審，命嚴詰之。官如語。將下堂，李忽顧刑部監而歎曰：「似此不蔽風雨，即繫一偷兒亦不可得，況飛行絕跡如我者乎？」因探於腰橐出銀票一紙，授吏曰：「此五千金，中堂所賞者。吾於某鋪兌之，吾不需此，可以充修監費。」吏方眙愕間，而李已越屋遁矣。其行如風，官大駭，以實告寶，其事遂寢。

紫貂馬褂是清帝打圍所穿

某侍郎，嘗賀相國寶鋆之壽。登堂四顧，客皆赫赫簪纓。入席，酒三巡，群起更衣。侍郎服紫貂馬褂，寶見而大駭。招侍郎至密室，謂之曰：「老弟呀，你可知道紫貂馬褂只有一個人可以穿嗎？你快快的脫下罷，省得人家笑你不開眼。」言已，呼從人以倭刀者進，侍郎乃易之而出。蓋紫貂馬褂專為清帝打圍時所御之衣，雖親王閣部大臣等，亦不能僭越。

祿康數典忘祖

滿洲宗室祿康，為誠毅貝勒之裔，於宗室中屬長行，嘉慶間位至相國。一日，某親王趨朝之際，與祿相遇。言中盛述其祖德，欲以博祿歡悅。詎祿反赧然曰：「先世身遭刑戮，安敢計功！」某王大為駭異，因告之曰：「令祖誠毅貝勒，為顯祖幼子，開創時勳稱最高，以病薨於邸，經太祖親臨哭奠，立碑旌功，何言身遭刑戮也？」祿無辭以對。久之，某王恍然笑曰：「公蓋誤以褚貝勒事歸之令祖矣。貝勒因事賜死，然太祖長子也，烏得數典忘祖！」祿聞言更茫然，不知所對。後以故縱輿夫聚賭，降為副都統；復以失察曹僚事，遣戍遼東。

官運亨通

巴延三制軍，初任軍機司員，齷齪無他能，人多鄙薄之。當值宿時，西域用兵，夜有飛報至，大臣俱散出。乾隆帝問值宿者，則以巴對。上呼至窗下，立降機宜，凡數百語。巴以小臣初覲天顏，戰慄應命。出宮後，一字不復記憶。時有上親侍小內臣鄂羅里，人素聰黠，頗解上意，遂代其起草，上閱之，稱嘉者再。因問其名，默志之。數日，語傳文忠曰：「汝軍機有若等良材，奚不早登薦牘？」因立放潼商道，不數載，遂至兩廣總督。

兩女痴情

世之以情死者，大抵男女相悅，未有男遇男、女遇女而以情死者也。桐子沾太守澤，滿洲人，守常州幾十年。太守有女公子美而慧，太守極愛之。初蒞蘇任，女結一女友，極相得，形影不離。及太守之常州任，去蘇二百里，二女相別，泣不可仰。既別，繫念綦切。越數月，非桐女至蘇，即彼女至常。然終嫌不便，不能往來，其女友竟以相思成疾而死。太守得其家函，秘不告女。女以久不得函也，亦疑之。堅請至蘇省視，太守許之。既至，知女友已死，一慟而絕。茲二女者，可謂癡於情矣。

以詩題為報復

桐和易可親，無暴戾睢盱氣。官蘇守，葉潤齋與之積不相能。一猛一寬，自宜冰炭也。顧葉嘗忤之，而桐無怍色。葉輪課平江書院，排律詩題曰：〈翦桐為圭〉，頗揚揚得意。或叩其寓意，則侈然曰：「圭與龜音相近，我之報之也，不可謂不虐矣。」聞者嗤之以鼻。

鍾俞入監侍養

貽穀子鍾俞，為吏部曹掾。善為章奏，敘事尤簡要名貴。方貽奉詔繫獄時，即自請開缺，又求入監侍養。稟略謂：「職遭際聖明，厚席先蔭。年少學淺，罔知憂患。一旦進變，手足無措。重念職父，生平謹慎，橫被非辜。秋風園室，孤燈夜寒，愁猿淚雁，百般腸斷。職聞衛成侯之被執，寧俞為納橐饘。緹縈以父獲罪，上書願為官婢。今職以老父在繫，比寧俞而更親。靦然七尺，較緹縈而已長。苟遂忘親保軀，坐視急難，慚負古人，不可為子。伏見職父，少官禁近，讀書中秘。自莅綏遠，前後七載。周巡邊徼，親加撫綏。蒙眾梗命，則寢食皆廢。章奏秉筆，則心血為枯；家無廉俸之積，身無侍妾之奉。臣心如水，而人不知；視民如傷，而世不諒。明珠苡薏，生禍不測；職父循省，不自知罪。朝右士夫，咸稱其冤。職滿洲臣僕，遵奉法律，不敢以登聞訟冤之心，陳冒昧請代之表。屏氣悚息，靜候宸斷。惟是詔獄森嚴，鈐柝哀厲。冤氣鬱結，憂能傷人。非得親子旦夕將護，殘年扶病，豈能自全。夫收孥連坐之律，誠聖朝所無；而天理人情之至，皆王法所許。況職不才，兼係獨子，固未忍自處安樂，亦何心再玷冠裳。」云云。稟上法部，部尚葛寶華笑謂僚佐曰：「干曹瞞之蠱，陳思乃擅文章。以犁牛之惡，其子亦登郊祀。」蓋深許之也。自此語宣布，而鍾命之稟，乃傳誦眾口矣。

表裡為奸

咸豐初年，肅順與端華方官戶部郎中，好為狎邪遊，惟酒食鷹犬之是務。五年，始入內廷供奉，尤善迎合咸豐意。咸豐稍與論天下事，其權始張。後與端華、載垣表裡為奸，朝士皆側目而視。未幾伏法，天下快之。

周祖培不敢與肅順較

周文勤公祖培，以戶部尚書協辦大學士。時肅順亦為戶部尚書，同坐堂皇判牘。一日，周相已畫諾矣，肅順佯問曰：「是誰之諾？」司員答曰：「周中堂之諾也。」肅順罵曰：「若輩憒憒者流，但能多食長安米耳，烏知公事！」因將司員擬稿，盡加紅勒帛焉，並加紅勒帛於周相畫諾之上。累次如此，周相默然忍受，弗敢校也。

耆英抱龍牌痛哭

鴉片戰爭時代，洋兵侵擾粵海江浙沿岸。耆英在粵，聞洋兵占奪城池，奔往萬壽宮，抱龍牌而痛哭流涕。蓋當時承平日久，不習見兵燹，殆以為必致國破家亡矣。事後粵中傳為笑柄，梨園中有演〈中堂痛哭龍牌〉一齣者。

官文恭休休有容

官文恭督兩湖時，軍書旁午。文恭設軍務處，與胡文忠各司其事，藩臬司道參知焉。文恭間日一臨，文忠則自朝至暮於斯寢饋。文恭多內嬖，在節署，每夜必張燈奏樂，文恭引羊脂玉巨碗，偎紅倚翠，藉以消遣閒情。軍報至，文恭輒曰：「回胡大人就是了。」厥後論功行賞，褎然居首。其休休有容之度，實足多焉。

懷塔布死於庚子事變

已革吏部尚書，後用都察院左都御史懷塔布，其住宅在鞠兒胡同，與榮文忠一牆之隔耳。亭臺樓閣，高下參差，十年前京師之有電汽燈、自來水也，頤和園外，當以懷為始。庚子義和團起事，亂兵隨之劫掠。懷恐為所獲，穴垣成竇，率家人蛇行出走。懷方脫險，忽聞其後有呼救聲，則第九妾已為若輩倒曳横拖去矣。懷謀至其館師廉泉家暫避。第三日，忽有亂兵排闥執廉泉，向索銀錢。廉泉翻囊以示，亂兵乃以槍刺貫其頰，血液模糊。懷駭甚，瑟縮東廂內。時懷方衣大布長衫，鬚髮蒼然。亂兵大噪曰：「此必當家者。」復向索銀錢，不得。亂兵怒，率眾毆之。至氣絲不屬，始行散去。廉泉通知懷之家屬，舁歸醫治，未半途已斃。

寶廷只愛紅顏不愛官

宗室竹坡學士寶廷，某科簡放福建正考官。覆命時，馳驛照例經過浙東一帶。地方官備封江山船，送至杭州。此船有桐嚴妹，年十八，美而慧。寶悅之，夜置千金於船中，挈伎而遁。鴇追至清江，具呈漕督。時漕督某，設席宴寶，乘間以呈紙出示。寶曰：「此事無須老兄費心，由弟自行拜摺，借用尊印可也。」未幾，奉旨革職。從此芒鞋竹杖，策蹇遊西山，日以吟詠消遣。其詠此事結句云：「只愛紅顏不愛官。」亦可見其風流自賞矣。

今之事誤於老成持重

光緒初年，山西開辦荒賑，當事者一再遲延，民之死者，不可勝數。時寶廷官國子司業，奏曰：「山西請撥漕糧，迫不可待。再經陳情，始得允行。饑民望賑，急於望雨。前撥山東漕糧，今已數月，何以尚未解齊？古之民死於虐政，今之民死於仁政。古之事誤於新進紛更，今之事誤於老成持重。」云云。此奏出，見者皆目為「朝陽鳴鳳」。

奎制軍喜奢侈

奎制軍峻，為中丞時，喜奢侈。適太夫人迎養在署，春秋佳日，嘗陪侍太夫人至天平、支硎等處作清遊。該處距城甚窵遠，制軍必備齊鹵簿，前呼後擁而出。或有以松陰喝道，亦大煞風景。之一諷之者，制軍漠然。輿臺僕隸，疲於奔命。嘗一日至上白雲，汲泉煮茗。親隨中有後至，遽在范文正公祠內，呼杖撻之。呼痛之聲，與山半梵音相答。自是遂多有以俗物目之者。

繙繹進士

烏爾泰巡撫浙江，敷文書院開課，親臨扃試。生童聽點，不按名次，紛紛索卷。烏大聲曰：「肄業生重，靜候點名，毋得喧嘩。」（「生重」者，「生童」之誤也。）儇薄者，應聲曰：「烏大人吩咐，敢不聽命。」烏乃繙繹出身，識字不多，人呼為繙繹進士。

滿人拜牌失儀

浙撫聶緝槼解任後，由某留守兼署其缺。乃某年值萬壽聖節，留守率其僚拜牌時，竟換白袖頭。此事在漢人固不足責，而出諸素講儀注之滿洲人，則誠可異矣。

安維峻糾參李鴻章

安維峻在都中，有殿上蒼鷹之目，列款糾參李傅相，雖留中不發，而傅相已為之膽裂。傅相久居外任，未嘗一識安面。陛見時，在朝房閒話，適安從容入。傅相私問蘇拉：「此何人？」安聞之，遽曰：「你不認得我嗎？我就是參你二十款的安維峻。」傅相竦然毛戴，唯唯而已。

安維峻參徐用儀

安有陳奏，摺皆封口。舊例，凡封口摺，即軍機大臣亦不得私窺一字。安偶捧章匆匆入，為徐用儀所見。徐詰之曰：「你今天又是封口摺，要參誰？」安厲聲曰：「你不用問，總有你在內。」未幾，徐奉旨出軍機矣，乃知安前日固非虛語。

德曉峰與胡雪巖

德曉峰中丞馨任浙藩時，議者多謂其簠簋不飭。然甲申年，富商胡雪巖所開阜康銀號，驟然倒閉，德與胡素相得，密遣心腹於庫中提銀二萬赴阜康，凡存款不及千者悉付之。或曰：「是庫銀也，焉得如是？」德曰：「無妨也，吾尚欠伊銀二萬兩，以此相抵可也。」更遣心腹語胡曰：「更深後，予自來。」屆時，德果微服而至，與之作長夜談。翌晨，將胡所有契據合同，滿貯四大篋，舁回署內，而使幕友代為勾稽。後所還公私各款，皆出於是，人始服德之用心。後德謂人曰：「余豈不知向胡追迫，倘胡情急自盡，則二百餘萬之鉅款將何所取償乎？我非袒胡，實為大局起見也。」左文襄西征之役，賴胡籌餉，得不支絀，亦與胡最契。以德調處胡事甚善，密保之，擢至江西巡撫。後以演劇，為南皮所劾，遂罷官歸。

倒讀之誤

嵩中丞駿青之撫吳也，喜親風雅士，栽培寒畯，無微不至。中丞嗜學，而尤善作擘窠書。以縑素乞寫者，踵相接也。時某侍郎，適以出洋大臣，三年任滿，便道歸家。於私宅內，大興土木。濬池疊石，構一園林。中有戲臺一所，丐中丞題額，中丞為書「美媲東山」四字。懸匾日，侍郎翹首而觀，忽訝曰：「如何是『山東媲美』？山東區區彈丸地，豈能及美利堅十分之一乎？」蓋侍郎從西文倒讀之誤也，一時傳為笑柄。

總理衙門

外務部，即前之總理衙門。戊戌後，逢迎舊黨者皆惡此衙門，故當差者，無一飛黃騰達，而被害者，則不絕於聞。庚子後，某大軍機有總理衙門即外國衙門之說，例不能簡放優缺。瑞良，旗籍也，乃得由此直授藩司，實絕後空前之舉也。

禁用「翠珠」

溥良之任江蘇學政也，實奧援之力，欲藉此以償其清苦也。溥本不解此道，而忌諱尤深。詩中有犯「翠珠」等字樣者，雖佳文不錄也，必加勒帛。初不知其開罪之端，嗣聞其僕人言及「翠珠」乃溥愛妾之名，故禁人引用，然蒙冤者已不少矣。幕中憐多士之無辜被累也，試帖題或采語錄，或用經書，則不避而自避矣。

翰林院四大不通

溥良坐堂閱卷，必先翻排律詩，顛頭播腦，備諸醜態，其餘則非所知矣。按翰林院有四大不通之目：曰薩廉，曰紹昌，曰裕德，曰溥良，而裕德、溥良尤多忌諱。以上二者，尚不過寄其耳目於人耳，無他病也。

桂祥粗鄙無文

桂祥粗鄙無文，由都統改官工部侍郎後，例須畫稿。一日書「開」字，將一橫忘去。變成「廾」字。端方聞而笑曰：「他是叫我們到他門兒裡去造二十。」（按：二十者，極卑賤之土窯名目也。）

檀璣醜行揚海外

檀璣放福建學差時，賄賂公行，卒為言官所劾。李盛鐸告人曰：「我在日本欽差任上，就知道斗生這回事，也可以算得名揚海外了。」

德壽年少賣荷包為業

德中丞壽之撫江蘇也，疲玩性成，無所建樹，固不如趙舒翹在任，尚能使鹽梟斂跡也。或言德年少，以賣皮荷包為業，其後不次超擢，出為封疆大吏，不可謂非異數。販繒屠狗，自古不諱。德則多所顧忌，下屬之佩對子荷包者，德皆疑其有意侮己，往往藉他故中傷之。行之既久，佩對子荷包之風遂絕。德去始一仍其舊。

廣納苞苴

德壽之巡撫廣東也，人目為大皮夾，以廣納苞苴也。某中丞有過之無不及，差缺之肥瘠，以出價之高低為率。公平交易，童叟無欺，群目為某記銀行。掌櫃者係某別駕，諸凡面議既妥，互相簽字，別駕並蓋用私印，為「瀛洲玉雨」四字。

媚外與媚內

德夫人甚妒，德謀充下陳之選，夫人堅不許。德乃改用羈縻之術，事事必取悅於夫人，其後果收成效。又某年秋祭，外人有入而觀者，德設座並備酒點，款待殷勤。時人為之語曰：「出而媚外，入而媚內。」聞者以為定評。未曾出缺之前，署內有棺材一副，百年物也，隸役等傳為靈異，因懸一「十問九中」小額於旁。德復懸一額曰「聰明正直」，更具衣冠拜禱。如此舉動，真不愧為迷信神教之人也。

裕德向多忌諱

裕德向多忌諱，見「崇論」二字，必怒目橫眉。充某科會試總裁時，房官薦卷，批語偶用「崇論宏議」，裕拍案大呼：「混帳！」擯而不閱。此房官無心之誤，而與應試者不相干涉也，然已斷送功名矣。

裕德忌「戶」字

裕見「戶」字，亦復恨之刺骨。補戶部尚書命下，蹙眉曰：「這個字，總得改他一改。」幕友調之曰：「此非出奏不為功。」裕始廢然而止。裕之所以忌「戶」字者，其中有一原因。裕居與戶部某君對門，其父與某君曾構大隙，裕每乘車出入，必掩面以避之。若不知而用入卷中，觸起舊恨，則此卷不可問矣。

裕德禳解

裕所居之室，有門環二。裕出入振其左，他人出入振其右，不相紊雜。有誤右為左者，裕必呼水至濯之不已。裕會客，談次有觸其忌諱者。客去，裕口中喃喃禱祝，手卷素紙燃之，遍照階沿上下，名為禳解。

裕德忌「崇論」

裕見卷中有用「崇論」字樣者，或肅然起立，用手捧過，口中念念有詞，一如巫覡祝禱，而此卷即不敢以正眼相覷也。以上忌諱，徐花農知之最詳，每告門生，不可大意。某年殿試閱卷，有因此大受其累者。後屆會試，則各舉子皆欲研究此問題矣。

簽押房極潔淨

裕所居簽押房，極其潔淨，每出必扃門。一日其女乘虛而入，裕知之大怒，立呼僕從用水將地板全行洗過。自是既下鑰，復貼封條焉。

飯碗茶杯不可手觸

裕用過之飯碗茶杯，洗時必用舌舐其內外，然後置諸原處。他人手觸，必遭呵斥，有時且以鞭笞從事。故僕從咸相戒語，即積灰盈寸，亦不敢偶然拂拭也。

專用廁所

德靜山中丞撫某省，辦差者於署中建溷樓一所，四周圍以玻璃窗，光明洞澈，略無纖翳，外加管鑰，唯中丞得如廁，不許他人闌入。幕中數友皆選事人，一日，公題一額懸其上曰：「實為德便。」

薩廉諢名菩薩

薩廉為四大不通之一。偶閱國子監錄科卷，有用二千石者，薩加批於上曰：「當是二十名之誤。」見者譁然。薩工唱戲，拉胡琴，圓轉如環，雖南北馳名之梅大鎖不能逮也。薩為穆彰阿相國柯庭之子，德珺如是其胞侄，想見一門鼎盛之風。薩為人極慈善，諢名菩薩。僕從中有驕橫恣肆者，薩勸誡之，至於淚下，而不忍以疾言厲色加之。《漢書》所謂「婦人之仁」是已。

恩壽以風厲著

江寧藩司恩壽，蒞任後頗以風厲著，僚屬有戒心焉。一日，籌防局行文恩，略謂：本局將頒告示，請列臺銜，會同辦理云云。恩閱訖大怒，謂：「如此，爾以會辦待我矣。」將文斥回。

恩壽遺笑柄

江寧牙釐局，本係藩司兼攝，某督到任後，改委道員某某總辦其事。某嘗稟告某督曰：「伏查牙厘局，本與藩司會辦。前藩司某，精明強幹，有作有為。今藩司某，情形亦熟，仍請札飭會辦。」云云。恩笑曰：「年終大計，首道尚須我親填考語，然後出詳督撫兩院。今彼一候補道，乃欲填我考語耶？抑何荒謬。」嗣後江寧一省，遂以此為笑柄云。

恩壽消息靈通

恩壽未放山西巡撫之前，有舊屬某，解餉入京，特往謁之。恩接見甚歡。瀕行時，恩曰：「你回去對老胡說，我快出來了，咱們又有碰頭的日子了。」言已狂笑。某歸舉以告人，以為讕言也。未幾果有後命，則恩已預聞消息矣。

恩壽收賄

恩任江蘇巡撫數年，人言所獲賕賂，不下三十萬金，故有銀行老闆之目。入京後，設典肆兩號，估衣鋪兩處，而恩謂人曰：「尚須在上海開一專辦五金雜貨行。」多財善賈，此之謂也。青浦令田春霆，以醉蟹八甕為饋，恩不拒，外間因以瓜子金故事相擬。一日，恩傳見首府及三縣至，乃移醉蟹置諸大堂上，使親兵持棍連壇擊碎，以表無他，而於是乎恩之廉名大著。

殺人促河工

長笏臣廉訪為東臬時，丁文誠令辦鄆城河工。民間有竊物件者，誅之則不勝誅，且以法重情輕，何忍使罹大辟。一日，忽接各路釘封文牘，所有應決人犯，悉令解赴工次，長公一一斬之，揭首於竿。或大書私竊物料，或大書玩視河工。克期合龍，無有敢犯法者。

銓齡躁妄

銓齡，奎俊子。蔡鈞使日，以乃父力獲充參贊。嘗乘馬車遊五都市，見當壚女，悅其美，奮然起立，為輪所震，突然倒地，昏瞀不知人事，御者乃縛其手足，載之返署，醫半月而痊。某言官摭其事，指為躁妄，竭力彈參，未幾撤之回國。

賢人聚矣

象賢亦蔡鈞參贊，在都時，與蔭昌稱莫逆。每深夜，一燈前導，出作狹邪遊，雖風雨未嘗阻。然當折衝樽俎，晉接冠裳，則禁齘不能聲，唯唯而已。在日本酣歌恒舞，荒嬉無度，以致累累債負，雖典裘貨馬，不得東歸。（按：蔡鈞有此二人為之參贊，復得張賡三作橫濱領事，可謂五百里內，賢人聚矣，安得不為中國之光？）

慶寬有恃無恐

特旨道慶寬，前在上海，資斧告乏，因向票號暫假二萬金，書券為憑。越一年，而票號向慶索款，慶勃然變色曰：「我叫趙慶寬，這字兒上單寫慶寬，我知道是那一個慶寬？」擲其券於地，匆匆入內。謔者曰：「此數語若加小注，必曰先儒以為癩也。」慶鑽營某關道缺，政府業經首肯。某觀察攜銀二十萬入京打點。慶聞而冷笑曰：「他別在那裡做夢，不要說是二十萬，就是再加上一倍，到底看給誰？」聞者歎曰：「此之謂有恃而不恐。」

世續為慶寬說情

慶寬一名趙小山，工畫。嘗作頤和園全圖一幅，由醇賢親王進獻，西太后閱之喜，賞二品頂戴以酬之。其後投旗，司柴炭庫。故事每交冬令，內監俱須向郎中索柴炭，以禦嚴寒。慶寬不予，群譖之於光緒帝之前，又授意某御史列款糾參。慶寬懼，挽人說項，內監必欲銀三十萬。慶寬無策，已自分入囹圄矣。世續知其隱，言於光緒帝，謂慶寬為醇賢親王賞識之人，父功之，子罪之，未免貽人口實（按：光緒帝為醇賢親王所出）。帝悟，置諸不問，慶寬遂免於危。

榮慶服御之精

大學堂滿管學大臣榮慶，白面烏鬚，飄飄然有凌雲之氣。惟其人糊塗特甚，遇事唯唯諾諾，故一切仍歸漢管學張冶秋尚書決斷，榮惟領俸銀食月米而已。陸鳳石總憲嘗以吳語七字品評之曰：「聰明面孔笨肚腸。」榮服御之精，榮文忠後一人而已。嘗夏日出門謁客，接連三天，而紗袍褂顏色花紋無一天同者，即所佩荷包扇袋亦皆更換。

說帖如無字天書

大學堂遣派日本遊學生，有往榮慶處辭行者。榮問：「先往何處去？」學生對以秦皇島。榮瞀然曰：「秦皇島在日本何方耶？」學生乃掩口胡盧而出。說者謂俗傳秦始皇命徐福以童男女至海上求仙，即日本立國之始。榮以為秦皇島必屬諸日本。此榮博雅處也，不得以疏於地學譏之。翰林院有戴太史者，一日得榮說帖，不得其解。就教於同館諸公，同館諸公反覆觀之，如讀無字天書，類皆搖頭而去。如榮慶者，殆能為剛毅、烏拉喜、崇阿之嗣響者歟！

卑躬屈節

彥詠之以筆帖式出身，於漢文蓋模糊影響也。任鎮江知府。府試日，預命幕友代擬詩文題，藏之靴頁，封門後，出原紙囑書吏謄之。詩題為「綠柳才黃半未匀」。書吏誤「綠」為「緣」，彥亦不之識。迨懸牌出，諸童鼓噪，其勢洶洶。彥出立滴水簾前，向空三揖曰：「兄弟這幾天有些家事，心裡頭鬧得荒荒的，所以連寫字多寫不上了，叫這些混帳王八蛋弄弄，就弄糟了。諸位老兄別動氣，兄弟責備他們就是了。」諸童始紛紛散。說者謂彥一生不畏強禦，今卑躬屈節，恰出人意外。

不敢貼「五福臨門」

五福知番禺縣事，粵俗，凡新歲必貼「五福臨門」四字於門。五福於輿中遙見之，以為慢己也，提其人至，笞之數百。自是闔縣引以為戒，不敢復貼「五福臨門」四字。滿人可笑，多如此者。

以鼻煙壺蓋命名

某宗室素喜鼻煙，壺蓋或珊瑚，或翡翠，燦然大備。宗室摩挲愛惜，較勝諸珍。宗室生四子，長子曰奕鼻，其二曰奕煙，其三曰奕壺，其四曰奕蓋，合之則鼻煙壺蓋也。

世續體癡肥

內務府大臣世續體癡肥，每入宮，小內監必以數人舁之起，遊行各處，以為笑樂也。西太后每諭之曰：「他年紀大了，你們招呼著，別叫他栽了交，那可不是頑兒的。」

世續精於鑒別

世續精於鑒別，所蓄名磁古玉，不下十萬餘金。內監聞之，因向索小件頭之類，世續多以贋者應之。若輩有眼無珠，得之異常寶貴，而不知已受其紿矣。

世續的班指

世續嘗逛東西兩廟，坐紅貨攤兒上（紅貨攤為售賣珠寶之所），欷歔而言曰：「庚子之後，我家裡連草刺兒都沒有了。」已而舉其手曰：「我這班指，是一萬兩銀子買的，你們瞧瞧翠好不好。」

剛毅寫錯字

剛毅以繙繹秀才起家，致身樞府，其門對自書「奉詔馳丹陛」。「馳」字「馬」旁，竟作「水」旁，剛亦不之覺也，其文理不通可想。嘗見西官文牘，字字皆作蟹書，剛曰：「這倒和咱們考繙繹的文章差不多，不過不是滿洲字罷了。」

剛毅讀錯字

剛毅讀書不多，大庭廣座之中，多說訛字。如稱虞舜為舜王，讀皋陶之「陶」作「如」字，瘐死為瘦死，聊生為耶生之類，不一而足。都中某太史編成七律以嘲之云：「帝降為王虞舜驚，皋陶掩耳怕聞名。薦賢曾舉黃天霸，遠佞思除翁叔平。一字誰能爭瘦死，萬民可惜不耶生。功名鼎盛黃巾起，師弟師兄保大清。」嗟呼！李林甫讀弄璋為弄章，幾誤唐家中葉，不謂其後先濟美若此，然則誤國者，固有衣缽耶！

剛毅用錯詞

剛毅初任山西巡撫，某太守上稟，條陳興利除弊事宜。剛動筆加批，大為獎勵，末句曰：「此可以為民公祖矣。」蓋由民之父母脫胎而出也。

剛毅羞辱司官

剛補刑部尚書，一司官引例偶然舛誤，照例略加呵斥。剛見此司官後，一言不發，惟以手劃其面，羞之而已，司官大窘。

剛毅質問張百熙

張百熙以保舉康梁，奉嚴旨革職留任。剛往廣東籌餉，適張督學其間。剛一見，即牽裾問曰：「你與榮祿總有什麼交情？你這個罪名，要在別人手裡，斷無如此從寬發落。」張猝不能答，唯唯而已。

筆下一揮而就

曾署常熟縣之朱鏡清，充剛文案。剛曾具折密保，中有語曰：「筆下一揮而就。」此種考語，真是千古奇聞。

以「行二」為「兩兄」

剛毅前到江南時，有某觀察求書扇，款係行二，剛書「某某兩兄大人」。幕友見之以兩字為誤。其時有久居剛幕者，謂剛之學已大進，前數年為某書扇「兩兄」尚寫作「刃」。或詢諸剛，剛掀髯曰：「老夫巡撫江南時，見糧冊上皆書刃字，豈不典耶？」問者默然。

醫生驗疫

剛毅查辦江南事件，是時，吳淞口醫生驗疫極為嚴密，即剛亦不能免。回京後語人曰：「我進上海吳淞口，就有倆人上來，把我亂摸亂揣了一陣子，別的倒還罷了，倒是身上怪癢癢兒的。」聞者大笑。

足當一個漢奸

剛下江南籌餉時，候補道陶渠林觀察前往稟謁。陶美鬚髯，素有大鬍子之稱。剛一見之下，遽謂之曰：「像你這個樣子，足當得一個漢奸。」陶無詞以應。既退，事傳於外，或詢其此事真否，陶唯唯惶愧而已。

滿漢之見極深

剛當權之日，嘗擬上諭，有「毋蹈故習」四字，「蹈」字誤作「跌」字。王文韶見之，乃取朱筆密點「跌」字四圍，另書一「蹈」字於旁，剛毅以其恭順也，大喜。自是與王交誼日篤，同列皆不及也。剛嘗自書十二字，榜諸座右，見者驚之。其語曰：「漢人強，旗人亡；旗人瘦，漢人肥。」剛蓋滿漢之見極深者。

剛毅自署門聯

剛任軍機大臣之日，嘗自署其門聯曰：「願夫子明以教我，微斯人其誰與歸。」見者均莫名其妙。

「聞喜」之讖

當剛極盛時，嘗夢有人示以〈子路聞過則喜〉一章，醒而記之歷歷。及庚子年，兩宮西狩，剛扈蹕隨行，至聞喜縣，卒於痢。前之所夢，蓋妖讖也。

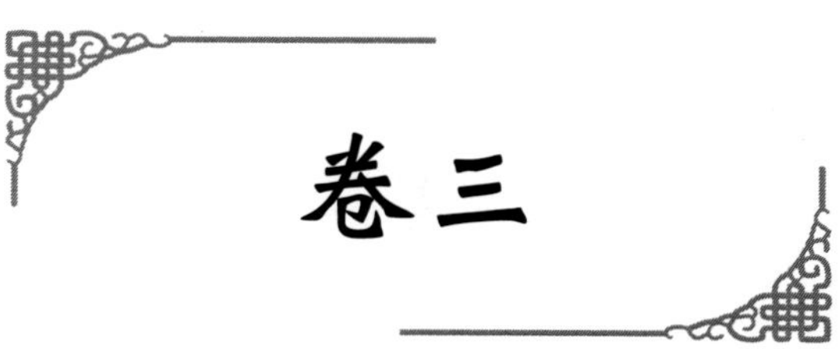

卷三

二臣洪承疇

洪文襄公承疇，《貳臣傳》中第一流人物也。在明官太子太保，兵部尚書，總督薊遼兵，順治元年，睿親王定京師，承疇得以原銜入事順治，佐理內院機務。其後下江南，平南王搜殺故明遺族，經略湖廣、廣東、廣西、雲南、貴州，窮追桂王於緬甸等，承疇之功最高。其七十賜壽也，滿朝勳貴，以至門生故吏，爭獻媚致祝。而諛壽文中，最難措詞。蓋其在明朝時之位望勳績，及入清朝後之位望勳績，皆赫赫在人耳目，而此間轉捩一二語，雖善於舞文者，無能為力也。時則有一落魄書生，為獻一文，中有數語云：「公以為殺吾君者吾仇也，殺吾仇者吾君也。」云云。承疇大賞之。時有黠者某，批其後曰：「然則有烈婦人，其夫被害，而曰：『殺吾夫者吾仇也，殺吾仇者吾夫也。』可乎？抑有為子者，其父被害，而曰：『殺吾父者吾仇也，殺吾仇者吾父也』可乎？」事聞，承疇大恚，竟以他事陷其人於法。

洪承疇會見漳館同鄉

洪承疇入相後，洪以南安籍，只認福建泉州會館同鄉，而漳館人不與焉。彼時泉館人，無論內外官，所求輒應。一日，館中五六輩，相與私議曰：「洪閣老雖不我顧，究是同鄉，我輩一概不往修賀，似嫌過甚。今泉館人有慫恿我輩先施者，姑盡吾禮可乎？」眾以為然，遂於次日率眾往謁。閽人傳命曰：「就係同鄉，亟應請見，但公事實難擺脫，稍暇即當出城謝步。」越日，即有軍官來報曰：「中堂准於明日出城，到漳館天后座拈香。」於是五六輩者，飭館役糞除一切，具茶以俟。屆時又有軍官飛報曰：「中堂已出前門矣。」漳館時在水窖胡同，距大街不遠，於是五六輩皆具衣冠，步出大街肅迎。各於車前一揖，洪在輿中一拱，而輿已飛過。人馬喧騰之際，五六輩竭蹶步隨。甫入館門，見洪拈香已畢，請登堂相見，則已張燈懸采，鋪陳一新，皆為耳目所未經。洪寒暄畢，即起登輿。五六輩又急出街口肅送畢，徐步歸館，則向所見者，已無蹤跡。惟神座前兩支絳蠟，一炷藏香而已。於是同人皆惘惘相對曰：「莫非夢乎？」呼館役詢之，亦曰：「我亦不知何以前後之改觀也。」既各歸房解衣，則各臥床，皆安設元寶庫銀一錠，始知為洪所貽。

尚可喜以己名為對

清初，尚可喜封王之後，一日宴諸文士，令以己名為對。諸文士皆沉吟未就，一童突出席間曰：「可對漢之直不疑。」尚大悅，重賞之，並免其役，令掌文牘。迨尚敗，而童已致富矣。

忌辰聽戲大不敬

洪思昉著《長生殿傳奇》既就，乃授內聚班，使之演唱，康熙覽而稱善焉，賜優人白金念兩，且向親王閣部大臣等一一言之，自是內聚班之名大起。公私宴會，必歌是劇，纏頭之數，悉如御賜，先後所得數千金。優人告於洪曰：「賴君所製，使吾輩大獲盈餘，愧無以報，請壽君以酒，而歌是劇娛賓。」乃擇日治具於生公園內。簪纓滿座，而獨遺常熟趙星瞻徵君。時趙館於王給諫，乃促給諫言之，謂忌辰聽戲，實為不敬。洪下獄，士大夫因而株累者，更仆難終。海寧查嗣璉，益都趙執信，是其表親。後查以改名登第，趙遂廢棄終身。

潘、汪鬥富

潘梅溪為蘇州巨富，與之相埒者，惟楓橋汪姓而已。嘗謁汪，服貂耳茸外褂。汪不之識，問潘。潘告之而面有得色，汪大恚。潘去，乃令其僕遍向舊家搜尋此服。並懸重價，每一襲償金八百兩，一夕而得八襲。詰朝，折柬招潘飲。潘至，則八僕立於大門之左，所服與潘無異，潘慚而去。按俗以潘梅溪與查三爺鬥勝，編為京劇。其實潘後查七八十年，並非同時人物。又左公平西，以曹克忠為主腦，其實甲午之歲，曹尚任某處總鎮，捻匪之役，蓋與曹絕不相干也。

潘班放浪煙霞

黃葉道人潘班以書畫著，見紀文達《閱微草堂筆記》。相傳潘睥睨冠蓋，放浪煙霞，一時有高士之稱。有與之戲者，曰：「公名可對《聊齋》志目。」潘問之，乃「紫花和尚」也。

不忍獨試

胡恪靖公寶瑔，世居徽州。父官松江府教授，遂家焉。生公之夕，教授公寓居王文成公祠，夢文成手一金軸曰：「五十年後，煩送吾鄉。」乾隆十六年，恭扈聖駕南巡，至會稽御祭王文成，命公賫金軸讀祝堂下，方知前夢之徵也。公未遇時，赴禮部試，有友人託其代賫文書投部者，為奴誤事，致愆期，其人不得與試。公知之，曰：「吾累吾友不得入闈，吾安忍獨試！」遂不入闈。尋考授中書，歷官巡撫。

好自矜誇

江陰是鏡，號明我，即小說《儒林外史》中之權勿用。其人胸無點墨，好自矜誇。海寧陳相國，高東軒相國，為其所惑，信之至篤。尹健餘督學江蘇，因二公故，造廬請謁，結布衣交。鏡遂闢書院，集生徒，與當時守令互相來往，冠蓋絡繹於門。常州府黃靜山永年，亦過從之。後緣囑託公事，黃為絕足。鏡在私室中，供陳、高、尹、黃木主，俗謂之長生祿位。辛未，雷翠庭祭酒，承尹健餘之乏，廣文致意。雷招以書，欲覘其學，鏡請援尹例。雷笑曰：「吾知賢士不可召見，但吾往後，恐四公木主外，又添一人耳！」一日，鏡為鄉人告發，亡命不知去向。

不由正路

鏡居村去市有里餘之遠，有小徑逾溝而過，可省行數武。鏡平生必由正路，自謂澹臺滅明復見。某日，歸途遇雨，至溝旁四顧無人，躍之而過。有童子匿於橋下，驚曰：「是先生跳溝耶？」鏡餌以一錢，屬勿傳宣。俄童子洩言於外，聲名大損。

陳名夏之言

順治年間，大學士寧完我劾大學士陳名夏曰：「名夏曾謂臣曰：『要天下太平，只依我一兩件事，就臣笑曰：『天下太平不太平，不專在剃頭。崇禎年間，曾剃頭來？為甚把天下失了？只在法度嚴明，使官吏有廉恥，鄉紳不害人，兵馬眾強，民心悅服，天下方可太平。』名夏曰：『此言雖然，只留頭髮，復衣冠，是第一要緊事。』臣與名夏遇事辯論，已灼見其隱衷矣。」云云。名夏因是卒遭嚴譴。（編者按：事見《清史稿》卷二四五〈陳名夏傳〉）

金聖歎講學

金聖歎先生名采，字若采，吳縣諸生。為人倜儻高奇，俯視一切。好飲酒，善衡文。評書議論，皆發前人所未發。時有以講學聞者，先生輒起直排之。於所居貫華堂，設高座，召徒講經。經名聖自覺三昧，稿本自攜自閱，秘不示人。每升座開講，聲音宏亮，顧盼偉然。凡一切經史子集，箋疏訓詁，與夫釋道內外諸典，以及稗官野史，九彝八蠻之所記載，無不供其齒頰，縱橫顛倒，一以貫之，毫無剩義。座下緇白四眾，摩頂膜拜，歎未曾有。先生則撫掌自豪。雖向時講學者聞之，攢眉浩歎，不顧也。生平與王斫山交最善，斫山固俠者流，一日，以三千金與先生，曰：「君以此權子母，母後仍歸我，子則為君助燈火可乎？」先生應諾。甫越月，已揮霍殆盡。乃語斫山曰：「此物在君，適增守財奴名，吾已為君遣之矣。」斫山一笑置之。

鼎革後，絕意仕進，更名人瑞，字聖歎。除朋友談笑外，惟兀坐貫華堂中，讀書著述為務。或問：「聖歎二字何義？」先生曰：「《論語》有兩喟然歎曰，在顏淵為『歎聖』，在與點則為『聖歎』，予其為點之流亞歟？」所評《離騷》、《南華》、《史記》、《杜詩》、《西廂》、《水滸》，以次序定為六才子書，別出手眼。尤喜講《易》「乾」、「坤」兩卦，多至十萬餘言。其餘評論尚多，茲行世者，獨《西廂》、《水滸》、《唐詩》、《制義》、《唱經堂雜評》諸刻本。傳先生解杜詩時，自言有人從夢中語云：「諸詩皆可說，惟不可說古詩十九首。」先生遂以為戒。後因醉，縱談〈青青河畔草〉一章，未幾遂罹禍。臨刑歎曰：「斫頭是苦事，不意於無意中得之！」先生沒，效先生所評書，如長洲毛序始、徐而庵、武進吳見思、許庶庵，為最著，至今學者稱焉。

金聖歎之死

庚午哭廟大獄，吳下名士駢首就戮者一十八人。曰金人瑞、曰倪用賓、曰沈琅、曰顧偉業、曰張韓、曰來獻琪、曰丁觀生、曰朱時若、曰朱章培、曰周江、曰姚剛、曰徐玠、曰葉琪、曰薛爾張、曰丁子偉、曰王仲儒、曰唐堯治、曰馮郅，家族財產籍沒入官。同時株連軍流禁錮者無算。初，明之亡也，吳下講學立社之風猶盛，各立門戶，互相推排。金聖歎以驚才豔藻，交遊其間，調和之力惟多，其名尤著，所至傾倒一時。遇貴人嬉笑怒罵以為快，故及於禍。當是獄初起也，若某某大臣故假哭廟事翦除之，以為悖逆，莫大於此。駢而戮之，人當無異言。先是，各省撫按，率官紳設位哭臨，市禁婚樂，婦孺屏息，爵愈崇者，尤必備極其哀，誠重之也。蘇亦舉行哭臨大典，當事戰兢惕厲，禮有弗備，明法隨之。然當此所謂人神乏主，億兆靡依之際，亦罔敢顛越弗恭者。而聖歎即以是時，率諸生搶入進揭帖，繼至者千餘人，群聲雷動。蓋以吳縣非刑，預徵課稅，鳴於撫臣，因民忿也。哭臨者大駭，命械之，眾議譁然。金於獄中，上書千餘言，為民請命，說多指斥一切。撫臣朱某，密疏具奏，有敢於哀詔初臨之下，集眾千萬，上驚先帝之靈，似此目無法紀，恐搖動人心等說。命大臣訊獄於江蘇，諸人不分首從，凌遲處死，沒其家孥財產，一時氣奪。吳下講學立社之風，於是乎絕。

天下六才子書

先生又名喟，舊姓張名采。為文倜儻有奇氣，少補博士弟子員。後應歲試，學使視其文，不能句讀，以為詭眾，褫之。來年冒金氏子名科試，一變為委靡庸腐趨時之調，學使大悅，拔冠童軍，遂再入邑庠，而金人瑞之名，仍而不易矣。蓋聖歎憤時傲世，意以天下事，無不可以戲出之，不獨於其名其文變動不居也。嘗大言曰：「天下為才子書六，而世人不知。所謂六者，一莊、二騷、三馬史、四杜律、五施水滸、六王西廂也。」其放誕如此。然遇理所不可事，則又慷慨激昂，不計利害，直前蹈之，似非全無心肝者，以是而得殺身之禍，亦可哀已。聖歎之獄，具見無名氏所撰《辛丑紀聞》，順治十八年之事。惟其臨危，寄家書，有云：「殺頭，痛也，籍沒，至慘也，而聖歎以無意得之，不亦異乎！」寥寥數語，悲抑之情，見於言外。論者謂聖歎以公憤訟貪吏任維初，詞連撫臣朱國治，以是而死。死出於義，又復何憾？所可惜者，以卓犖不群之士，竟死於昏庸冗闒之夫。即謂天不忌才，安可得耶？生平遺稿散佚，僅存者，若制舉文，及《西廂》、《水滸》批本，已盛行於世。其餘莊、騷、馬、杜等集，猶未卒業也。

恃才傲物遂陷於難

今人鮮不閱《三國演義》、《西廂記》、《水滸傳》，即無不知有金聖歎其人者，而皆不能道其詳。王東漵《柳南隨筆》云：金人瑞，字若采，聖歎其法號也。少年以諸生為遊戲，具得而旋棄，棄而旋得，性故穎敏絕世，而用心虛明，魔來附之。某宗伯作《天臺泐法師靈異記》，所謂慈月宮陳夫人者，以天啟丁卯五月，降於金氏之乩者，即指聖歎也。聖歎自為乩所憑。下筆益機辨瀾翻，常有神助。然多不軌於正，好批解稗官詞曲，手眼獨出。初批《水滸傳》，歸元恭莊見之曰：「此倡亂之書也！」繼又批《西廂記》，元恭見之，又曰：「此誨淫之書也！」顧一時學者，愛讀聖歎書，幾於家置一編。而聖歎亦自負其才，益肆言無忌，遂陷於難。初，順治遺詔至江蘇，巡撫以下，大臨府治。於是諸生被繫者五人，翌日諸生群哭於文廟，復逮繫十三人。俱劾大不敬，而聖歎與焉。當是時，海寇入犯江南，衣冠陷賊者坐反叛，興大獄，廷議，遣大臣即訊，並治諸生。及獄具，聖歎與十七人俱傅會逆案坐斬。聞聖歎將死，大歎詫曰：「斷頭，至痛也，而聖歎以無意得之，大奇。」於是一笑受刑云。

顧麟士為人清介

太倉顧麟士先生，為人清介。東陽張國維巡撫吳中，延先生傅其子。筆硯外絕不干以私情。有富人犯法者，其罪當誅，乃以黃金百鎰謁先生，俾言於張公求免。先生謝去，而心輒憐之，自是為損一飯焉。張公察其意若有甚戚者，因婉轉請其故，先生乃具言之，公即為之末減。

顧耿光之雅量

顧耿光字介明者，副憲江玉柱子也。嘗佇立城隅，一夫突至，三批其頰，遂馳去。公怡然袖手。或問：「君何以能堪？」公曰：「非意相干，方寸亂矣，豈宜與校。」不三日，其人暴卒。兩公之雅量如此，皆非世俗中所有者也。

趙、朱鬥富

清初有陽山朱鳴虞，富甲全吳。所居左鄰，為吳三桂侍衛趙姓，渾名趙蝦子，豪橫無比，常與朱鬥富。凡優伶之遊朱門者，趙必羅致之。時屆端陽，若輩詣趙賀節，飲酒皆留量。趙以銀盃自小至大，羅列於前。曰：「諸君將往朱氏，吾不強留。請各自取杯一飲而去，何如？」諸人各取小者立飲，趙令人暗記。笑曰：「此酒是連杯偕送者。」其播弄人如此。朱又於元宵，掛珠燈數十盞於門。趙見之，愧無以匹，命家人碎之。朱不敢與較也。今蘇州申衙前，尚有陽山朱弄之名，而所謂朱鳴虞趙蝦子之號，則鮮有知之者矣。

朱彝尊為兩孫析產

朱太史竹垞，為兩孫析產券云：「竹垞老人雖曾通籍，父子止知讀書，不治生產，因而家計蕭然。但有瘠田荒地八十四畝有零。今年已衰邁，會同親戚分撥，付桂孫、稻孫分管，辦糧收息。至於文恪公祭田，原係公產，下徐蕩續置蕩七畝，並荒地三分，均存老人處辦糧，分給管墳人飯米，孫等需要安貧守分。回憶老人析箸時，田無半畝，屋無寸椽。今存產雖薄，若能勤儉，亦可少供饘粥，勿以祖父無所遺，致生怨尤。倘老人餘年，再有所置，另行續析。此照。康熙四十一年四月日，竹垞老人書。稻孫田地數，吳江縣田一十八畝五分，馮家村田十一畝四分五厘，婁家橋田三畝七分，又史地五分，馮子加地六分五厘，婁家橋墳地三畝六分，屋基池地四畝四分五厘，通共四十一畝八分五厘。」前輩風流如是。今此券為李晴瀾所藏，吳江郭頻迦輩，均有題詠。

江南燕筍是珍饈

康熙初，神京豐稔，極歌筵妓席之盛。貴遊盛行一品會，席無兼味，而窮極奢巧。適王相國香庭熙當會，出一大冰盤，滿盛豆腐。公舉手曰：「家無長物，煮一來其相款，幸勿姍笑。」既舉箸，則珍錯畢具，舉坐莫名其妙。遞至徐健庵尚書，隔年預取江南燕筍，負土捆載北上。花時值會，乃為煨筍餉客，中實珍饈，客欣然稱飽。咸謂一筍一腐，可補《食經》之遺。

孫西川之豪邁

孫西川艾，嘗至金陵冶遊，揮霍甚豪，遍訪教坊季女，共得七人，人持千金納采。即京城，卜居七所。每所器皿畢具。選日結婚，將御一如常儀。爭妍競寵，備極宴爾之趣。冗費可二萬金，興盡而返，絕不留盼。其豪邁如此。厥後，百萬之產，取次蕩盡，但剩一厘以居。雖膏腴輕售，終不言益價。一人忽款門自陳，願輸粟五百斛。公辭曰：「噫，吾安得空室貯之哉！」固與之，乃弗卻。先是，虞山西麓，埋一異石，公遂捐此米，鑱剔之。石既露矣，乃懸崖置屋，名之曰大石山房。公嘗從沈啟南遊，得其點染法，而其跡世罕有傳者。蔣相國曾於大內見其尺幅，所畫為糞壤，頗極工妙，後以子貴受封矣。一日，步遊金閶，有賈人忽把其袖，且笞且詈，幾至折頤。公乘間進曰：「余常熟孫氏，非君所憤某人也，貌或相似耳。」郡守與其子同榜，家僮且欲赴訴，賈人惕息。公笑曰：「負恩如某，笞之最是，偶誤何傷！」怡然引酒，酣暢而別。

朝廷用人不應分滿漢

雍正中，滿洲副都御史缺出，上命九卿密保人才。鄂文端公奏許公希孔忠直可任。上曰：「奈彼漢人，礙於資格，何也？」文端曰：「風憲衙門，為百僚手采。臣為朝廷得人計，不暇分滿漢矣。」上可其言。逾年始調漢缺。

顧退飛脫裘換書

秀水顧退飛列星，貧賤能驕。會寒甚，犯雪詣友，得羊裘之贈。御以入市，過舊書肆，見阮亭詩梓行本，悅之。脫裘換書而去。路人圍觀，共笑其迂。退飛且行且吟，若不知有饑寒者。今日滬上名士，殆無此風趣。

白泰官為江湖客所挫

白泰官自恃其技，屢挫江湖之客。一日，行至一處，有一干人阻路，謂白曰：「奉我師命，特請相會。」白不得已隨之行，至則兄妹二人，在空場跑馬。兄於馬上放箭，妹於馬上接之，十不一失。少頃，下馬相見，請白試技。白知有異，不敢應。妹謂兄曰：「我儕拋磚引玉，何如？」隨令從者取黃豆升許，竹箸二對，兄妹對立，相離數丈，兄以箸挾豆擲去，妹以箸挾豆接回。升中豆盡，無一墜地者。謂白曰：「小技兒戲，幸勿見哂。」白目呆神癡，佇立移時引去。

甘鳳池以拳術名

甘鳳池以拳術名，俗傳乾隆南幸時，微服護蹕者也。嘗誤入盜船，佯醉偃臥。盜投諸水，緣漂木而登。拾道旁巨石遙擲，中桅覆舟，盜眾盡殲。甘妾固賣解者。先是，老翁攜一幼女至，請與角技，勝即留女為媵。女雙趾纖小，鞋尖綴鐵葉，躡之迅走如飛。甘與搏良久，四手相持之際，女翹右足起，幾中甘目。亟承以口，便蹴其左趾，女笑仆地，遂留不去。後有山東鏢客，途遇一僧，相持竟日不決。鏢客以飛錘擲之，僧接錘遽起，即呼師兄，始知皆甘弟子也。甘年七十餘，因多啖羊肉，中飽而卒。

相互過招

洪孟昭，太倉人，江寧甘鳳池高弟也。聞崑山有李公子，武藝絕倫，叩門請見。公子喜，更衣冠迎接，揖讓升堂。一恭之後，公子入內不出。洪問侍童何故，傳語曰：「我行禮時，一足跨其頭，客竟不知，客之能可想矣。」洪曰：「我以兩指招其袴，今二碎帛尚在，可持示之。」公子大驚。目視其袴，已有兩小破眼。於是重整衣冠出見，訂交而去。

太原相國快馬疾馳

惲壽平，字正叔。有監司某，延之作畫，惲拒之甚峻。監司怒拘之至，繫於廳事間。遣一急足赴婁，乞援於太原相國。時已黃昏，相國大驚曰：「事急矣，非快馬疾馳不可。」乃以竹竿挑燈一盞，縛於僕背，五鼓達蘇州，城猶未啟。有頃，直入監司署，力爭而釋。

胡書農嘲張仲甫

杭州張蘭渚中丞獲真虢叔鼎一具，後傳於其子仲甫先生。時劉燕庭為浙江藩司，酷嗜金石。將行，張託人以鼎售之，得千金，已而頓悔。劉行已二日矣，乃使人持千金，輕舸追回之。胡書農學士嘗作長歌嘲之，略謂：「家有寶鼎，譬諸名姝，豈可割讓？若既與人，豈可索還？今此之為，有若以愛妾侍他人寢，忽又促之歸也。」詞頗俊妙，惜乎不存。

落第嘔血而亡

杭州吳殿撰鴻，浙之仁和人。未大魁時，與同邑韓湘南齊名。某年應鄉試，兩人俱以掄元自命，然以文章論之，吳之於韓，略遜一籌也。既入闈，題為〈子張學干祿〉全章，吳極力構思，至漏下二鼓，方成二比。及成，吳拍案曰：「元在是矣，湘南必不能出我前也。」榜發，果掄元。先時，兩主試校卷時，吳卷為正主試所得，韓卷為副主試所得。副主試欲以韓卷定魁，正試曰：「韓文才氣雖奔放，而微嫌薄。吳之文渾厚樸實，精神不露，其福澤可知，我必以吳為魁。」副曰：「然則此卷，我亦不中，但其才非元莫可當位置者，留待後科可也。」遂棄之。榜發，韓竟落第。聞其故，懊惱忿喪不已，嘔血而亡。明年，吳竟聯捷成大魁。

賞松會

仁和龔定盦，嘗逑渠遊某地，一友拉飲，柬曰「賞松會」。私念松何言賞。至則園植一松樹，高可四五尺，置酒其間。主人問客：「貴鄉曾有此奇卉否？」笑曰：「敝地乃日以為薪。」主人疑其誕已，且藐視園中名植，色殊不懌。一客解曰：「龔君甚言其地之多產，理或不誣，非藐視君嘉樹也。」主人始色定云云。少所見而多所怪，世態比比然也，然豈有若「賞松會」之甚者，意者其寓言歟！

水晶石

又，一人在京都，一客出寶玩相視，且云：「得自重價。」裹以繡袱，開視則一方水晶也，其人都不一顧。徐語以吾鄉廣有，價可數百文耳。客終不謂其然。二事殊相類，俱堪捧腹。宋人藏石，又何怪乎者。

和珅恃寵而驕

和珅當國，恃寵而驕。嘗賜食大內，御前設榻坐之，盡巨觥無算，未幾洪醉，上亦微醺。時廣西將軍某，賫表獻珠串至，珠巨如菽，凡一百有餘粒，皆精圓腴潤，不差毫釐。上命和珅試佩，珅碰頭稱死罪，強而後可。上曰：「朕棄天下，當以此串畀若。」珅曰：「串王章也，未有代德，而有二王，亦主所惡也。」上笑曰：「若又安知朕不為唐虞之揖讓？」珅即抗聲顧謂內豎曰：「天子無戲言，若曹志之，他日食言，若曹皆證人也。」內豎均失色，上獨微哂不忤。和歸私第，懸賞潛購珠串，重值不惜。未逾月，某省撫臣，因事罷官，所藏寶珠獻珅，多寡大小輕重，與大內物無異，謂是及身有天下之兆。及晚屏去姬侍，取串飾項際，臨鏡顧影自笑。益陰蓄死士，潛謀不軌，卒以此串構籍沒禍云。

吳三桂會演戲

吳三桂盛時，頗留意聲伎，蓄歌童自教之，中六人最勝，稱六燕班，因六人皆以燕名也。嘗微服漫遊江淮，與六燕俱。鹺賈某，亦嗜聲伎，值家宴演劇，吳具偽姓名致賂為壽賈入而觴之。未幾樂作，列坐少長，獎借不遺餘力，吳惟嘿坐瞑目搖首而已。主人怒目吳曰：「若村老，亦諳此耶？」吳曰：「不敢。但嗜此已數十年矣。」主人愈不懌。客有黠者請吳奏技，否則因而折辱之。吳欲自炫，不復辭謝，欣然為演《寄柬》，聲容臺步，動中肯綮，座客相顧愕眙。少焉樂闋，下場一笑，連稱獻醜而去。

紀曉嵐扮鬼抓鬼

紀曉嵐之外舅曰姚安公，兩目夜視，能見鬼物。紀方壯盛，頗不是善。會夏夜納涼園坐，紀潛墨兩頰，披髮及地，口蘆管有聲嗚嗚然，立暗陬而咻之，婢媼皆逃，漸及姚前。姚笑曰：「爾非鬼，乃鬼倀也。耽耽瞰爾後者，是真鬼，曷睨之。」紀不信，試回顧，則一面窄且長，色白如綻之孱鬼，躡足尾其後，漸小漸沒，始駭異求教。姚曰：「螳螂捕蟬，黃雀隨之，此一理也。械心即鬼，以鬼召鬼，儼然聲應氣求，此又一理也。」紀聞言，恍然覺悟。嗣後著書，雖怪力亂神，而侃侃說理，必軌於正，蔚然成一家言，蓋其得力於理想者甚深也。

卷四

方苞作〈兩朝聖恩記〉

方苞，號靈皋，初為文字之獄，牽入逆案，隸旗籍十年。康熙癸巳召試，撰湖南洞苗歸化碑文，被命為蒙養齋校對官。雍正元年，出旗歸籍。乾隆七年，以侍講休致。先是，戴名世獄，部議戴姓期服之親皆緣坐。方孝標族，無論服未盡已盡皆斬。詞既具，于辛卯冬，五上五駁。癸巳春，章始下，悉免死，隸於漢軍。靈皋作〈兩朝聖恩記〉，以志其事。

《紅樓夢》中的妙玉影射姜宸英

姜宸英，為清朝大古文家，因觀書籍，遂就納蘭明珠之館。曹雪芹所撰《石頭記》，謂妙玉以誦經而為賈府櫳翠庵庵主，即所以影射姜者。姜後以科場案瘐死圜扉，猶妙玉以清淨女兒身，而遭盜劫，作者其有餘痛存乎！

姜宸英以科場案下獄

某年，姜與李某同典順天鄉試，榜放後，落第者造為蜚語，傳播宮闈。順治聞之大怒，下姜於獄。當時所傳誦者，只一聯云：「老姜全無辣氣，小李大有甜頭。」十二字置姜死地。則洪思昉之「可憐一夜《長生殿》，斷送功名到白頭」，以此較之，尚云幸事。

為人臣者不可不通經書

康熙間，詞臣進表，有用「豈弟君子，屬之臣」者。康熙摘其訛，將加譴責。時韓慕廬為學士，奏曰：「屬之臣固誤，然古人斷章取義，亦有君臣兩屬者。如禮經所云，豈弟君子『求福不回』，其舜、禹、文王、周公之謂與？是也。」（按洪武郊祀文，有「予我」字）上怒，將罪命筆之人。四明桂彥良，時為正字。奏曰：「湯祀天曰，予小子履『武』祭天曰『我將我享』，儒生泥古，致循此弊。」上始無言而罷，頗與此事大同小異。為人臣者，誠不可不通經也。

邑宰戲己

秦大士魁天下，衣錦謁祖日，音樽燕客，邑宰在座。優人演唱《辨忠佞》一套，蓋主人翁之所點也。優人本其平日所串，演出岳少保冤沉三字獄時事，秦氏怒，命收場，擬將優人交官禁押。邑宰以下流無知，不必深責，佯曰：「向者吾未諦視，吾不信此下流人，能酷似相國規模也。令其傅粉墨再演，如不逼真，罪不容貸。」優人登舞臺，加倍精神，極力摹寫。邑宰詐怒曰：「吾向不信其有此手段，由今觀之，不啻令太祖復生矣。速令牽下，在祠前枷號示眾。」秦氏不之覺，及見觀者如堵，相與譁然，主人乃知邑宰之戲己也。堅請釋之，然已無從挽救矣。

命意不可解

戴醇士侍郎熙，致仕回籍，洪楊之役，赴水以死，清廷予謚文節。至今其畫，寸縑尺素，價值巨金。孫名以恒，亦善畫。嘗畫一小照徵詩，畫中一裸體婦人，左手持劍，右手提人頭。所提人頭，即以恒之肖像也。問其故，曰：「此水精也。」其命意，實不可解。吾更不知題詩者，將如何著筆也。

因禍得福

無錫秦文定，某科充總裁時，有不逞者，造為蜚語曰：「道是無情卻有情，今科也中十三名。」御史即據此彈參，乾隆赫然震怒，除夙負聲華之五人外，其八人臨軒面試。八人懼，賄於內監，求為設法。內監有難色。求之再四，乃於擬題時，往門隙窺之，第見第一字一圈，第三字兩筆，第四字三筆。八人揣摩用意，乃悟為周有八士。竭一晝夜之力，構成之，屆期果合。八人無恙，且有入詞林者，亦可謂因禍得福矣。

腰斬之刑堪稱野蠻

雍正間，俞鴻圖督學閩中。關防頗嚴，操守亦慎。每扃試之日，戒其僕從，分值內外，毋得擅自出入，將以絕傳遞之弊。乃其僕作奸犯科，每傳遞之文，即貼在俞背後補褂之上。僕役輕往揭取，授之試士，而俞不覺也。久之，考取益濫，遠近大嘩，為言路所彈劾。廷命侍講學士鄒升恒往代其任，並令將俞腰斬。鄒即監斬官。而鄒與俞本兒女姻親，以懾於天威，不敢漏泄。俞倉猝受刑，及赴市，方知之。劊子手於腰斬之犯，向索規費，得費則可令其速死，不得則故令其遲死。俞既斬為兩段，在地亂滾，且以手自染其血，連書七慘字。其宛轉求死之狀，令人目不忍睹。鄒據實奏陳，上亦為之惻然。遂命封刀，自此除腰斬之刑，蓋自俞始也。俞既死，其宅鬻於他人。居之者多不利，至今已七八易主矣。某年宅主某，正在浴室，忽見半段血人滾出，一驚而絕。夫以失察而罹慘刑，其冤痛為已甚，其厲氣安得不為祟耶？中國之刑律如此，此所以召野蠻之誚也。

吃短命酒

劉文恪誕生，時值午夜，村人見燈火燭路，運酒者絡繹於道，俱入劉宅。跡而覘之，廳事滿矣，咸錯愕不解。比明，傳劉氏生男矣。或登堂賀，詢運酒事，家人不知也。文恪幼即好飲，其飲最豪，能三四晝夜不輟杯。與之角飲，有一日半日遁去者，文恪呼之謂吃短命酒。

劉墉跅弛放誕

劉石庵相國墉，書法出入顏柳，為清朝第一名家。然跅弛放誕，不斤斤邊幅，衣服垢敝，露肘決踵，泰然也。一日召對，有虱緣衣領而上，蠕行鬚際，乾隆帝匿笑，而相國不知也。退食歸第，為僕人瞥見，請為拂去之。相國至是始悟帝對之笑者，蓋為虱故。因效王荊公語，謂僕人曰：「勿殺此虱，此虱屢緣相鬚，曾經御覽，福分大佳，爾勿如也。」其沖淡如此。劉持躬清介，居官數十年，依然門可羅雀。同時則有滿相某，專權恣肆，富敵萬乘。其司閽某，亦積得暮夜金百餘萬，在京師設典肆十餘所。劉恒以朝服向之質錢，而閽不知也。會元旦朝賀，同官皆狐裘貂套，劉獨衣敝緼，狀殊瑟縮。帝以為偽，頗不懌。翌日問之曰：「劉墉，你為什麼有了衣服不穿，裝成這窮樣子？」劉叩首對曰：「臣一應衣服，俱在某人處（指滿相的家人處）。」帝召滿相某問之，殊茫然。劉出質契示某相曰：「有憑據在，何得云無？」某相窘甚。乾隆謂某相曰：「劉某人的衣服，你還了他罷。你看他凍得怪可憐的。」劉出，滿相咎之曰：「石翁，你要錢用，盡可向兄弟說，何苦弄這狡獪呢？」劉曰：「上問得凶，一時找不出話說，才拿老兄來推託的，莫怪！莫怪！」某相亦無如何也。

喬坐衙

山西喬御史，名廷棟。起家進士，積資十年，其手采議論不可知。但聞其居家，最可笑者，每晨起，具衣冠，升堂軒高坐，命僕隸呵唱開門，並搜索內室，喧叫而出，報曰：「無弊。」然後家僮輩，以次伏謁，或訴爭鬥事，為剖決笞斷訖，然後如儀掩門，退入內室，每日皆然。嘗聞宦情濃者多矣，然未有如此公者。此公措施，可製一燈虎，射《六才》三字。或叩所謂，余曰：「無他，『喬坐衙』耳！」

《古今圖書集成》

相傳《圖書集成》一書，成於陳省齋之手，然其實非省齋一人所成。康熙六十一年十一月，雍正諭：「有陳夢雷，原係叛附耿精忠之人，蒙皇考寬仁免戮，發往關東。後東巡時，以其平日稍知學問，帶回京師，交誠親王處行走。累年以來，招搖無忌，不法甚多，京師斷不可留，著將陳夢雷父子，發遣邊外。或有陳夢雷之門生，平日在外生事者，亦即指名陳奏。楊文有乃耿逆偽相，一時漏網，公然潛匿京師，著書立說。今雖已服冥刑，如有子弟在京者，亦即奏明驅遣。爾等毋得稍徇私隱蔽。陳夢雷處所存《古今圖書集成》一書，皆昔皇考指示訓誨，欽定條例，費數十年聖心，故能貫穿古今，匯合經史，天文地理，皆有圖記。下至山川草木，百工製造，海西秘法，靡不備具，洵為典籍之大觀。此書工猶未竣，著九卿公舉一二學問淵通之人，令其編輯竣事。原稿內有訛錯未當者，即加潤色增刪。」等語。據此則《圖書集成》之成帙，非省齋所能專其功，而省齋之才氣跅弛，讀此亦可概見矣。

吟詩被杖責

周篔字青士，以詩鳴。嘗遊嘉善，邑紳柯氏家擅園林之勝，周喜其幽邃，襆被居焉。見月偶成佳句，恬吟密詠，徹夜無眠。郡丞李某，署與柯鄰，以其擾人清夢，勃然大怒。詰旦遣吏逮之至，杖數十，逐之使去。

賈相國怒抹「敏」字

易名之典，或者謂數有前定，殆非偶然。商城周芝臺相國，平時嘗從容語門下士云：「吾他日得諡文敏，則目瞑矣。」迨公薨，江蓉舫都轉人鏡，適官內閣漢侍讀，例得擬諡。故事，臣工得諡文者，擬八字，不得諡文者，擬十六字。繕列兩排，送堂官審定，然後進呈。大約朱筆圈出者，均係首排第一字。江故熟聞師門曩言者，遂以敏字首列。黃縣賈相國，與商城本同列交契，忽執不可。江乃備言商城遺意，賈愈怒，竟將「敏」字抹去。奏上，乃圈出「勤」字。

審音知吉凶

周坦未第時，坐於觀橋市肆，厲聲詬僕。時有富春子孫君者，少病瞽，遇異人授以審音之術，其於萬物始終盛衰，恒以音決之，聞其聲往揖之曰：「狀元何來耶？」周以紿己不答，後果擢進士第一。

挾威詐騙

周敬修天爵督楚時，嫉惡如仇，如吸洋煙者，剪唇。作訟師者，截指；行竊盜者，抉目。所創非刑，若逍遙橋、天平凳、安樂床、英雄架，及站籠、漆枷等具，皆出自心裁。因是，貪官污吏，皆為斂手。因其風厲，遂有挾威詐騙者。某日，有官船舶小池口，幡書「湖廣總督部堂」，稱為五少爺，沿途告狀者，公然受詞。夏憩亭中丞廷樾「時宰梅」迎郊適館，昂然不會。夏詳請部堂，核實真偽，以備供應。批覆云：「無論真偽，鎖解來省，按律治罪，該縣毋得遽刑。」覆到，五少爺在廟觀劇，面設公案，聲厲氣揚，辟易儔人。正作威福，忽來禁卒，混號王陰心者，突批其頰，並力一掌，而口鼻中血涔涔下矣。初叱何暴戾乃爾，繼知敗露而膽喪矣。夏命褫其衣拘繫之，笞隨丁一千。供稱在途遇五少爺，屬其服事，不知真偽等語。甫解省，即服毒死。

趙秋谷詬罵俗吏

趙秋谷，青州益都人也。乾隆戊午，北平黃昆圃先生任山東布政。黃素推崇秋谷，會益都令某前來晉謁，黃曰：「趙秋谷先生在君治下，其詩文甚富。盍請於先生，持其草稿來，俾予寓目。」令歸，即遣一隸，持牒催之。趙善罵，得牒大怒，詬令俗吏，並及於黃。黃親謁見趙，述其故，趙恍然。

王濤才高早夭

寶應王濤，五歲時，客命屬對。曰：「魯男子。」即應聲曰：「徐夫人。」一座大驚。客難曰：「能更對否？」曰：「莽大夫。」客愈驚。師教之讀神童詩，笑曰：「吾能作也。」不讀。請讀九經，日記千言，二年而畢。年十九溺於水，其兄泓哭之慟。一日，檢遺書，有〈歸濤賦〉，中有曰：「喜溢流之茫洋，悲康衢之陂陀。追伍公於胥江，招屈子於汨羅。署陽侯而擊鼓，導洛女以放歌。路漫漫兮浩渺，天不旦兮奈何！」蓋已為之讖矣。

節儉與吝嗇

陳中丞察之巡撫南贛也，日市一鴨卵，四分之，半以供子師饌，半以分啖父子。又有富人譚曉，每飯熟一卵，竅可容箸，藉而啖之，飯畢封其竅，留之。再飯、三飯乃盡。然陳公之儉，或出於矯。而譚則天性吝嗇使然，又未可同日語也。

八股名家

陳句山，八股名家也。在揚州日，嘗以五字榜其門曰：「授小兒秘訣。」翌晨起視，則已有人續書其下曰：「醫太僕官方。」陳大慚，急揭去之，然已喧傳一郡矣。

姓名關乎進士之名次

王揆，太倉籍煙客先生次子也，中順治己未科進士。館選日，某公欲薦之居首。及聞臚唱，「揆」字與「魁」音相近，順治曰：「是負心王魁耶？」蓋小說家有《王魁負桂英女》事。某公遂默然而止。

鄉試搜檢夾帶

祁文端公當國時，有門下士名張穆者，老明經也。嘗入北闈鄉試，時搜檢之例尚嚴，張以巨瓶滿盛白酒，至龍門，番役欲留之，張不可，王大臣則睨之而笑。張即以酒酹地曰：「吾奠公等也。」於是王大臣大怒，喝令嚴搜。而張竟未攜片紙隻字。後於卷袋中，搜得有購新筆試書《離騷》數語，竟以是交刑部。賴文端之力，設法拯救，始獲無他。

娶婦在途聞訃

康熙癸未年，帝賜孫岳頒少宗伯水精眼鏡。虞山蔣文肅，時以庶吉士供奉南齋，奏：「臣母曹氏年老眼昏。」康熙亦賜之。當時以為殊寵，蓋其製法尚未傳於世也。文肅官庶常，即賜第西華門蠶池之側。御題匾額曰「揖翠堂」。雍正戊申大拜，紫禁城騎馬。己酉七月，賜新第於德勝門，子文恪賞舉人。丁未賜各大臣福字。雍正以公母曹太夫人服未闋，特賜金箋福字。壬子賜人參十二斤。五月十五卒，年六十四。子文恪，聘陳相國干齋之女，定於庚戌完娶，而杜夫人逝，文恪居憂四月。公病，以中饋無人，且欲冢婦為之侍養。堅請於陳，行將迎婦，繼遭大故，乃與陳議其所服。當時有引《禮經》：娶婦在途聞訃，女改服布深衣縞，總以趨喪之例，持三年服。

磨勘之嚴

癸酉順天鄉榜，磨勘之嚴，實發難於廣東梁僧寶。十九名徐景春，第三場第一問，有「七十曰老，《公羊》所云」。於「公」字下加一讀，梁為簽出。梁係庚申進士，久官禮曹，於案例最熟，遂援楚字書為林疋之，條議罰停三科。座主潘文勤，惡徐弇陋，必欲革斥。凡革舉人，同考鐫職，主考降調，不得通融。時文勤方署吏部侍郎，吏部司官以稿上，文勤大怒曰：「寧有是？我知不過有人圖謀全小汀之缺耳。」因擲其稿於地。時全文定為協辦大學士，寶文靖為吏部尚書。文靖到署，見地上遺稿，問故，司官一一告之，文靖默然。案既上，文定果降二級調用，同考編修陸懋宗鐫職。文靖乃入相，其實文靖並非排擠文定，而求代其位也。後文定以內閣侍讀學士轉升，將十年仍入相，壽且八十云。

天意不可挽也

駱文忠公秉章，粵之花縣人。石達開就戮時，殷殷以幼子為託。文忠以與同鄉許之，養其幼子於署。將冠矣，文忠一日試之曰：「汝已成人矣，將以何者為自立計耶？」石子大言曰：「我惟有為父報仇耳。」文忠大駭，陰使人鴆之。嗚呼！父子天性，乃一至於此哉！太平天王洪秀全及東王楊秀清，皆粵之花縣人。先以他案為李公孟群所獲，將置大辟。本管知府，吳人也，素柔脆，見二人觳觫狀，意良不忍，遽釋之。李公不悅，辭職而去。二人出，遂釀巨變。李公三河之敗，死事甚慘者朝廷優恤，並列祀典。故老相傳太守赴任之日，泊舟梟磯廟下，道士夜聞諸神會議曰：「此人若令赴任，必貽東南數省之災，不如風覆其舟，以絕後患。」孫夫人曰：「是天意不可挽也。」已而寂然。道士明日舉以告人，人嗤其妄。及洪楊難作，人始恍然。

王仲瞿能發掌心雷

秀水王仲瞿，嘗從喇嘛學掌心雷，一舉手砰訇作響。嘗在會試場內小試其技，監臨查悉其事，將照左道惑人例治罪，經座主某公解圍始已。及填榜，卒抽其卷，仲瞿乃以孝廉終。王為何爽清弟子，何與和珅極厚。和珅將敗，何恐己之不能免也，一日，忽上疏薦舉仲瞿能發掌心雷。乾隆大怒，何議革職。及和珅敗，何已去官矣，得無恙。而王從此蹭蹬場屋者二十餘年，後卒於虎丘之盈盈一小樓，論者惜之。

王可莊工八法

王可莊殿撰，工八法，蓋直入歐陽率更、褚河南之堂奧者。某君謂殿撰，並能執針黹為平金堆花諸技，鮮明燦爛，前門外京貨攤所售者，不能逮也。設為簡齋先生所見，定當求一小荷囊，而不必向慶雨林苛求刻責矣。

吃肉尚書

曹文恪善啖，其腹有折紋十餘道，以帶束之，飽則以次放折。每賜食，王公大臣所得如牛羊之類，俱以遺文恪，至轎為滿。文恪坐轎中，取置扶手上，以刀碎切恣啖。每及返私第，則轎中肉都盡矣，一時有吃肉尚書之目。

牙牌卜朝局

德州盧文肅，嘉慶庚辰元日朝回，以牙牌卜朝局，得一數云：「拔毛連茹，承流當寧。其道大光，為霖為雨。」是年果道光御極，命以明年為道光元年。

食量之小大

尹文端公，每趨朝，只食蓮米一甌，迨退直，則日亭午矣。萬幾綜理，手不停披，無呼饑之日。同時有某公，必全肘二，雞鶩稱是，然後入軍機辦事，取較文端之量，蓋藐乎小矣。

蔣式瑆辭官

蔣侍御式瑆，辦事勤實，心地光明，為清代不多見之才。屢次揭參不法官吏，遠近聞而生懼，因之最觸時忌。侍御遂灰心辭官，攜其梅鶴，不顧而去。

關槐善畫得恩寵

關鏡軒侍郎槐，善六法，內廷繪事，嘗與筆焉。乾隆寵賚甚優。時戴文端公以四品京堂，在軍機大臣上行走。一日乾隆召見，語及繪事，文端以不知畫對。詰之，則對曰：「善畫者，關槐也。」人始知關之疊受恩施，皆上之所以予戴也。

神劍錚錚作響

東莞彭中丞誼，身沒後，其子孫以雍正所賜之劍，懸於祠內。劍有神，每錚錚作響，則其宗人之不肖者，輒自裁而死。後以劍瘞香爐下，嗚猶不絕。或謂靈如在，以其所受賜之劍用之於國，則亂臣賊子何難授首，惜其僅屬家庭內也。

以錐刺股

程學啟，幼沉毅有志，生平慕岳武穆之為人。初入洪楊黨，以錐刺「盡忠報主」四字於股上，流血及踵。已而創甚，結痂。痂落，則依然完膚也。程自是遂有去志。比隸李文忠麾下，國士知己之感，程益奮發。又刺四字於股，結痂即顯然。策名委身，蓋有定也。

冒名撞騙

某年，蘇省有翰林李夢瑩來自湖南原籍，投刺遍謁當道，意在抽豐。時巡撫為趙舒翹，固中科舉毒者。接談後，屬三首縣為設法。時吳縣為凌焯，以精明著，察其有異，發電至湖南密詢得實，即率役至寓所捕之。李方拜客回，金頂朝珠，逮赴縣署，圍而觀者如堵牆焉，與《儒林外史》萬鳳池赴官就鞫時，情狀相似。得供後，以冒名撞騙罪下獄，而凌獲卓異，保送赴都。

直呼督學之名

莊侍郎有恭，督學某省，場規嚴肅，鎮日在堂監視。有一童戲謂一童曰：「汝能直呼其名否？」童曰：「能。」乃偽為出恭者，數至簷下，莊見而叱之，童高聲答曰：「童生不能無恭裝有恭。」莊聞之，默然而已。

鄭觀應洞若觀火

《盛世危言》一書，著者香山鄭陶齋觀察觀應。壽州孫相國曾以之進呈，得邀讚賞。中國談維新，言變法，此書蓋鼻祖也。觀察復好吟詠，有《羅浮侍鶴山人集》。平日所論時務，縱橫精確，益發於詩，時人目之為詩中陳同甫。如〈答菽園論公法〉一詩，前四句已能包括無遺，具見卓識，茲錄於下云：「公法知難筆舌爭，富均力敵始通行。只因律例分繁簡，遂使中西失重輕。」他如〈管子有感〉云：「非富不能強，非強不能富。富強互為根，當國宜兼顧。」〈開礦謠〉云：「天惟養斯民，地不愛其寶。彭魄孕萬物，坤靈名富媼。」〈時文歎〉云：「束縛困英才，收攝戒放縱。譬之千里駒，垂耳受羈鞍。」〈俠客行〉云：「街柝沉沉夜未央，高秋一葉從空墜。手提革囊擲我前，取出頭顱血痕涴。」〈贈日本小田切領事〉云：「俄與德法已合謀，俄法聯盟尤詭譎。中土若分日島危，俄權已伸英利絀。欲籌良策保太平，除卻聯盟鮮他術。英美亟宜合日中，同心拒俄詎分別。六國從成強秦孤，強秦衡成六國滅。」全球治亂，洞若觀火，不愧一家經濟言也。

李傑有奇妹

李傑，黔人也，能詩善畫，以征苗功，累擢至參將，非其所好，改就知州。王南卿與相識，談次問曰：「君貌恂恂，不類武士，何以得參戎？」李笑曰：「此非吾功，吾妹之惠也。」異而詰之，李因言：父官提督，屢著戰勳，母氏偕歷戎行，亦具大力。繼傑而生一妹，幼負異稟，玉立長身，力大尤罕其匹。

出入好作男裝，婣黨間悉以公子呼之。年十四，從父殺賊，眾莫能敵。馳馬試劍，居然美少年，見者莫辨雌雄也。又十年，父母欲為擇配，使還衣服，抑鬱不樂而卒。相傳妹初生時，鄰近金剛寺災，有火球出自大殿，飛入署中，紅光燭天，遠近救火者皆至。既入署，寂無所見。第聞夫人分娩，適舉一女，眾異之。其生平戰功，皆讓阿兄，故傑得備位行間云。

李既由長江東下，迂道遊吳門。女妓姚修竹者，美姿容，善度曲，而性極恬靜。紈袴子弟過訪者，交口稱讚，纏頭甚豐。修竹落落然，無所許可。獨見李，雅相屬意。李亦極愛賞之，議以千金納為妾，而先留玉珮一雙為聘。訂期二年中，改官江南娶焉。自是修竹獨居樓上不見客，客有迫之見者，尋常問答數語外，翩然而返。已而逾期，李不至。候之數年，抑鬱成疾。日弄李所贈珮，以寄思慕。又數月，病益劇。乃執其母手，訣曰：「兒與李君誠前緣，然初意非特念李，實聞李妹為天下奇女子，故慕之，而及其兄耳。今病篤勢不可活，願母以雙珮殉兒，寄棺尼寺中，勿釘勿葬，倘李君幸而來，猶得憑棺一慟。使知天下有奇人，亦有癡兒也。」語畢涕泣而逝。

膠漆而冰炭

錢東平，名江，浙之歸安人，負才使氣，跅弛不羈，有俯視一世之概，故無鄉曲譽。薄遊廣東，亦落落寡所合。會林文忠禁煙，英人肇釁，江心憤其事，遂集眾舉義，與英人為難。所作檄文，多所指斥，大府惡之，坐以法遣戍新疆。當江未遣戍之前，新疆諸人，固已聞其名矣。既抵戍所，自將軍以下，皆折節與交。江口若懸河，議論激昂慷慨，同人皆推服之，尊為上客。未幾，遇赦歸。歸後，又遊京師，出其縱橫捭闔之說，遂名動公卿間。或勸之仕，江不應，頗以魯仲連自命。時粵寇陷金陵，江曰：「此吾錐處囊中，脫穎而出之時也。」一乘薄笨車出都，送者車數百輛。其時副都御史雷公以誠，辦理糧臺，開府邵伯埭。江懷刺上謁，雷公悅之，辟為幕府。當時江北屯兵數萬，儲胥甚急。雷公任轉餉之職，而各省協餉不至。庚癸頻呼，行有脫巾之變。江為之劃策，疏請空白部照千餘紙，以勸輸軍餉，隨時隨地，即行填給。與從前繳銀累載，而奏獎不存者，迥然不同。富人朝輸資財，夕膺章服。歡聲載道，踴躍輸將，不旬日，遂得餉十餘萬。

又創立抽釐法，於行商坐賈中，視其買賣之物，每百文抽取一文，而小本經紀者免。居者設局，行者設卡。月會其數，以濟軍需。所取甚廉，故商賈不病。所入甚巨，故軍餉有資。源源而來，取不盡而用不竭。不數日，又得餉數十萬。資用既裕，兵氣遂揚。江上諸大師，倚雷公若長城，而公亦視江如左右手矣。當是時，江之名聞天下。然江恃功而驕，使氣益甚，玩同幕於股掌，視諸官如奴隸，咄嗟呼叱，無所顧忌。於是上下交惡，譖毀日至。雷公亦稍稍疏之，膠漆而冰炭矣。一日，會飲行營，持議不合，兩不相下。雷忿甚，聲色漸厲。江怒擲杯起曰：「即不然，能殺我耶？」雷亦拍案曰：「即殺汝，敢有何言！」立叱左右，牽出斬之。監知事張翌國者，英年勇敢，素為江所輕侮，銜之。至是得雷公令，擊劍而行。殘酒未終，江頭已獻。乃以恣肆跋扈，將謀不軌入奏焉。雷公既殺江，旋亦冤之。後雷以他事免官，寓居清江之普應寺，茹素諷經，藉資懺悔云。

徐莊愍彈劾何制軍

咸豐八九年間，昆明何根雲制軍桂清，總督兩江。王壯愍公有齡，素為所識拔，以一監大使，不數年間，薦擢至江蘇布政使。總督藩司，互相倚重，而巡撫累然不能問一事。王志得氣盈，不以巡撫置意中。每詣院謁巡撫，仰面視天，言如泉湧，但自陳其所辦之事，而不請示焉。趙靜山中丞德轍，大不能堪而無如之何，竟引疾以去。歸安徐莊愍公有任，由湖南布政使升撫江蘇，素聞王之專橫也，思有以折之。王初次上謁，左右兩傔僕，各執白銅煙筒，裝送水煙。徐謂之曰：「君仕至兩司，尚未知官場通例乎？藩司謁巡撫，但許吸旱煙，不准吸水煙。君雖才略無雙，定例其未可違也。」遽揮二傔僕使去。王愕然出不意，無可置辭，喪氣而出，然於公事專擅如故。未幾，何制軍力保王升任浙江巡撫，而徐為何制軍所壓，終不能收回巡撫之權，隱忍而已。俄而制軍失陷常州，徐殉節，遺疏劾之，何竟伏法。

張國樑以寡擊眾

張忠武公國樑，初名嘉祥，廣東高要縣人，美秀而文，恂恂如儒者。然喜任俠，放浪不羈。年十五之粵西，從其叔父學賈。顧心弗喜也，日與輕俠惡少年遊。其黨有為土豪所困者，公往助之。殺人犯法，官捕之急，遂投某山盜藪。盜魁奇其貌，以女妻之。一日，山中糧匱，因往劫越南邊境，名為借糧。越南人驅象陣來禦，盜馬皆奔。張使其黨捕鼠數百頭，明日復戰，擲鼠於地，縱橫跳踉，象見之皆懾伏不敢動，遂獲全勝，大掠而歸。頃之，盜魁病死，群黨推嘉祥為盜魁。既而官軍討之，山中倉猝無兵器，嘉祥使人揭一竹竿以禦兵器，戰益久，則愈削銳，以刺人無不死且傷者。及洪秀全起於金田，遣黨招之，嘉祥拒不往，曰：「吾之為盜，非得已也，豈從汝輩者哉！」向忠武公榮，提軍廣西，使紳士朱琦為書招之。嘉祥約官軍壓其巢，出禦而偽敗。乃悉括山中財物，散遣其黨，使歸為良，而自降於布政使勞崇光軍前。改名國樑，得旨賞千總銜，歸向公差遣。由此戰必為士卒先，威名聞天下。蓋公年十八而作盜魁，二十八而折節從軍，出當大任，三十八而致命遂志。平生大小數千百戰，善以寡擊眾，每出己意。坐作進止，率與古兵法暗合云。

卷五

于成龍斬大盜

于清端公，以直隸巡撫遷兩江總督。抵任時，官吏憚公，遠迎，而公日旰不至。方驚疑探刺，而知者報公早單車入府矣。群吏飭廚傳不受饋餼牽不受，一郡不知所為。按察使某公，年家子也，從容言：「公過清嚴，則上下之情不通。某意欲具一餐，為公壽。」公笑曰：「以他物壽我，不如以魚殼壽我。」蓋魚殼者，江寧巨盜也，拳捷梟雄，倚駐防都統為護符，有司莫能擒，故公及之。按察使喻意，出以千金為募。雷翠亭者，名捕也，出而受金。司府縣握手囑曰：「我等顏面寄汝矣，勉之。」

翠亭質妻子於獄，偵知魚方會群盜，張飲秦淮。乃偽乞者，跪席西，呢呢求食。魚望見，款之。刃肉銜其口，雷仰而吞，神色不動。魚咋曰：「子胡然？子非丐也。子為于青天來擒我耳。行矣，健兒肯汝累乎？」翠亭再拜，群役入跪而加鎖，擁之赴獄，司府縣賀於衢。是夕，公秉燭坐，樑上砉然有聲，一男子持匕首下。公叱：「何人？」曰：「魚殼也。」公解冠几上，指其頭曰：「取！」魚長跪笑曰：「取公頭，不待公命也。方下樑時，如有物擊我，手不得動。方知公神人，某惡貫盈矣。」自反接銜匕首以獻。公曰：「國法有市曹在。」一呼左右飲之酒，縛至射棚下，許免其妻子。遲明，獄吏報失盜。人情洶洶，司府縣趨轅，將跪謝告實。而公已命中軍，將魚殼斬於市矣。

天理良心

升官發財，為前清官場中口頭禪。然試問財何由發，實由於官。無怪彼處來一州縣，鏟地皮若干丈；

此處來一州縣，又鏟地皮若干丈。親友聞其赴任有期，額手慶曰：「此行大可賀。」賀其宦囊漲，不復計地皮薄。清初，于清端公成龍，以副貢知羅成縣。臨行與友書曰：「某此行，絕不以溫飽為念。所可自信者，天理良心四字而已。」故歷任州縣，循良卓著，政績爛然，循至總制。康熙諭曰：「原任總督于成龍，博采輿論，咸稱為古今第一廉吏。」煌煌天語，榮逾華袞矣。今之一般狂鏟地皮者，或者其未讀于公餞別書乎？倘能體認天理良心四字，不啻一于成龍也，豈獨于成龍後，復真有于成龍哉！夫當時，兩于成龍互相媲美，豈未來之于成龍不可媲美哉！特不為于成龍，必為虎為狼，鏟盡地皮而去。寄語官場人，好自擇之，則天理良心四字，受賜多矣。

第一太守祠

光祿寺少卿楊香必靜山，康熙朝循吏也。知固安，預修永定河。故事，秋汛畢，即興工。時永定河道黃某，賦役錢不均，遲延及冬，朝涉者股為之戰。公意憐之，許日出後下鑊。黃巡工，遲民之來，欲笞之，公力爭不得。乃直前牽馬至凍處，曰：「公能往，民亦能往。此時日高，公重裘尚瑟縮，乃責此赤脛者戴星來耶？」黃大恚，將繕牒劾。會巡撫李文貞過柳家口，聞其事，召謂曰：「汝年少能是，果古之任延也。」勞以酒，解裘衣之。事得釋，調宛平。時康熙巡畿南，固安老幼爭乞留之。康熙曰：「別與汝固安一好官何如？」一女子對曰：「何不別以好官與宛平縣耶？」康熙大笑以為誠。許食州俸，仍令固安。尋遷雲南麗江府。麗江故苗地，新歸版籍。公乃召土官為典史，諸里魁以頭目充。令人樹榆一本，畝蓄水一溝。建廟，訂婚喪之制。期年歲熟，俗為一變。民飾廟以祀，號第一太守祠。累遷至四川巡撫。乾隆初，緣言事罷。再起，以光少告歸。公奉天人，隸正黃旗籍。

紀曉嵐火精轉世

紀文達公，相傳為火精轉世。火精，女也，見於後五代。每出則光焰熊熊。一婦人袒裼而前，風馳雨驟，必擊銅器逐之始滅。某年見於河間府，市人嘩噪，徑入文達公家。奔視之，內報小公子生矣。幼時耳上有穿痕，至老猶存，宛施環鐻。足白，一握纖纖，平日著靴，實之以絮，而其行迅速，人呼為神行太保。

紀曉嵐性殊跳蕩

又傳，公為猴精轉世。几案上必雜陳榛栗棗梨之屬，公恣情大嚼，未嘗去口。又性殊跳蕩，在家無片時安坐，人故作此議擬之辭。公未嘗穀食，麵則偶一為之。飯時煮肉一盤，熬茶一碗，別無他物。每宴客，肴饌亦殊精潔，主人惟在旁舉箸而已。一日，偕人閒話，僕奉火腿數斤，公啖之立盡。其人出，言之歷歷。公素機警，未第時，偕友往租考寓，及夜深，見後窗自啟，一人持物入，則酒壺並食盒也。公驚之以嗽，其人捨物狂奔去。公乃拉友起。友見酒食，叩所從來，公笑而不答。飲啖訖，以包袱裹壺盒，酣然就寢。明日公攜裹出，過僧寺，謂知客曰：「吾兩人有他事，此裹極累贅，寄存汝處何如？」後知所居處，蓋其家少婦之房也。個中情事，可以不言而喻。

紀曉嵐喜詼諧

文達素喜詼諧，與王夢樓交尤莫逆。一日，退班獨早，匆匆至王寓所，遣家丁寄語夫人曰：「頃在南書房，奉旨封王文治妻為光華夫人，特來賀喜。」夫人疑信參半。夢樓歸，夫人語以故。夢樓曰：「若為曉嵐所紿矣。」夫人詰其故，夢樓不語。

紀曉嵐洩言獲咎

乾隆一日在亭中賞雨，已而漸猛，溝澮皆盈，坡間小草漸為所沒。乾隆因戲制為謎語云：「大了小了，小了大了，大了就沒了。」令諸臣射之，諸臣無以應。已而叩諸內監，始知其故。翌日，以雨中小草為對者，凡二十餘人。乾隆大笑云：「錯了，錯了。」詔紀文達曰：「你總該知道。」文達奏云：「皇上所說的，諒是小兒囟門。」乾隆稱善。乾隆南巡，駐蹕金山寺，文達隨焉。欲題一額，構思不屬。因取筆偽為起稿於紙者，舉示文達曰：「你瞧瞧，行不行？」文達曰：「好一個『江天一覽』！」乾隆大悅，即書付之。文達與盧雅雨為兒女姻親，盧任兩淮運使時，虧空庫資算，奉旨籍其家產，抵償公款。時文達且儤直樞廷，呼其幼子之前，令舒掌書少字，詣盧示以掌中書，不交一語。盧雖老耄，亦解人也，知少加手為抄字，頓悟事。後文達竟以洩言獲咎，譴戍軍臺。所著《閱微草堂筆記》，多言烏魯木齊情景，蓋皆目睹也。

紀曉嵐好作楹聯

文達好作楹聯，同鄉某父子二人同為戊子科舉人，因有「父戊子，子戊子，父子戊子」之對，久思下聯不得。或曰：「紀某自稱無不可對之聯，盍以此難之？」時適有師生二人，同官戶部者。紀偵得之，即謂或曰：「師司徒，徒司徒，師徒司徒。」

寵姬難倒紀曉嵐

文達有寵姬某氏，本河間士人女。幼慧識字，能讀《水滸傳》、《三國演義》等書。父死家貧，遺命必以女歸紀公。公稔知女美且慧，納之，寵擅專房。退食之暇，授以唐宋人名作，令效為詩，日久竟能作絕句。一日，見小婢以舊葛補櫺紗敝者，忽悟得一聯曰：「夏布糊窗，個個孔明諸葛亮。」公歸，告之。公不覺稱善，問：「有下聯否？」公思索良久曰：「無。」姬笑曰：「我今朝難倒紀曉嵐矣。」

紀曉嵐好吸煙

北京達官嗜淡巴菰者，十而八九。乾隆嗜此尤酷，至於寢饋不離。後無故患咳，太醫曰：「是病在肺，遘厲者淡巴菰也。」一詔內侍不復進。未幾，病良已，遂痛惡之，戒臣僚勿食，著為訓。文達深嗜之，時為翰林，獨不奉詔。端居無俚，以大滿斗貯煙絲，張口恣啖，不復顧恤。忽報上至，天威咫尺，急切不能掩，皇遽無所為計，匿煙斗靴頁中。諸臣奏對，閱時且久。俄有煙縷縷然，自紀袍際出。異詰之，不敢答。惟攢眉顰蹙而已。帝疑有變，命內侍搜之，袍窮而煙斗見，去靴周視無他物，蓋斗中餘燼為災也。帝笑曰：「嗜好之於人，其害足以焚身剝膚，可懼哉！」命作文狀罪以自贖。紀援筆立就，有「褲焚，帝退朝曰：傷脛乎？不問斗」之句。帝大笑，賜斗一枚，准其在館吸食。諸臣皆呼萬歲。紀自述頭銜，有「欽賜翰林院吃煙」云云，當時傳為佳話。

紀曉嵐好談狐說鬼

文達殫見洽聞，儒臣稱首。又嘗謫烏魯木齊，語云「讀萬卷書，行萬里路」，紀公有焉。其著作，類皆斷以精理，而又深鄙宋學。《閱微草堂》一書，其明徵也。試為編檢，則說鬼居大半數，其父兄叔侄戚友，下而奴婢細民，靡不敘名姓，詳故實。舉凡鬼情鬼形鬼言鬼貌，一一縷陳之。若與東坡相逢地下，不知若何諧噱，氣殺阮瞻也。然使二公明詰阮瞻曰：「君今又是何物？」則亦應胡盧絕倒。

紀曉嵐祭妻妙文

文達最工雅謔，帝亦深知之。會公新喪其偶，一日召對之暇，問公曰：「聞卿伉儷之情甚篤，際此悼亡，必有悱惻動人之作，可得聞乎？」公對曰：「老年夫婦，一旦乖離，情烏能已？然欲為文祭之，又苦下筆難成隻字。不得已，節〈蘭亭序〉數行，聊以塞責。」因自誦：「夫人之相與一世，或取諸懷抱，晤言一室之內，或因寄所托，放浪形骸之外。當其欣於所遇，暫得於己，快然自足，曾不知老之將至。及其所之既惓，情隨事遷，感慨繫之矣。向之所欣，俯仰之間，以為陳跡，猶不能不以之興懷。古人云，死生亦大矣，豈不痛哉！」謂自此而止。帝不解，公笑曰：「夫字不圈聲，請帝再誦之，可會臣意。」帝如其言，果再誦之，不數語，即發為狂笑。

紀曉嵐涉筆成趣

紀曉嵐戲館對最多，其尤膾炙人口者云：「堯舜生，湯武淨，五霸七雄丑腳耳。漢祖唐宗，也算一時名角。其餘拜將封侯，不過掮旗打傘跑龍套。四書白，五經引，諸子百家雜曲也。杜甫李白，能唱幾句亂彈。此外咬文嚼字，都是求錢乞食耍猴兒。」（按：此聯，世傳為曉嵐先生之作。）上下古今，包括一切，其手筆之大，眼界之寬，洵有非先生不辦者。或曰跑龍套之名詞不典，且不知起於何時，恐係近人偽託。然先生性喜詼諧，往往涉筆成趣。今以「跑龍套」對「耍猴兒」，亦適見其新巧，又何必疑其偽託，而聚議紛紜也。

阮元神機妙算

阮文達督雲南時，原籍購致一妾，殊色也。夜分方就枕，忽材官告急，則車里土司刁繩祖，擁兵入內地薄城矣。聞已無語，仍入妾室。翌晨司道群集，公次第接見。語笑良久，終未及刁事。撫軍徐某，相國門下士也，詣轅私叩方略，相國笑曰：「不須半月，便了卻小丑。」徐私訝其謬，唯唯而退。屆期果得捷報，繩祖成擒矣。各官相繼賀，公笑語曰：「前此公等得勿疑我甚乎？然刁繩祖發難，公等以何日何時知之？必自告急之日始矣。果爾誠足戒嚴，我則逆料其必畔。上年已簡二將，分道駐兵以伺，俟其入犯，一搗其巢穴，一扼其歸路。計往返時日，不及半月耳。」眾始大服。

優價製贋鼎

阮之在揚州也，搜羅金石，旁及鐘鼎彝器，一一考訂，自誇老眼無花。一日，有以折足鐺求售者，太傅再三審視，鐺容升許，洗之色綠如瓜皮。太傅大喜，以為此必秦漢物也。以善價得之。偶宴客以之盛鴨，藉代陶器。座客摩挲歎賞，太傅意甚得也。俄而鐺忽訇然有聲，土崩瓦解，沸汁橫流。太傅恚甚。密拘其人至，鍵之室，命每歲手製贋鼎若干，優其工價。後太傅贈人，此物遂無一真者。

月點波心一顆珠

阮文達視學浙江時，嘗與吳江郭頻伽在西湖上款段遊春。文達忽憶明太祖語曰「風吹馬尾千條線」，使頻伽對之。頻伽應聲曰：「月點波心一顆珠。」文達嘆服。

畢秋帆之雅度

畢秋帆沅，寒微時，館於白下。歲終，主人享以酒饌，並致送脩金，畢扶醉而歸。值其友導作狎邪遊，談笑間，聞隔戶有殷殷啜泣聲。詢之，則妓之不能償宿負者。畢命之入，問共若干銀。曰：「六十。」畢解囊予以脩金，適符其數。妓極感，堅留之宿。畢不顧，拂衣徑去。既而不能卒歲，室人交謫，畢無纖毫介意，人皆服其雅度。

畢秋帆好賓客

畢開府秦中，好賓客，廣交遊。幕中容數百人，經學詞章，金石書畫，以及各家方技，靡不燦然大備。每開宴，則駢長几，燈紅酒綠，達旦通宵。時陝中教匪，蔓延湖廣，軍書旁午，畢委之撫軍，未嘗過問。撫軍某，乃好大喜功之輩，遇事生風，當時有「撫臺碌亂畢不管」之謠。

僕人狡獪多智

畢總督兩湖之日，定期大閱。先一日，命中軍傳令曰：「明日烏黑龍龍下校場。」烏黑龍龍者，吳語東方未明之謂也。令出，將士不知何解，倉皇無措，問諸其僕。其僕狡獪多智，乃咋舌曰：「烏黑龍龍者，言多殺人也。」將士懼，求其設策。僕曰：「此事須賄其姨太太，方能邀免。」咸曰：「諾。」湊銀千兩，僕懷之而入。出謂眾曰：「姨太太已為說項矣。但爾輩各宜早到，毋得遲來，致攖大人之怒。」眾如其教。操罷，一無誅戮，僉謂此姨太太之功也，不知已受僕之紿矣。

古磚深合其意

畢撫陝時，值六旬初度，預禁屬吏饋送。一令獨饋古磚二十事，年號題識，皆秦漢物也。畢大喜，召其家丁面諭云：「壽禮我概不收，汝主人之物，深合我意，姑留此把玩。」家丁跪稟曰：「主人因大人華誕，喚集工匠，在署製造，主人親自監視，挑取極品者，敬獻轅下。」畢一笑而罷。

靈巖山館

畢於木瀆築靈巖山館，雲階月地，幽邃宜人，其實畢未嘗一寄身其地也。查抄前數日，忽中夜重門自辟，有聲甚厲。事後始悟其為預兆。嗣畢遣戍，遂鬱鬱而終。

夢兆

畢少年時，夢至一廟，有王者冕旒上坐，予以鏡，使自照。則前生為一士人，私鄰女，始亂之，終棄之，致鄰女羞忿而歿。今得請於王者，擬圖報復。王者謂報復之道有二：「一滅壽十歲，一損毀名譽。」問畢何所適從。畢願損毀名譽。王者頷首，一驚而寤。其後出為陝甘總督，幕府中有蔣心餘之子，約其妾遁。初思派兵追殺，忽憬然悟曰：「此即所謂損毀名譽乎？」使人厚贐之行。畢敗，奉查抄之旨時，蔣心餘之子，官太倉直隸州。率役入靈巖山館，別置重器數件，曰：「此皆假諸某某者，非其物也。」其實陰為畢之後人地步也。

乩客有神術

會稽金煜，字子藏，一目有重瞳子。其母工於詞曲。一日，母弟馬玉超，挾一乩客來見煜，驚曰：「此南唐後主後身也。後主見馬太君詞而善之，故願為之兒。然此子他日遭逢，得乎戌，失乎戌，當與後主無異，識之！識之！」因起命縛乩，贈以一詞而去。煜祖時在座，笑曰：「彼知後主亦名煜，故妄言耳。」及閱陸游《南唐書》，始知煜一目重瞳，乃大驚。後煜年十九，中順治戊戌進士，授郯城知縣，康熙庚戌罷官，甲戌死。考後主於南唐建寧三年壬戌即位，至開寶七年甲戌而國亡身殞。乩客其果有神術耶？何其言之不謬也。

照例尚書

施純，順天欒安人。由庶常編修為給事中，選鴻臚少卿。時雍正因患口吃，每奏答之際，以舌本出是字甚艱，純乃密奏請改用「照例」二字，上允之。玉音遂琅然，大喜，立擢侍郎。以至禮部尚書，太子少保，離登第僅十年也。時人呼為「照例尚書」。且為之語曰：「何用萬年書，兩字做尚書。」

煉尿尚書

過可學，常州無錫人。由進士官布政使，罷官歸，且十年，以賂遺輔臣，薦其有奇藥。上立賜金帛，即其家召之至京師。可學無他方技，惟能煉童男女溲液為秋石，謂服之可以長生。雍正餌之而驗，進秩至禮部尚書，加太子太保。至命撰《進士題名記》，用輔臣恩例也。吳中人呼之為「煉尿尚書」。且為之語曰：「千場萬場尿，換得一尚書。」蓋吳人呼「尿」「書」二字，同一音也。

嚴永思輯《通鑒補》

嚴永思衍，輯《通鑒補》數百卷。目營手殫，雖溽暑祁寒無少輟。薄暮，則與比鄰江季梁，出杖頭錢七，以四市濁醪，以三市菽乳，相與較論得失，上下古今，夜深始罷。

李文安為嚴養齋換骨

嚴相國養齋為諸生時，與瞿昆湖諸公聯十傑會。嘗會文於李文安公祠中，出入致揖，於公惟謹。一夕，夢公謂曰：「承君隆禮，愧無以報，今以予骨贈君。」寤後忽發寒熱，逾時乃止。人謂文安實為之換骨云。

嚴太守修橋樑

嚴太守天池，相國文靖公子也。將赴邵武任，與郡邑城隍約曰：「某必不攜邵武一錢歸，神其鑒諸！」既抵任，苞苴盡絕，惟有茶果銀一項，士民為官長稱觥敬者，其俗相沿已久，於是爭致。諸公復苦勸受之，以供薪水，辭不獲已，積之共若干金。迨致仕歸，舟次吳門，以原銀付家人曰：「吾前與城隍神約，不攜邵武一錢歸。此銀何所用？其以為修治橋樑費乎！」於是擇日鳩工，是郡之齊門外至邑之南門，凡橋樑之傾圮者，悉修治焉，行人稱便。

居上者危

堵文忠公永錫，少失怙恃，其祖親教之，言動之間，俱有成法。一日，公戲累象棋子，祖坐觀之曰：「不能成。」累之果傾。公意似沮喪。祖曰：「試再為之。」公因屏息以累。祖曰：「可矣。」果成。祖曰：「試毀之再累。」公如言為之。祖曰：「不能成。」果又傾。公問故，祖曰：「汝初不知為之之法，吾是以知其無成也。後見汝其難其慎，吾是以知其必成也。最後汝有驕心矣。凡驕者必敗，吾是以知其不復能成也。吾且問汝，何以上倒而下不動？」公對：「不知。」祖曰：「居上者危，居下者安。」公敬受教。蓋公之學問事業，得力於祖訓者多矣。

湯斌廉直精敏

湯文正斌，撫吳時，有司報湖蕩蓮芡，公駁還。吏固以例請，曰：「例自人作，寬一分則民受一分之賜。且蓮芡或不歲歲熟，一報部即為永額，欲去之得乎？」常熟縣奴訐告其主父，清初時，得隆武偽札，迫主遠遁，欲據有主婦。公曰：「國家屢更大赦，此草昧事何足問，而逆奴以脅其主乎？」追札燔之，斃奴杖下。常州守祖進朝，有惠政，落職，公奏留之。祖制衣靴欲奉公，久之不敢言，乃自著之。人謂公之廉直似海忠介，而去其煩苛；精敏似周文襄，而行以方正。若其學術純粹，又非二公之所得而比矣。

各臣致身不苟

蕭山湯文端未第時，為人課徒。端午日，遇舊鄰哭橋下，自言：弱息為舅所鬻，今在都中和珅處，如海侯門，是以悲耳。文端泫然，解囊盡出館脩贈之，令附糧艘入都。時和方柄用，其人拒懹詣和，便問閽者：「此是和珅家否？」閽者怒，欲攢毆。有憐之者，宛轉得其鄉閥。眾駭曰：「中堂新得寵姬，聞亦浙人。」為白於和，即命進見，優禮有加，旋以文端贈銀事告和。時方鄉試，和親寫文端姓名，飛騎致主考。文端已中三名，遂置榜首。明年入都，主試令亟謁和，三元可得。文端雇車出都，自言：「和珅在朝，今生不復入都矣。」及和敗，始成進士，入翰林。一代名臣，其致身不苟如此。

嬉戲教學容易收效

余嘗考西國課蒙，罕用鞭撻，即就日用嬉戲間教之，童蒙樂從，自足收效，誠善法也。頃翻舊帙，見吾古人，有與此暗合者，特志之。清朝贛南鄧慕濂先生，自少痛絕舉子業，以讀書教人為事。有田在城南，秋熟視獲，挾小學書坐城隅，見貧人子，拾秉穗者累累。先生輒招之曰：「來，吾教汝讀書。能背誦書，吾與汝穀。」群兒爭昵趨之。始導以識字，即使諷章句，又以俚語譬曉之。群兒咸踴躍稱善。既卒獲，群兒語曰：「先生歸矣，奈何！」有泣下者。自是每秋獲，則群兒親學焉。此方之人，無不稱之曰鄧先生。見有衣冠問鄧先生者，則曰：「是我鄧先生客耶？」爭挽留進食。市井間見鄧至，必肅立端拱，俟過乃敢坐。噫，此殆所謂有一份力量，即盡一份責任者歟！

孫星衍性情甚僻

陽湖孫星衍，工六書篆籀之學。其為詩，似青蓮、昌谷，亦足絕人。然性情甚僻，曾客陝西巡撫畢公使署也。嘗眷優伶郭芍藥者，固留之宿。至夜半，伶忽啼泣求歸。時戟轅已鎖，孫不得計，接以梯百尺，由高垣度過。出為邏者所獲，白於節使。節使詢知其故，急命釋之去，惟恐孫之知也。後微聞，凌肆益甚。同幕者，不勝其忿，為公檄逐之。檄中有「目無前輩，凌轢同人」諸語。節使見而手裂之，更延孫別館，有加禮焉。

西安節使優恤程晉芳

程編修晉芳，以貧病乞假，詣西安。節使虛上室迎之。未數日即病，節使率姬侍為料理湯藥，不歸寢者旬日。及卒，凡附身附棺之具，節使皆躬親之，不假手僕隸也。一日兩舉哀，官吏來弔者，竟忘程為客死矣。櫬歸日，復以三千金恤其遺孤。時言舍人朝標投節使一詩曰：「任昉全家欣有托，禰衡一個僅容狂。」洵實錄也。

細民巧騙許瑤光

許瑤光以拔貢入左文襄幕，由軍功保舉為知府。攻嘉興日，墮馬下，賊斫其顱。昏瞀中，一縫工負至其家，敷以金創藥，得更生。城破，文襄奏補為嘉興府。人極風雅，書學黃山谷，所過留題，道路傾其風采。一日，有細民某，密謂許曰：「園中曠地，偽天王埋黃白物若干數，某能識其處。」許怦然心動，雇工發掘，即派細民某督視鍬鋤。時九月，曠地栽菊花幾遍，根株悉盡。甫深一尺，有酒甕存焉，啟其緘皆殘骨。細民某曰：「此偽天王以之鎮風水者，窖即在其旁。某請持此甕，遷諸城外何如？」許允之。細民某匆匆去，其後大索不得，始知受紿，乃廢然而罷。或曰：「此細民某父母遺骸也，緣叢葬署中，不能出，故施詭計以遂其首丘之志，然而狡矣。」許後入名宦祠中。

戴熙有美人之目

戴熙貌瑩潔，官京師日，有過其私第者，戴方晝寢，臥碧紗櫥內，肌膚玉映，驚為內室，逡巡不入。及搴幃，始知其故，一時有戴美人之目。性疏惰，不治家人生產。夫人歸寧後，不舉火，終日食餛飩。童僕輩咸至市壚果腹。罷工部尚書職，住杭州。常戴睡帽，扶奚奴，至鹽橋一帶，臨流躑躅，以為樂事。太平破城後，具衣冠詣賊營請見。再三勸解，敵欲殺之，不忍，麾使去。捶胸大罵，因遭害。眾搜其寓，得畫若干幅，餘無他物，怒，悉裂而為兩，無一完全者。朝議諡文節公，至今真跡流傳，甚為珍異。

劉春霖解夢

相傳劉春霖未第時，薄遊後家後妓寮，時方破曉，一短衣褲者，貿然遮而語之曰：「你可是念書人來趕考的麼？」劉頷之。轉叩姓氏，其人曰：「小人的姓氏你也不必問了。小人昨晚酒醉，路遇仇家，不應持刀行兇，犯了彌天大罪。當往五聖廟祈夢，夢見一個箬笠蓋著八隻耗子。醒而不解所謂，再求神聖指示。神聖告我：『你不懂無妨，明日九點十分鐘，在後家後妓寮門首，有個穿灰布袍子，帶玳瑁眼鏡子的念書人，他也要來祈夢。你勸他不必上這兒來，只要代你解了這夢兆，他便是個狀元。切記！切記！』因此小人在此相候，不料果然遇見。」劉聞言沉吟半晌，曰：「蓑笠下藏耗子八枚，耗子者鼠也。帽下八鼠，非竄字而何？」因促其速遁，其人拜謝而去。

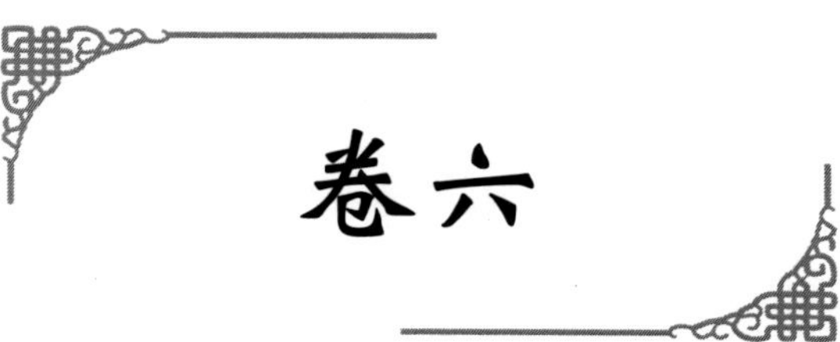

卷六

何子貞以狂著

道州何子貞太史，人極坦率。嘗夏日投刺謁某中丞，某中丞雅重其名，盛服出迎。何徐徐自輿中出，葛衫蕉扇，赤足著芒鞋，與中丞攜手偕行。其傲世不恭如此。何所蓄童僕不給辛工，遇節則隨意書楹聯若干副予之。童僕持出售得數十金，所入反較他主為優，故無辭去者。何道州人，道州土產荷花，何每攜其種分贈友人，或報之金則怒。某太守饋白銀二百，惠泉水一甕。何受其水而返其銀，可謂狷潔自好。何以狂著，某提臺嘗具百金贄，出精扇求書。何作四字還之曰：「暴殄天物。」某提臺不禁失色。

諸君皆國器也

汪柳門侍郎，與吳清卿中丞為表兄弟。同治初，汪已棄儒就賈。一日，遇吳某處，互叩蹤跡。汪謂明日奉訪。吳曰：「你不能來的，乃是知府衙門。」蓋吳方為蘇守吳公延之教讀也。明日，汪待吳不及，詣其館，與吳公之子廣涵相值，彼此投契。廣涵將應南宮試，吳汪附之去，下北闈焉。途遇張人駿、洪文卿，結伴偕行。既抵京，汪忽不知所往。越宿來取鋪程，吳詢其由。汪曰：「我那裡你也不能來的，乃是中堂住宅。」蓋汪為彭相國允章所賞，命課其孫也。後吳洪緣汪而見彭，彭歎曰：「諸君皆國器也。」悉為納監，並各贈膏火數十金。迨揭曉，吳洪獲雋，而汪下第。時粵亂甫靖，浙省鄉場推至十月，彭又為汪諮送回南，亦捷。明年會榜，洪大魁天下，汪吳俱列編修。

洪鈞中魁首

洪文卿未第時，夢神告之曰：「汝戊午第一人也。」甚喜，至次年臨場，又夢前神告曰：「前言戲之耳。」洪慍，謂妖夢不踐，神實顛倒我。及試，題為〈子之武城〉全章，有「前言戲之」之句，始悟曩夢之奇，榜發，果列魁首。

洪鈞狹邪遊

洪鈞通籍後，請修墓假，在金閶微服作狹邪遊。一日，昏然醉，夜四漏，踽踽歸家。路遇巡邏者，詰其何故中宵躑躅。洪怒，掌其頰。巡邏者出繩縛之去。洪倒臥地甲家，黎明始醒。大駭，呼地甲至。地甲識為洪，叩頭請罪。洪無言出，蓋恐人之傳播也。

林維源鬥鶉為樂

林維源喜豢鶉，不下百十籠，皆俊物也。退食之暇，輒令婢僕列於兩行，縱鶉鬥之，以為笑樂。賈似道半閒堂鬥蟋蟀，人曰：「此豈平章軍國事耶？」林維源可謂善學古人矣。

雞穿釘鞋，狗戴草帽

李子和廉訪，攝直隸藩司篆時，部章以仕途流品太雜，凡通同州縣佐貳，概加考試。有某令試卷內，用「雞鳴狗吠」。雞字多書四點，狗字多書草頭。蓋雞沿鷄之誤，而狗沿苟之誤也。廉訪閱之，幾於噴飯。一時遂有「雞穿釘鞋，狗戴草帽」之謠。

李紫璈愛才若渴

李紫璈孝廉，自稱隴西才子，作元和令，愛才若渴。某歲院試，有冒籍孔姓童者與試。攻之甚力，李斤斤爭不已，大有保全之意，言於學憲。時學憲為楊蓉圃，憎李之多事也，置諸不理。李出，乃與劣廩王某奮毆不已。後幸強有力者，抱之入轎，始悻悻呵殿而回。

左宗棠醜詆郭嵩燾

郭嵩燾筠仙侍郎，文章學問，瑰偉奇特，震暴一時。使倫敦，所著《使西紀程日記》，於中外之風土人情，洪纖備舉。其揄揚中外人士，聯絡中外深心，大為士論所不容，卒不安於位。至發憤昌言，貶薄迂儒，更為湘中頑固黨詬病。當時明達如左文襄，亦不滿意，於稠人廣坐中，嘗醜詆其短。致曾紀澤書云：「筠仙奉使回國後，心醉歐美政治，渠意誠有所難忍，而小不忍，轉足以招大辱。聞筠仙還鄉時，由鄂乘白雲輪船入境。官紳哄動苦阻，集議於上林寺，幾欲焚其寓室。」噫！士大夫不講彼中富強之原因，傾心服善，而徒虛張此等士氣，有何足貴耶？

馮桂芬著《校邠廬抗議》

吳縣馮景亭先生桂芬，咸豐朝以編修入直南書房。一日，偶蒙咸豐垂問：「爾散直後，常作何消遣？」對曰：「臣暇則讀書消遣耳。」帝頷首稱善。且問近讀何書，則以《漢書》對。時咸豐亦讀《漢書》，適至〈匡衡傳〉，聞對而喜。因問：「說詩解頤事，詎先生實未讀？」至是惶恐不能對，帝怒其欺。立命回籍讀《漢書》三年，再來供職。先生歸，優遊田里，期滿入都，念萬幾叢脞，當久已忘懷矣。無何，被召見，猶憶前事。因問：「爾非奉旨讀《漢書》者乎？」先生已惶恐不自禁，強對曰：「然。」帝曰：「然則黨錮之獄，能備舉其人歟？」先生強對曰：「臣所讀者《前漢書》，此似在《後漢書》，固未暇讀也。」由是益忤帝意，命依前限回籍讀《後漢書》。先生遂下帷發憤，盡讀兩《漢書》，兼講求經濟之學。期滿再入都，而文宗升遐矣。鬱鬱無以自見，每為同列所輕。官稍遷，即乞歸。為正誼書院山長，以誘掖後進為己任。晚年書法卓然成家，且著《校邠廬抗議》而卒。

風雅之士汪叔名

陽湖汪叔明大令，道光甲辰舉人，大挑知縣。赴挑時，本列二等，已出矣。某邸見某大臣手中書箑，因索觀之，大為稱賞。某大臣言作者，即係頃挑二等之某人。某邸憮然曰：「吾見其人，貌頗獰惡，以為作牧必喜虐民，今乃知風雅士也。」速呼歸，改為一等。

勞崇光果斷入城

咸豐七年，葉名琛督粵，為英人所執。英人據守廣東省城者數年，迨庚申和約既定，次年英人交還省城。督撫司道，仍駐佛山，不敢入城。英人常目笑之。謂：「兩國既和，斷不復存惡意，中國大員何怯也？」然是時，上下議論，皆謂一入省城，必受洋人挾制，將復如葉相之事。勞文毅公，由桂撫調撫廣東，兼署兩廣總督，乃內決於心，獨備儀從，呵殿入城。城外萬人夾觀，將軍都統司道府縣皆從之。洋人既覺其無所懼，諸事稍稍就範，議者咸稱文毅公之果毅云。

閻敬銘首裁點心錢

閻文介公敬銘長戶部時，以綜核著稱，及入樞垣，首裁點心錢。故事，軍機大臣退朝後，至直廬辦事，茶房供點心兩色，文介以為糜費，裁之。同列皆枵腹，文介則於袖中出油麻花僵燒餅自啖，旁若無人云。

閻敬銘以儉約著稱

閻巡撫山東時，以儉約著，嘗使其夫人紡績於大堂之後。僚屬詣謁者，惟聞暖閣旁，機聲軋軋而已。嘗冬月衣一緼絮袍，出示僚屬曰：「此賤內手彈者也。」僚屬無不嘆服。

閻敬銘不喜華服

閻喜見人著練麻衣，有華服者，必盛氣叱之。承風希旨者，皆著練麻衣，官廳有若卑田院。復使人竊聽其語，則皆相與言練麻衣之適體，甚於文繡多多矣。閻大喜。後閻調任，僚屬華煥如初矣。

閻敬銘請客寒酸

閻每飯極粗糲，嘗招新任某學政飲。學政至，見所設皆草具之不堪下嚥者。中一碟，則乾燒餅也。閻擘而啖之，若有餘味者。學政終席不下一箸，閻故強之，學政勉盡白飯半盂，歸語人曰：「何嘗是請客，直截是祭鬼。」

閻敬銘接內務府浮冒之弊

閻在軍機日，見內務府承辦皮箱百口，每口開銀六十兩。召見時，力請節用，太后怪之。閻即引皮箱一事為證，謂：「外間購買，每口至多不過六兩，今已十倍矣，則內務府浮冒之弊，可想而知。」太后搖頭曰：「恐無此便宜也。」閻言之不已。太后曰：「既如此，爾試代我購買百口。」並予以半月之限。閻出，持銀至騾馬市，則皮箱店均已關閉。詢之，俱曰：「頃有老公吩咐，半月內不准開張交易。如違必將貨物打成齏粉。」閻無奈，只得函令天津當道，派人選覓，克日解京。已而寂然。及限，太后詢之，閻惟崩角而已。迨回寓，始知其親隨某，已得內務府銀一千兩，將信擱起，人則逃遁無蹤矣。

沈鵬希望獄中讀書

沈鵬以請除三凶獲譴，奉旨交地方官監禁。逮捕時，挺身而出，及琅璫就道，仰天大笑。家人牽裾問故，沈曰：「吾方厭城市嘈雜，若囹圄中，終年寂靜，大可借此補讀未完書也。」可謂想入非非。

徐建寅攜婢為童

徐建寅仲虎，在京師寓錫金會館。攜一童，有察之者，則婢也，特改裝耳。於是闔館大嘩。崔鳳樓時寓闢菜園，崔他出，留僕守門。一賊乘虛入，僕起捕之。賊窘，出匕首刺之立斃。章回書目曰：「錫金館幼婢作嬌童，闢菜園豪奴逢惡賊。」

廣東鄉試弊案

順天府尹顧璜，簡放廣東主考。其處盛行闈姓，有巨商以重金買四姓：二文二梅。欲主考頭場題中宣示。是科二題為「衣錦尚絅，惡其文之著也」，三題為「令聞廣譽施於身，所以不願人之膏粱文繡也」，二文字已昭然若揭。詩題為「雪樹兩折南枝花」，是二梅字也。事後內監試盧秉政，以開缺知府赴京引見。某學士觴之某處，談及廣東鄉試，頗多蜚語，究竟如何？盧正色曰：「不是謠言。」

挹酒澆花

潘蔚如中丞，為下僚時，異常困頓，室有唐花已萎。潘醉後挹酒澆之，戲祝曰：「吾他日倘得高牙建纛，則汝重榮。不然，無望矣。」未幾，花果含苞吐蕊，見者奇之。

潘蔚如為恭王福晉醫病

潘每衙參，有御車者，向乘以往。一日，其容甚戚，潘問故。御車者曰：「以妻患病耳。」潘曰：「吾當為汝醫之。」御車者喜，載潘徑至其家。潘為斟酌一方而去。迨授蘆溝橋巡檢時，督直隸者那文誠也。一日，忽奉五百里排單，札調潘巡檢。潘皇駭不知何故。迨入省，則文誠之女方字恭王，婚有期矣，忽患病如御者之妻。御者適在那公署內，故以潘為薦也。已而果癒。恭王福晉感之甚。潘公之得膺疆寄者，以恭王福晉之力為多。

王廉生有東怪之稱

王廉生祭酒，官翰林二十年，喜金石書畫，一貧如洗，典衣絕糧不顧也。書法雄健，盡脫楷氣。吳縣潘文勤公，極賞識之。王性耿介，好詼諧，動輒玩世，使酒罵座，同官均側目，有東怪之稱。至闔家殉國，人始歎為不可及。

潘祖蔭嗜金石

潘文勤祖蔭，酷嗜金石。修墓回籍，聞某處有某碑原石，文勤欣然往覓。至則石在某姓家子婦床後壁間，文勤持燭捫索之，良久，良久，飛塵滿頭不顧也。已而審為真本，立予五百金舁之去。

潘祖蔭遇事和緩

文勤秉吳人柔脆之遺，遇事和緩，與同列某滿相並善諛詞。時人為之朕約：「者者者主子洪福，是是是皇上天恩。」

潘祖蔭恃寵而驕

文勤在南書房日，恃寵而驕。一時以潘三架子呼之。嘗在前門外，與一車相撞，車中人探頭出望，則某親王也。親王乃曰：「潘三小子你忙什麼，不是趕天橋嗎？」潘赧然而已。一時聞者為之父拊掌稱快。

潘祖蔭被騙

文勤喜聞鼻煙，嘗以銀五百兩，購得金花一罐。某邸取得少許，嗅之絕佳，而思以術取之。明日揚言於眾曰：「潘三架子聞煙到底外行，他那個五百兩頭，並不好。」潘知之大恚，歸而取煙賞其僕。僕密以獻某邸，得善價焉。

鼻煙好，人就不錯

文勤偶在朝房與眾閒談，提及某日陛見之某提督，謂此人真是忠肝義膽。李文田問曰：「其戰績如何？」文勤曰：「不甚清楚。」李曰：「然則狀貌如何？」文勤曰：「沒有會過。」李曰：「然則中堂何所見而云然？」文勤曰：「他送我的鼻煙很好，我就知道此人不錯。」

潘祖蔭擬考題筆誤

某科考差，奉旨派潘文勤公擬題。文勤一時筆誤，竟書同治年號，此紙已粘諸殿柱矣。監試者見而駭甚，潛往揭之，裁去「同治某年擬題」一行，而文勤卒獲無事。可見當時尚有同寅協恭之誼。

潘祖蔭妙評試卷

某科會試，文勤充大總裁。有一卷薦而未售，評曰：「欠沙石。」及輾轉託人致問，文勤曰：「其文日光玉潔，因恐風簷寸晷，未必有如此磨琢工夫。或係代槍所致，故抑之。」又一卷，批一「矮」字。眾皆愕視，文勤曉之曰：「矮者謂其不高耳。」又文勤嘗請門生私宴，其知單曰：「天氣甚熱，准九點鐘入座，遲則俱死無益。」其坦率有如此者。

潘祖蔭集款捐修頤和園

文勤以斥革舉人徐景春一案，部議降二級調用，為戶部侍郎，管理三庫事務。不知何時，三庫印信失落，及潘在任時舉發，因得革職留任處分。至是降二級調用，無任可留，竟議革職。兩宮以其南書房多年，特旨賞編修，仍在南書房行走。潘抑鬱殊甚。甲戌會試後，邀各門生在松筠庵宴飲，集款二萬兩，捐修頤和園，遂賞三品京堂候補。累遷至工部尚書，薨於位。

丁日昌出爾反爾

丁日昌初在浙省某釐卡充當司事，其後報捐知縣，選江西某缺。一日，丁下鄉，粵匪乘虛竄入，城為所據。丁歸而大怒，欲殺捕廳以伸國法，眾環求始免。未幾匪為鄉團所敗，遂逃去。越數月，匪蜂擁至，城復為所據。丁攜印奔赴村墟，以印授士紳，自投淺水塘不死。士紳勸：「以何不作背城之戰？」丁曰：「無糧餉，奈之何！」士紳曰：「公書諭帖曉民間，令預納錢漕，亂平後以八折輸官，當必樂於從事。」丁喜，更懇士紳為之畫策，果一鼓而平。

或慫恿捕廳羞辱之者，捕廳如其教，丁見面即相持慟哭。復問捕廳近狀何如，捕廳告窘。丁立命賫錢四十千，送往捕廳家中，捕廳無言出。明年開櫃，丁設宴邀士紳飲。酒罷，丁偶言曰：「前者權宜之計，今朝廷徵收甚急，君等可否照常完納？」士紳大嘩，謂：「出爾反爾，抑何無恥。且前次諭帖印信俱全，此豈不足為憑耶？」丁曰：「曩者吾命且懸爾輩，何有區區諭帖？無論八折，即三四折，亦不能不俯如所請也。」士紳益嘩。丁推案起，繫士紳於獄。限期追比，一時座上客，盡為階下囚。士紳不得已，如數償之。自是唾罵之聲，盈於衢路。

丁日昌不喜著襪

丁於夏令，性最畏熱，尤憚著襪。接見僚屬，則赤足套靴一雙，蹀躞而出。靴大腳小，空空如也。一日會客，正高談闊論間，得意忘情，將一足頻行顛擲。撲禿一聲，靴竟跌落，離座約二尺外。白足遂如毛錐脫穎而出，眾欲笑而不敢，勉強忍之。當由家丁拾靴以進，公從容套上，談論如常。其生平落拓，類如此。

丁日昌改成「不自量」

後丁嘗有人將其名刺改成「不自量」，頗不露添注塗改之痕。丁見之亦不覺掀髯而笑也。

丁日昌禮賢好士

丁撫吳日，禮賢好士。春秋二祭文廟中執事諸員，一一垂詢其號，記之於紙，翌日各書一扇贈之。丁字學蘇黃，為時所重，得者如獲拱璧。自是諸生踴躍，向給以轎馬費而不來者，至此皆爭先恐後矣。

楊太史斷髮

錢塘楊雪漁太史，性耿介，非公事不謁大府。當軸推重，延為學堂總理。太史撫生徒如子弟。生徒開罪教習，教習辭館，太史至涕泣挽留之。一日，又以細故大起風潮。適有舊交書至，請為當軸說項。太史恚甚，回家自斷其髮辮三寸許，命其門下，懸諸門右。有客至，則告之曰：「主人斷髮，避世家居，不復與問世事矣。」一次日作四字偈曰：「昨日一忿，自斷其髮。放下屠刀，立地成佛。」書數十紙，遍致同人。譚復堂先生聞之曰：「其殆剪髮之先聲耶？」時庚子四月初旬也。逾年各省紛紛派留學生至東瀛，剪髮之風乃大盛。

楊寶壬在東京專事嬉遊

楊寶壬觀察，承辦文闈供給，中飽幾逾一萬。嗣為夏菽軒中丞查出，撤省候參，得某制軍解圍始已。聞楊荒謬之處，不可勝言。其奉派至日本閱操時，於沿途高懸「欽命閱操大臣」旗幟。至東京後，專事嬉遊。閱操日，日皇已至仙臺，而楊尚沉酣於紅葉館，同行者無不譁然。

黎庶昌深切時局

黎庶昌，字蓴齋，貴州遵義人。二十六歲以廩貢生應詔上書，論時事萬餘言，以知縣發安慶大營，交曾文正差遣。官州縣十年，旋充英、法、西班牙三國參贊，抉出使日本大臣。適朝鮮內變，強鄰隱集戰艦，將駛往襲取其國都。蒪齋偵知，密電馳報北洋大臣，力勸速發兵輪，統以大將，遂執戎首以歸，敵軍遲到半日耳。至則內亂已定，受盟而退。使事期滿，授川東道，創設學堂，延英人為教習，及聾啞院，取法泰西，以惠殘疾。諸所規劃，卓然可觀。中國官設學堂，以此為嚆矢也。蒪齋為文，恪守桐城，參以堅強之氣，鍥而不捨，成一家言。著有《拙尊園叢稿》六卷。甲申任日本大臣時，上疏議練水師，築鐵路，修治京師街道，優禮各國公使，保護商務，豫籌度支，並請親藩遊歷歐洲。摺中大言炎炎，深切時局。總署以其情事不合，竟寢而不奏。假令採納施行，則中國之富強，可以計日而待。惜夫當道拘牽成法，不能灼見其所以然也。

馬丕瑤、岑春煊喜參劾僚屬

馬丕瑤撫粵，未下車，而有參劾屬員之耗，一時屬員大懼。岑春煊督粵，亦未下車，而有參劾僚屬之耗。其後二春三景，以次參革，一時有「春景不佳」之謠。二春者，王之春、蘇元春。三景者，陳景華、鄧景臨、裴景福也。馬岑二人，皆喜參劾僚屬，而一則專仇視其僚屬之同姓而其名無一字之同者，一則專仇視其名中有一字之同而不同姓者。

馬總督禁博遭暗算

馬總督兩粵時，禁博甚嚴，闈商憾之，陰使人以麥冬濾汁，澄清後煮飯令食。麥冬，涼物也。馬又年老，遲之又久，遂患癱軟，未幾卒矣。

劉華東被革功名

劉華東，粵中諸生也，熟於例，因案赴審。是日適為忌辰，劉穿黑褂，昂然而入。堂上官遂著他日再訊。蓋忌辰日，須穿黑褂。堂上官欲其一時忘記，即羅織以背逆之罪也。後不得已，乃出強硬壓制手段，以「草茅坐論」四字，將其奏革功名。

梁斗南贋首選

梁斗南殿撰，壬戌發解，蹭蹬二十餘年，辛未始成進士。梁本擅書法，復試錯落一字，遂居二等。殿試作楷，極力求工。偶離座，見一美少年作楷，珠圓玉潤，梁不禁歎賞。轉念復懊悔曰：「同榜三百餘人，即此少年，已高於我矣，何敢作非分想耶。」臚唱日，竟贋首選，而美少年，則探花高嶽崧也。

何孝廉好詼諧

粵中何孝廉，善丹青，好詼諧。有以團扇屬書，何執筆畫蝴蝶，作翩翩狀。下寫一貓，目眈眈然，欲上撲蝶，題云：「有客問於貓曰：『貓捕鼠職也，奚為捨鼠而撲蝶耶？』貓曰：「吾性嗜魚，見了蝴蝶，便有崩沙過河之想。」」蓋粵俗，於蝶之小者，呼為「崩沙」。又天寒以魚肉薄切放於沸鼎，即取出，呼為「崩沙過河」。

未沾絲毫之惠

陳鹿笙方伯璚，以拔貢在蔣果敏公營中治軍牘。一日，欲辭蔣去。蔣留之。陳曰：「吾在此，實未沾君絲毫之惠也。」蔣戲曰：「汝在營中食祿十餘年，鬚髯如戟矣，何云未受絲毫之惠耶？」陳恚，詰朝相見，則已盡薙其繞頰鬑鬑者矣。蔣默然無一語。陳出，由捷徑屢保至縣、至州、至府，且授杭嘉湖道。蔣以浙藩護撫院，竟糾陳以同知降補，陳無奈。久之始升處州府，更調杭州府，升湖南臬司，升四川藩司，並護四川總督。年八十，尚不肯乞休。其子統兵殺戮過多，四川同鄉，擬在京聯名控告。錫青弼制軍良為大局計，請以原品休致，並念其官況之窘，佽助五千金。陳則卜居西湖，蓋可以優遊林下終矣。

龔孝拱不齒於人

龔定盦之子孝拱，生平改名者屢矣，乃愈出而愈奇：曰橙，曰刺刷，見者皆笑。工詩古文詞，潦倒名場凡二十年，後為英使威妥馬禮聘而去。或曰圓明園之役，即龔發縱指示也。以是不齒於人，晚年卒以狂死。

魏默深為龔孝拱戲耍

孝拱落拓不羈，入都以年家子禮謁邵陽魏默深。戒其改行，孝拱厭之。一日，走告默深曰：「近無意遇一高士，閟不道姓名，莫測其深淺，求長者法眼辨之。」默深欣然，願訂期過訪。孝拱曰：「高士棲止無定，常獨酌西四牌樓白肉館，再遇當訂期以告。」越數日函至，約次晨相見。默深屆時往問，龔定之座。酒保指爐邊一席令之坐。久之，孝拱至曰：「高士即來，此席為高士常飲之所。」須臾，客至，氈帽短褐，貌甚粗魯。龔請魏居次席，延高士上座，魏頷之。默念古人隱於屠沽，此亦遁世士耶？高士入座大嚼，岸不為禮。問其姓氏，笑而不答，無從與談。默深疑甚，離座私問酒保：「此為何人？」酒保笑曰：「是龔宅車夫，常驅車載其主人來此。今日忽與主人同飲，我亦甚訝。」默深大恚，拂衣徑去。

曾廣鈞上萬言書

曾太史廣鈞，戊戌年，嘗上萬言書於陳民中丞，勸其勤王，並備述進兵道路，央某觀察為之代遞。觀察佯諾之，實已焚之。事後或以此事詢曾，曾操湘語曰：「我曉得他攬（讀如告，與弄字同意）掉得，另外寫了一分，直達右帥。」

得罪祖宗

曾嘗具稟某中丞處，請行衡山鹽帖。某中丞受文正知遇之恩最重，以為必一諾無辭矣，詎翌日懸牌申斥，有名賢之後，為之一慟云云。後曾語人曰：「為了張把鹽帖，不想就得罪了祖宗。」或曰中丞即龐某。

夜不閉戶

廖谷似中丞壽豐，嘉定人，而長者也。撫浙時，嚴州一紳士入謁。廖因詢以其地之民情吏治，紳曰：「敝處近年來，真可謂夜不閉戶矣。」謬曰：「嚴州官吏能如是乎？」紳曰：「日間則恒有竊案。」廖曰：「何也？」紳曰：「敝處一道一府一縣，皆吃鴉片者。其癮甚大，通夕不寢，必日晡而後起。公事詞訟，皆於午夜為之。德之所及，如風行草偃。故郡人寢息，多於日間。故賊之竊物，亦必在日中也。」時金衢嚴道，為鮑武襄公孫祖恩，其癮甚深，而府而縣，則不之憶矣。廖聞其言不懌，下札大申斥之。

小便遠行

卞寶第為湖南巡撫時，見惡於人。解組日，有書一紙，粘其大堂暖閣者。曰：「小便遠行。」卞與便音相似，蓋以此調侃之也。卞見之乾笑而已。

以拙禦敵

法越用兵，長江一帶設防時，卞寶第督湖廣，奮然曰：「人以巧，吾以拙。」命購木編作巨排。又命鐵工造鐵鉤若干，擬敵船至遇木排則不能動。輪船重滯，一時又不獲退，即令數十百人，持鉤鉤船。既登船面，即各掣短刀，逢人便殺。蓋西人惟恃火器，只能遠攻。如此則彼失所恃，無以禦我也。後議和，未用此策。常對人曰：「可惜！可惜！」

任中丞紀念庚子之亂

壬寅任筱沅中丞，復起官浙江巡撫。值其八十生辰，在署中召優演劇。中丞點《八陽》一齣，顧僚屬曰：「此吾紀念庚子之亂也。」僚屬哄然和之。

任小堂招搖撞騙

任小堂，著名刑幕也。端方任鄂撫時，以其招搖撞騙，驅之出境。有榜其門者，曰：「小堂歇業，恕不迎送。」蓋湖南窯子，其有閉門者，必書此二語以為標識也。

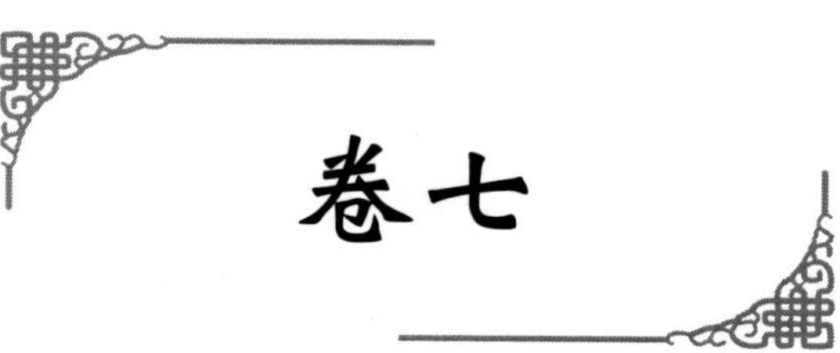

卷七

林則徐公牘必自批閱

林文忠則徐，平日用心周密，公牘必自披閱。有四冊人名簿也，題曰：「千古江山。」凡姓之第一筆為丿者，入千字簿；第一筆為一者，入古字簿；第一筆為丶者，入江字簿；第一筆為丨者，入山字簿。名下兼注籍貫，取其便於翻閱也。

林則徐焚毀鴉片

林文忠焚土一役，其事與美人獨立之始，鑿沉英國茶船相類，惜乎持之過急，至於僨事耳。梁啟超遊美，過鑿沉茶船處，詠詩曰：「猶憶故鄉百年恨，烏煙浮滿白鵝潭。」即斯意也。

林則徐死因

文忠由新疆釋回，行至半路而卒。或云有鴆之者，訖不知其何法。某君得諸道路，謂塗毒藥於轎中扶手板，時值盛夏，其氣直入口鼻，故事後並無形跡之可查也。

陶澍有知人之明

胡文忠公林翼，為陶文毅公之婿。陶公督兩江時，胡文忠因往依之，日在秦淮畫舫。陶公關防甚密，其他幕友，皆不許擅離衙署。或引文忠為口實，陶公曰：「渠他日為國宣勞，乃一沉瘁之人，今特令其暫時行樂耳。」後文忠為湖北巡撫，軍書旁午，公牘悉自手裁，有勸其少休者，文忠曰：「必如此，則僚屬精神一振。否則將付諸耳旁風矣。」然則陶公知人之明，不高出尋常萬萬哉！

胡林翼交際手腕高明

胡撫湖北時，官文恭以大學士督湖廣。有愛妾值生日，偽以夫人壽辰告，百僚趨賀，藩司某已呈手本矣，稔知為如夫人，大怒，索回甚急。胡文忠適在其旁，不禁讚歎曰：「好藩臺！好藩臺！」語畢，昂然去。少焉，持年家眷晚生胡林翼之帖，登堂入祝矣。當藩司之索回手本也，道府以下，紛紛附和。及文忠之帖入，則又追隨恐後。官妾幾於求榮反辱，得文忠乃完其體面，德文忠甚。翌日文忠以太夫人命，請官妾過其署，太夫人並認為義女。自是親密逾恒。胡有為難事先通殷勤於其妾，妾乃聒文恭曰：「你懂得什麼？你的才識，那能比咱們胡大哥。不如依著胡大哥，怎麼做，便怎麼做罷。」文恭唯唯聽命，卒無掣肘之虞。

胡林翼薨於軍中

太平之役，楚軍既圍安慶，胡文忠親往視師，策馬登龍山，瞻眺形勢，喜曰：「此處俯視安慶，如在釜底，賊不足平也。」既復馳至江濱，忽見輪船二艘，鼓輪西上，疾如飄風，文忠變色不語。勒馬回營，中途嘔血，幾至墜馬。文忠前已得疾，自是益篤，不數月薨於軍中。蓋洪楊之必滅，文忠已有成算，及見西人之勢方熾，則膏肓之症，著手為難，雖欲不憂而不可得矣。

胡林翼對外患慮之深

閻趨丹相國，嘗在文忠幕府，每與文忠論及洋務，文忠輒搖手閉目，神色不怡者久之。曰：「此非吾輩所能知也。」噫！世變無窮，外患方亟，惟其慮之者深，故其視之益難，而不敢以輕心掉之，此文忠所以為文忠也。

林夫人以血書求援軍

咸豐間，侯官沈文肅公，以名翰林出守江西廣信府。時值粵西群盜蔓延江西各郡，而廣信全城之功，林夫人之力為多。林夫人者，即林文忠公之女也，兼資文武。沈公不時公出，時軍書旁午，外間文書，均由夫人一手批答，代拆代行。某年月日，賊大股將圍廣信。時沈公偕廉侍郎兆綸出城招募籌餉，正在百里內外。夫人情急，乃刺指血，致書求援師於浙將饒鎮軍。時饒公以浙軍駐守玉山，距廣信甚近，得林夫人書，又念本為林公舊屬，躊躇之間，忽天降大雨。饒公即乘機統軍，順流而下，直至廣信，賊乃解圍遠遁。時沈公招募籌餉事畢，亦回廣信。與饒鎮軍籌善後事宜，後來賊亦未能再至。茲錄林夫人乞師血書如下：

將軍漳江戰績，嘖嘖人口，里曲婦孺，莫不知海內饒公矣。此將軍以援師得名於天下者也。此間太守，聞吉安失守之信，豫傳城守，偕廉侍郎往河口籌餉招募，但為勢已迫，招募恐無及。縱倉卒得募而返，驅市人而戰之，尤所難也。頃來探報，知昨日貴溪失守，人心皇皇，吏民鋪戶，遷徙一空，署中僮僕，紛紛告去。死守之義，不足以責此輩，只得聽之，氏則倚劍與井為命而已。太守明早歸郡，夫婦二人，荷國厚恩，不得藉手以報，徒鍇負咎。將軍聞之，能無心惻乎？將軍以浙軍駐玉山，固浙防也。廣信為玉山遮罩，賊得廣信，乘勝以抵玉山，雖孫吳不能為謀，賁育不能為守。衢嚴一帶，恐不可問。全廣信即以保玉山，不待智者辨之，浙大吏不能以越境咎將軍也。先宮保文忠公，奉詔出師，中道賚志，至今以為心痛。今得死此，為厲殺賊，在天之靈，實式憑之。鄉閭士民，不喻其心，以輿來迎，赴封禁山避賊，指劍與井誓之，皆泣而去。太守明晨得餉歸後，再當專牘奉迓。得拔隊確音，當執爨以犒前部。敢對使幾拜，為闔邑生靈請命。昔睢陽嬰城，許遠亦以不朽。太守忠肝鐵石，固將軍所不吝與同傳者也。否則賀蘭之師，千秋同恨。惟將軍擇利而行之。刺血陳書，願聞明命。

沈葆楨拆鐵路

沈文肅綜理微密，晚年謙謙抑抑，尤拘繩尺。督兩江時，適外人創淞滬鐵路成。文肅仰承朝命，以鉅金購得。或勸仍置原處，以便途人。文肅怫然曰：「鐵路雖中國必興之業，然斷不可使後人藉口曰：是沈某任兩江時所創也。」遂決意拆之去。

沈葆禎凡事求心安

公生平學在不欺，凡事必求心之所安，自少至老如一。自言在廣信時，已分萬無生理。以故當存亡利害之交，輒卓然有以自立。而經理庶務，不操切，不張惶，絕去世俗瞻徇之見。體不耐舟楫，臺灣風浪之險，兩次東渡，雖甚昏眩呻吟，而志不少餒。義有不可者，毅然見於詞色。清廷數以時政下詢，公侃侃獨持正論，不事模棱。而虛懷善變，慮以下人，推賢讓能，惟恐不及。自奉極儉約，廉俸所入，隨手散給族戚，卒之日不名一錢。

劉銘傳武人能詩

同治間，劉壯肅公銘傳，奉命防陝，駐軍乾州。幕府多文人，陽湖呂庭芷觀察，以編修參戎幕，劉甚敬之，所屬稿不敢妄加點竄。一日，見謝恩摺稿內，有「虎拜」二字。大笑曰：「呂某翰林，如此不通，老虎都會三跪九叩首了。」劉以軍功起家，粗識之無，幕僚具摺稿畢，輒令人誦之。其不當意者，輒搖首命改。幕僚或不改，則其搖首處，必遭駁斥。蓋天資機警，非他人所可及也。劉後改文職，益自謙抑。初學作小詩，後竟能文。李文忠序其詩稿有云：「省三有好勇過我之氣，無臨事而懼之心。」蓋寓規於頌也。咸同名將，壯肅及張勤果公曜，皆以材武積功，膺專閫，歷疆帥也。皆不學，而其後詩文，裒然成集。勤果有《河聲岱色樓詩稿》若干卷，其七絕婉約，絕不類武人口吻，亦人傑哉！

自討無趣

劉撫臺灣時，候補有上條陳者，悉嫌不合。某大令本名士也，風流文采，傾倒一時，故作乞修某處橋樑稟，開首自敘為幼年失學。劉見之，貿貿然批曰：「該令自謂幼年失學，故來稟，文理平常。」後知為某，始大慚愧。

劉銘傳在閩省船政有款未清

劉巡撫福建時，命其通家子某詣滬採辦物料，撥款八十萬委之。某抵滬後，日作北里遊，某妓以其衣裳樸素哂之。某忿甚，即折柬招朋作夜宴，遍召諸妓。將散，各贈金釵一股，更擇其尤者，銜以明珠，而獨不及某妓，八十萬遂一夕而罄，掉臂徑歸。戚友知其事，或危之。某笑曰：「劉公不足畏也。」比稟見，劉訊問。某對曰：「事未辦，銀則揮霍盡矣。」並述闊綽狀。劉大怒，思置之法。某從容曰：「有一事尚未面稟，閩省船政，自公兼理，不識款曾清釐否？某備有節略，欲晉京一行。」語未竟，劉笑曰：「君無要公，何必遠行。至於採辦之款，容我再籌可也。」茶畢，劉送出，親視登輿而後入。

告以先事預防之道

劉任直隸提督時，一人善佛圖澄術，劉延之至署。其人喃喃誦咒，少焉，掌中大放光明。第一幅，一人帕首腰刀。第二幅，一人服仙鶴補；第三幅，深山窮谷之中，一人斷其首。後劉由直隸提督轉臺灣巡撫，並予尚書銜，遂告病而歸。不然，則中東一役，蓋告以先事預防之道也。

天授之談，洵非虛妄

劉文忠克復甦州。劉入城後，僦居某偽王府。其先本為某巨紳住宅，所儲古玩，多半毀於兵火。有湯盤一具，某王取作馬槽之用，完好如新。劉見之，呼水洗去苔蘚之痕，即現出「苟日新，日日新，又日新」字樣。劉大喜，什襲藏之。巨紳歸，向之索取。劉以此物適與銘傳相合，托為天授，婉詞卻之。乃於園囿內，建一園亭，位置湯盤，不勝鄭重。一日，無端起火，盤亭俱毀。時劉適在山中習靜，聞而大怒。手書召其長公子，詢厥情繇。劉暴性，殺人如草。長公子懼遭不測，潛於半途服毒而亡。俄劉亦卒，蓋距盤亭罹劫，甫及年餘耳。天授之談，洵非虛妄矣！

相者言前程不可量

鄭心泉尚書紹忠，廣東三水人，口大可入拳，幼名金，故人多以「大口金」稱之。初隱身佛山，作舂米傭。有相者見而奇其狀，密告之曰：「君前程不可量，非商賈中人物也，當官至極品，以武員受文封。但現行部位，賊星顯露，宜先入綠林以待時機。此去西北大利，若言之不驗，當抉余眸。」尚書疑信莫決，適中表陳金剛倡亂，由北江沿途攻掠，雄據廣西賀邑。尚書因往投之，以勇略冠其儕，受左先鋒偽封。陳固嗜殺，所擄無倖免。有陳甲者，亦在擄中。若自忘其就死地，宣講《三國演義》，娓娓動聽。尚書與陳黨均聞所未聞，疑甲胸有韜略，同白金剛，留作偽軍師，尚書由是與之深相結納。

是時，兩粵遍地皆賊，而金剛一股，竄擾東西兩省，尤為剽悍，官軍不能制。方耀獻策於大府曰：「陳所恃者，鄭金與侯成帶耳。若誘二人來降，使誅陳以贖罪，餘黨不足平也。」大府深然其策。方立遣人密推心腹於尚書，尚書商諸侯及陳甲，甲益陳說利害，促二人行事。遂即賊營手刃陳金剛，並其遺孽誅之。方馳報大府，領尚書等待罪轅門。督撫獎勵備至，為尚書易名紹忠，不次遷擢。尚書回想從賊時，重累桑梓，爰出資為鄉人改建棟宇。獨其族叔與陳金剛為甥舅，不允改建。且責之曰：「汝固賣主求榮者，勿溷乃公也。」厥後積功至提督，復賞加尚書銜，悉如相者言。

笑殺嬰兒

有都司某，鄭受撫時兄弟行也。適誕子作湯餅會，鄭首座。宴將畢，主人抱子傳觀於眾。鄭起摩頂弄，忽張口曰：「賢侄，爾伯父投降賊也，今亦忝居一品。他日官階，要高過伯父方好。」語畢大笑，聲震四壁。主人失色，急抱子入內。視之，則兒已以驚癇殤矣！

王壬秋恃才傲物

王壬秋孝廉，恃才傲物。有譏人不通者，王聞而歎曰：「此人何至於不通！」告者疑之，王笑曰：「他還夠不上這不通兩字。」憶昔汪容甫在揚州日，嘗謂天下有一個半通人，一己自居，其半則程魚門也。有新科殿撰某，殷殷為問，汪曰：「你尚不在不通之列。」某喜，汪徐曰：「再讀二十年書，庶幾與不通相近。」此二事絕相類，故並書之。王紀事詩，有一段述曾文正云：文正困於祁門，某處告急，文正置之。王時為文正上客，過談幾無虛日。諗其事，力勸文正赴援。文正不可，曰：「君欲去，則君去，我實不欲去。」王奮然曰：「欲我去，亦非難事。汝能以欽差大臣關防予我，我即行矣。」文正語塞。王遂絕跡。王嘗謂諸葛亮作〈梁父吟〉曰「二桃殺三士」，時時諷詠，忌才之意，溢於言表。關張之死，必諸葛亮有以致之也。

王芝蘭機警善斷

丹徒令王芝蘭，有機警，善判斷，遐邇傳播為美談。茲擇其最著者數事，記錄如下：

丹徒某姓有女，其祖商於粵，以女字粵人某甲。其父客於陝，又以女字陝人某乙。其母家居，亦以女字戚人某丙。彼此道遠，不相聞問。迨祖與父既歸，始知女已受聘，亟貽書甲乙兩家求退婚。兩家大忿，俱來控。王初堂傳訊之下，三家各有婚書，有媒妁，無從判斷。惟略檢其文定時日之先後而默識之，而令退堂。越日復訊，謂女曰：「爾一女子，而受三姓之聘，從其一則負其二，生也不如其死也。」女唯啜泣。王拍案曰：「欲死則死耳，不死非貞烈女子。」命取阿芙蓉膏，和以汾酒，授女使飲，女一飲而盡，暈絕於地。王婉慰其祖父母，給賞五十金，以紅紙封裹遣之歸。既而問甲曰：「爾願領屍乎？」甲以道遠攜櫬為難。問乙亦然。皆令具結毀婚書。次至丙，亦復不願受屍。王怒曰：「爾不受，女將奚歸？」命人舁至其家。女之祖父母，相隨俱往，羅守哭泣。至夜半，女忽蘇。方驚喜間，聞門外人聲喧嚷，叩問誰何，則曰：「縣官傳諭，今宵乃黃道吉日，命送鼓吹花燭來，俾爾成親。」遂妝女行合巹禮，一室歡騰。蓋女所飲者，乃益母膏，非阿芙蓉，因酒醉而暈耳。明日甲乙兩家知之，悔恨莫及矣。

又，旗營送一賭人至，王問曰：「爾賭乎？」曰：「然。」王曰：「爾一人能賭乎？」曰：「人尚多也。」王曰：「其人焉往？」曰：「彼旗民，皆逃矣。」王曰：「爾不能逃乎？」曰：「不敢逃。」王曰：「諸人皆逃，爾不逃，懦夫也，試逃之。」揮令出門，絕塵而去。當以東復旗營，曰：「犯人逃去矣。」（按：此事與《聊齋》私販事同）

又，王一日乘輿出行，見一鄉人號啕路旁，一驢縶於側。停輿詢之，鄉人曰：「騎驢入城，暫縶此地。迨市物歸，驢乃易肥而瘦矣。」王令鞭驢，驢奔，鄉人追逐其後。穿街過巷，至一豆腐店而入焉。視之，則鄉人之驢在焉。乃拘豆腐店人至輿前責之，鄉人牽驢欣然去。蓋驢識其家，驅之使歸也。

陸建瀛善六壬

陸建瀛為兩江總督，庚申之變，陸素善六壬，占得善課，自忖必勝。出師時，軍容甚嚴。故《金陵紀事詩》中有：「六壬神課燈前卜，自負周郎赤壁功。」即指此也。

金陵失守

金陵失守，陸實尸其咎。城破後，街頭盡插白旗，各城門俱有偽官，禁人出入，惟北門賊目鍾方禮，許百姓出城，婦稚擁擠，致斃者無算。

陸建瀛善試帖

陸以善試帖詩名於時，其所著《紫薇花館集》中有三百餘首之多，五雀六燕，銖兩悉稱，見者咸為歎賞。

陸建瀛占卜以定心

壬子鄉試，陸為監臨。貢院門首，貼有偽示無數。其中所述，大半牽連陸事。陸閱之大懼，亟占一課，得《坤》之《屯》卦。陸以為喜，心乃稍定。

馬新貽施惠於考生

馬新貽督兩江時被刺於張汶祥，八百孤寒齊下淚，而士林之震悼尤甚焉。馬嘗為棘闈監臨官，照例宮餅火腿之外，每名給與糖霜桂栗煮成之花豬肉一盂。三場交卷時，每卷給與錢票一紙，計二千文，美其名曰「元敬」。其十五未能出場者，命官廚製肴點，按號分贈。使者致監臨意曰：「諸君文戰良苦，些些肴酒，聊破岑寂，且預賀掄元之喜。」馬死後，此例遂廢。至今金陵人為糖霜桂栗煮肉為馬公肉云。又，一士人進二場後，五經藝謄畢，忽然發狂，於卷末大書二十字曰：「一二三四五，明遠樓上鼓。姐在床中眠，郎在場中苦。」受卷官大駭，持卷詣馬公叩方略。馬視其文甚典雅，准其換卷免貼。此人出場，病良已，大悔恨。明日視藍榜無己名，遂入草草完篇而出。是歲竟獲高雋，謁座師，座師告以故。令轉謁馬公，執師生禮焉。

張汶祥刺殺馬新貽

張汶祥欲刺馬新貽，苦不得間。因於江南設一茶肆，靜以待時。且欲陰結俠士以為之助。有某甲者，馬新貽之中表。馬微時，寄食於某甲，待之甚厚。至是馬為兩江總督，甲造之將有所圖。甲以己為馬恩人，且至戚，意馬待之必厚。詎馬竟忘恩背德，視甲如路人，絕口不道故舊，僅贈旅費二百金而已。甲憤甚而未有以報也。一日，甲啜茶於張所設茶肆，適馬新貽因公外出，鳴騶而過。甲俯窗下窺見之曰：「吾以為何人？乃馬賊耳。」以茶潑之，馬在肩輿，固無所見，而左右從者知甲為馬中表，亦不敢與較。汶祥見甲所為，大驚曰：「君得毋病狂耶？制軍大人經過此地，何敢無禮如此。累君事小，恐累及敝肆耳。」甲皆裂髮指，戟手而言曰：「此忘恩背義之賊，畏之何為？余恨不殺之耳！」汶祥益驚，亟詢其故，甲具以實告。汶祥以為有隙可乘，因互通姓氏，殷勤結納，彼此往來，遂成莫逆。

而汶祥時以馬之無義激怒甲，甲輒拍案大罵。汶祥知甲恨馬之心甚堅，乘間言曰：「僕亦有事恨馬，欲殺馬者久矣，惜未得間耳。君既同志，能為一臂之助乎？」甲曰：「云何？」汶祥具告以實。甲曰：「馬封圻大吏，出入以兵自隨，君以匹夫而欲效荊軻、聶政之所為，徒速死耳，事固無成也。吾與馬為中表親，出入節署，人不之疑。吾導君潛入署內，伺隙而動，事必濟矣。」汶祥稱善，遂從甲潛入督署。一日，馬新貽閱操畢，正欲由便門入內署。汶祥懷匕首潛伏門內，伺馬入剚刃焉。馬新貽知己必死，遺命速殺汶祥，不必訊供，蓋恐其暴己醜也。問官訊供時，汶祥曰：「此事不必問我，問某姨太太盡知。」俄而馬新貽之妾自縊死。現聞江南某處有巨碑，大書曰「義士張汶祥」云。

李世忠計擒陳國瑞

陳國瑞，自在捻匪肅清案內，開復原官，流寓揚州，日與提督李世忠過從遊宴。國瑞嘗奪李餉銀鉅萬，又殺其部將。至是欲洩宿忿，而陽與為歡。一日清晨，率兵數十，擒國瑞閉置舟中，聲言解往金陵，聽曾侯如何發落。家屬揚帆追趕，已無及矣。

陳國瑞被執

陳家屬追及瓜洲，世忠挾國瑞潛登舢板，溯江而上。陳家屬乃取世忠妾婢三人以返，在揚州挾以遊街。國瑞既至金陵，世忠投轅請見。曾侯以令箭至舢板，令釋縛。時國瑞饑憊，已無人狀矣，發營務處委員訊問。世忠以擅執大員被劾，國瑞仍以都司降補，二人均交地方官嚴加管束。國瑞後以詹姓案，遣戍黑龍江。

陳國瑞兇暴桀驁

國瑞遣戍黑龍江後，精銳銷磨殆盡矣。廷旨密詢吉林都統，陳國瑞是否尚堪起用。都統奏稱，陳國瑞兇暴桀驁，一如平日。論將材者，皆以為定評焉。

陳國瑞子驍勇善戰

國瑞本居六合，有妻有子。李長壽揭竿而起，據有城池，見子絕愛憐之，撫如己出。子驍勇，十三歲親臨督陣，橫厲無前。迨李投誠，陳多方偵知其隱，乘李某年生日，陳登堂往賀，挾子而逃，李追之勿及。自是改名陳振邦。每出兵，高揭白旗，與郭松林之半天紅，遙遙相對。年十九死於白寡婦之難。清廷詔加優恤，並著附祀昭忠云。

馬彪由無賴而為提督

馬彪，固原人，少無賴，嘗衝突固原提督儀仗，提督命杖於轅門。公問人曰：「提督品最高，究竟何如人始為之？」人告以行伍起者。公奮然曰：「吾以提臺皆天人耳，若以行伍進，吾猶能力致之。」乃誓曰：「吾不致身此官，終不入此城也！」遂仗劍從軍。時清兵進討回部，公奮身用命，積功至總兵官。路由固原，有邀其入城會飲者，公力辭之，曰：「此尚非吾入城時也！」後以平撒拉爾回民功，果授固原提督。公至城門，揮去侍從，步入其闤。至衙中，首命置前提督神主，朝服祀之，然後接其眾。鄉里父老，設酒歡宴終日。指其牌曰：「吾非為此公所激，何能致身至此？此所以報德也。」卒謚壯節。

苗沛霖善博奕

苗沛霖善博，嘗過維揚，訪知一大戶作囊家。苗持巨金入，適搖寶，苗以千金作孤注，不中，乃加倍，至以萬六千金作孤注。其人惶急，不知所措。苗伸臂謂之曰：「好小子，來罷！」語竟，而寶鐘揭矣，苗注中，掀髯大笑，目光四射，有如發電。其人噤齘不能聲，摒擋與之，無少缺。自是無有與苗角者。

苗沛霖寵妓殺人

苗作狹邪遊，有妓名蕊香，苗眷甚。凡事先意承旨，惟恐失其歡。一日，挈赴焦山，兩戈什從焉。一戈什涎其美，上山時捫蕊腕。蕊告苗，苗不語。比進食，簋簋外，多一大磁盆，蕊揭之，則頭顱一具，儼然戈什也，蕊一驚幾絕。苗送之歸，不久發狂而死。

田興恕美秀而文

田興恕美秀而文，一時有玉人之目。每臨陣，則又雷奮飆舉，橫厲無前。年十八即握兵符，所至之處，萬人空巷，環繞而觀之，田羞澀如處子。幕友中有張太守者，貌與田相若，而喜作狹邪游，取給於田者累萬。嗣田為張納資報捐觀察，已束裝就道矣，田追贈五千金，為蝦蟆陵下纏頭費，其慷慨待人也如此。田為貴州提督，兼握巡撫欽差三篆。幕友俱一時之傑，大有畢秋帆先生氣概。某歲捐軍餉銀百萬，請為湖廣鄉試增中額三十名。廷議准二十五名，寒畯騰躍，謂為歷來所未有。田三十許即卒，貌甚麗，猶如二十許。考其家，不值中人之產，斯亦奇矣。田二十四歲，即以貴州提督署理貴州巡撫。後以殺一教士，遣戍軍臺。其謝罪摺中有二語，為當時所傳誦者。句曰：「各為其主原懷犬馬之誠，無禮於君妄學鷹鸇之逐。」

李朝斌威權頗重

李朝斌提督江南，威權頗重。李幼時嘗執圬人業，以憚於作苦，捨鏝而嬉，為其師所逐。太平擾湖南北，李投營效力，其後削平大難，策勳敘功，遂官斯職。一日宴彭剛直，剛直見其廳事間粉飾精工，極口譽匠人之巧。李方謙遜，剛直曰：「不知老兄手段，較此何如？」李慚甚，半晌不能語。

李朝斌嗜博

李嗜博，賊攻湖南，陷城牆一角。當事者傳令：有能搬一磚一石者，賞銀一兩。未幾填平。李以健於奔走，獲賞銀幾三百兩。乃與諸人博，團踞屋簷下，以銅錢撥之使轉，覆於帽下，押其正反。俄而李銀盡，起視燭猶未跋也。

張國樑拯弱鋤強

張公國樑之初薨也，朝廷以屍骸未獲，數月未忍議恤。咸豐帝諭有云：「東南半壁，倚為長城。尚冀該提督不死，出為國家宣勞。」又云：「張國樑若在，蘇常一帶，何至糜爛若此！」讀者靡不歎咸豐知人善任，而天不假公年，為可惜也。公年十八作盜魁，任俠結客，能以勇略懾儕輩。其黨李某，為土豪所困。公怒，率眾往劫，破其家，卒挾李某以歸。時為之語曰：「拯弱鋤強張嘉祥。」嘉祥，公初名也。前廣西巡撫勞崇光聞而異之，遣將招撫，改名國樑。忌者恒欲假事殺之，周文忠天爵愛其才，保護備至。及隨向大臣追賊東下，每一戰捷，輒加一官，年二十八，而聲遠著，身綰兵符。

向公黑虎張公龍

向大臣桂林、長沙、武昌之捷，皆與公俱，相倚如左右手，而公之立功，尤以克復太平著。敵據江寧，以精銳扼守太平，為犄角計。向公欲取之，問諸將誰敢往者，眾不應。公獨慷慨請行，向公喜而撫其背曰：「吾固謂非弟無能破此城者。」即帥所部五百人往。敵初修砦掘重濠，以備死守。比聞公至，不戰而遁。公徐入城，安市廛，祭死喪，撫殘疾，歸報向公，往返僅七日。及向公薨，公已拜總統諸軍之命。北自瓜鎮至浦口，南自蕪湖至鎮江，上下數百里間，聞警必赴。一身如龍，涉長江如履平地。而大要尤以保固蘇常為首策。時為之歌曰：「殺敵江上江水紅，向公黑虎張公龍。鍾山大戰疾風雨，張公生龍向公虎。」

張國樑感激圖報

公與向公共平鍾山敵壘，炮傷中指。有旨賞給御用藥散，並諭以勞猛之中，宜加慎重。更賜尚方珍玩，絡繹不絕，且命圖形以進。公自念遠方武臣，受殊眷，膺重寄，日夜感激圖報。抉齒寄歸，示無生還期。自偏裨擢至大將，所得祿俸，不以一錢自私。軍中豪傑士，或有負俗之累，需用數百金，公立予之，故人人頗致死力。洎乎丹陽之變，力竭捐軀，而公年三十有八矣。喪歸無以葬，得勞公賻，始克成禮。

咸同名將郭松林

咸同名將郭松林，號子美，雙眉插鬢，雅擅豐儀。及臨陣，則縱橫無敵。蓄一馬，名大白龍，能越溪流。四卒持其尾，則亦隨之而過。郭一號清朝趙雲。時僧邸面如噀血，人號清朝關羽。據此則郭之威勇可想。

郭松林寵揚州名妓

郭有妾十六人，一為揚州某名妓，國色也。湖南所建之宅，共分十六進，每一進則居一妾。衣服器皿，飲食起居，絕不少異。諸妾晨起，必視揚州妓之妝束為準繩。揚州妓善鶯，郭每夕持棉絮手縛於箱環之上。又嘗為之洗足。及郭卒於直隸提督任，揚州妓吞金以殉。李文忠歎為節烈，附片請旌焉。是又一燕子樓之關盼盼矣。

郭松林被視為活財神

郭遊上海，嘗偽為丐者。手攜粗紙，至各娼寮分送，多有呵叱之者。及檢粗紙，則中藏金葉，人因目為活財神。

郭松林狎妓取樂

郭嘗宴客於廳事間，遍貼氍毹。集諸妓裸其上體，著紅訶子，兩僕舁栲栳，中盛洋錢，傾之於地，令諸妓爭奪以為笑樂。計一夜共用二十七萬。其駭人聽聞有如此者。

郭松林性豪邁喜博

郭性豪邁喜博。未顯時，嘗除夕與人博，獲鏹累累。既而同博有痛哭者，詢之則負人鉅金，以百金作孤注，一蹶而不振也。郭得實，惻然憫之，即以所獲與其人。踉蹌返家，索逋者正列坐以待。郭狂笑，即偃臥敗絮中，索逋者無如何，詬詈去。

郭每博，則以器量銀，不復計數。有裝水煙者，嘗於地下拾之。每日可得二三百兩，皆溢出之羨餘也。

郭松林偶成之詩

郭武夫也，不諳文翰，然偶然捉筆，亦可成章。嘗送別某君一絕曰：「君歸無人送，我歸有人陪。我欲送君去，老母望兒回。」下二句，真天籟也。

楊玉科揮金如土

楊玉科雄於資，其揮霍有出人意料外者。喜漁色，徵歌選舞，殆無虛夕。嘗召名倡數百輩，環坐而觀，合者留，不合者予以三圓，並草紙一束，驅之出門去。不知草紙中，燦燦然皆黃金葉也。留心檢點，約值百餘圓。有棄如敝屣者，事後大為懊喪。

楊玉科嗜博

楊玉科嗜博，一夜負至八萬餘金。命僕入內攜銀，其寵妾某掌管鑰，靳而不予，使僕婉卻之。僕如言，楊大怒。大踹步入上房，攜手銃砉然一響，寵妾倒地斃矣。楊裂鎖出莊券，仍復入局歡呼，若一無所事者。鎮南關一役，殆其報也。

張公曜買贋品

張勤果公曜之撫齊也，雖識字不多，而酷愛古人書畫。有持以獻者，重金勿吝也。一日有人持楹帖至，紙色斑斕，作屋漏痕。隸法渾樸，似非偽物。上款書「孔明仁兄大人」，下款「雲長弟關羽」。勤果大悅，以二千金易之。懸諸廳事，見者為之掩口。

楊嶽斌風流儒雅

楊嶽斌為咸同名將，風流儒雅，較劍拔弩張者，判然各異。嘗率水師剿賊，楊坐長龍船內，著銀紅緞開氣袍，翠翎珊頂，望之如畫。一賊燃炮轟之，一彈掠肩而過，楊屹然不動。督師前進，一鼓而平。事後見衣上有焦痕如線香所灼，楊命疊諸笥，傳觀戚友，以為躬親矢石之徵。

楊嶽斌書法勁秀

楊善書，勁而秀，蓋於鍾王內參以歐顏者。麾下偏裨，多以縑素乞其揮灑，楊欣然握管，絕無停滯。嗜風雅，嘗有某生獻詩一絕，其末句有「將軍勒馬看桃花」之語。楊賞其雋永，命入幕中司記室。某生後由軍功，洊擢至同知，皆楊力也。時人謂之文字之知。室中豢一猴最靈敏，一日脫羈而去。楊方懊喪，詰晨猴跨一健馬而歸，驗之離營物也。少加磬控，絕塵而馳，無殊千里駒。論者以為神助。

李長壽慶生日

李長壽，頂上濯濯無毫髮，咸呼為李禿子。某日生辰，設金鑄壽星於几，高三尺許。其下列牡丹兩盆，花則碧霞犀，葉則翡翠，幹則珊瑚，璀璨奪目，見者或嘖嘖稱賞。李大喜，即撤送之，後其人貨於市，獲貲十萬。

李長壽辱姬

李寓維揚日，眷一姬名某，纏頭之費，不知凡幾。姬抱恙，李召之不應，怒。明日大會平山堂，賓從如雲，召姬來，命其席地坐兩三乞人後。乞人注酒於虎子中，互相酬酢，強姬理弦索，度雜曲，以為歡。姬面赤如火，額汗涔涔下。罷飲後，踉蹌去。入夜，投繯死矣。姬與陳國瑞昵，陳知姬被辱而死，恚甚，遣隊攻之。

李昭壽嗜博

李昭壽嗜博，有某某等十餘人，集貲廿五萬，與李搖灘。李初舉一官箱，中貯寶銀百錠，壓為青龍孤注。揭蓋，則進門也。李又舉一拜匣，中貯金條百鋌，又壓為青龍孤注。揭蓋，則出門也。李怒，探懷出皮袋置其上。揭蓋，燦然四點。及啟視，則圓珠千顆，計值所負盡返，而廿五萬亦蕩焉無存矣。

李昭壽觀劇包場

李嘗至戲園觀劇，上下全包。無論上中下三等勾欄，悉令入座。已而專派一人俟於門口，每一肩輿出，贈銀四兩。翌日喧傳道路，以為豪舉無雙。

玉帶雕之值頓貴

玉帶雕，其始每柄才值三四金耳。迨某年，李入都陛見，見而喜之。即至各扇鋪搜括一空，共得千數百柄。某日大會於某飯莊，凡像姑悉召至，每人給予一柄。自是玉帶雕之值頓貴，近且增至三四十金矣。

卷八

曾國藩遇事留心

曾文正國藩，中某科進士。初名曾子城，號居武。出穆相國彰阿門下。穆嘗在咸豐前，奏保文正遇事留心。一日，忽傳召見。文正入，則已非平日待漏之處。既午，內侍傳諭曰：「明日再來。」文正退，詣穆寓告以一切。穆沉吟良久曰：「汝見壁間所懸字幅否？」文正曰：「未也。」穆悵然曰：「奈何！奈何！」亟命其紀綱持百金速至某總管處，令其將壁間所懸字幅抄來勿誤。因顧文正曰：「汝可在此下榻，勿遽歸也。」明日召見，垂詢者，即壁間所懸列朝聖訓也。於是奏對稱旨。咸豐後謂穆曰：「汝薦曾國藩，遇事留心，真不謬也。」

會典載：四品以上，得衣貂褂。此貂褂乃貂外褂，非貂馬褂也。貂馬褂，惟內臣從獵，賜以禦寒。然事後，當敬謹收藏，不能衣之面聖也。曾於同治朝入覲，已至等起房中。恭邸瞥見曾所衣貂馬褂，詢其：「曾經從上畋獵，賞穿此服乎？」曾曰：「無之。」恭邸曰：「若是則不能穿也。」曾窘甚。恭邸揭視其褂，則黃緞面也。因令正穿入覲，始獲無恙。

曾國藩功名前定

都中口號曰：「金頂朝珠掛紫貂，群仙終日任逍遙。忽傳大考魂皆落，告退神仙也不饒。」亦可見其難矣。某屆總其事者，許公乃溥。一老科甲，乞相關照，只求無過，不求有功。許告以完卷後，微灑墨水數點，庶幾易於辨認。老科甲鼓舞歡欣而去。曾時為檢討，完卷後，因加筆帽，墨水激出，少有沾濡。許公得之，以為老科甲，列於二等末。事竣，賫呈御覽。咸豐詳加披閱，至二等，以手翻騰，得曾卷，未曾過目，侍臣以他事請，同治匆匆發出。則曾卷已居二等首，遽升侍講。功名前定，不信然歟。

曾國藩工於輓聯

曾與湯海秋稱莫逆交，後忽割席。緣曾居翰林時，某年元旦湯詣其寓賀歲，見硯下壓紙一張，湯欲抽閱之，曾不可。湯以強取。則曾無事舉其平日之友，皆作一輓聯，湯亦在其中。湯大怒，拂衣而去，自此遂與曾不通聞問。後曾雖再三謝罪，湯勿理也。曾工撰輓聯，長短高下，無不合格。同時江忠烈忠源，篤於友誼，有客死者，忠烈必派弁護櫬而歸。因有「江忠源包送靈柩，曾國藩包做輓聯」之謠。二公聞之，乾笑而已。

曾國藩受欺

曾文正在軍中，禮賢下士，大得時望。一日，有客來謁，公立見之。其人衣冠古樸，而理論甚警，公頗傾動。與談當世人物，客曰：「胡潤芝辦事精明，人不能欺。左季高執法如山，人不敢欺。公虛懷若谷，愛才如命，而又待人以誠，感人以德，非二公可同日語，令人不忍欺。」公大悅，留之營中，款為上賓。旋授以巨金，託其代購軍火。其人得金後，去同黃鶴。公頓足曰：「令人不忍欺！令人不忍欺！」

曾國藩器量過人

曾生平最器重者有二人，曰羅澤南，曰塔齊布。分兵殺敵，屢建奇勳。後羅、塔同時殉難，曾臂援頓失，東西南北，往來無定。湘人為之口號曰：「拆掉一座塔，打碎一面鑼，穿爛一部瞖」，紀其實也。公從容坐鎮，綽有雅歌投壺氣概。在軍中，日必圍棋一局，以養其心。前敵交綏，或逢小挫，亦無太息諮嗟之狀。其器量誠過人遠矣。

曾國藩有大度

曾克復金陵之後，開慶功宴，並召優人演劇。文正命唱《定中原》，文正固不知是戲之故事也。及登場，則為司馬懿遙宮故事。文正大駭，亟止之。曾既貴，營治第宅。其鄰有鐵鋪，終日砰訇，文正厭之。予以重金，風使遷去。鐵鋪主人不應，或勸用強。文正曰：「昔司城子罕不徙挽工，吾奈何令古人笑乎？」卒聽之。

曾國藩推功諸將

天王久踞金陵，時咸豐引為大憾，謂能克復者，當封以郡王。及曾文正克復金陵，廷議以文臣封王太驟，且舊制所無。因析而為四，封侯伯子男各一。文正一等毅勇侯，文正弟忠襄一等威毅伯，李壯果公臣典一等子，蕭剛敏公孚泗一等男。說者謂清廷知文正謙謹畏懼，必不敢膺王爵。且其凱捷摺中，早有推功諸將之意云。

曾國荃陷金陵獲資數千萬

曾忠襄為文正公介弟，攻金陵既破，搜遺敵，入天王府。見殿上懸圓燈四，大於五石瓠。黑柱內撐如兒臂，而以紅紗飾其外。某提督在旁詫曰：「此元時寶物也！」蓋以風磨銅鼓鑄而成，後遂為忠襄所得。南京城既破，有某參將，率健兒數十入天王府，一人甫躡階上顛而僕，則一殿磚忽中陷，啟視之，下藏金纏臂百餘雙，分取勒諸腕。又入一重室，堆錦文被十餘床，五彩爛然，皆掉頭不顧，其餘赫然屍也。

千門萬戶，空空洞洞。間有簾幕，皆黃緞蟠龍，雜綴零珠碎玉。正樓下有沉香椅，大逾合抱，雕鏤極細，為天王洪秀全寶座。弓刀無數，四壁森森。有藏珍閣，火齊木難，其光璀璨，中有翡翠荷葉一，上立鷺絲，白如雪，價值連城物也。一人攫之而走，一人握其下，欲據為己有，劃然中斷。彼此俱大怒，擲窗外成齏粉。復循曲徑入花園，風廊水榭間，投繯而死者人無算，其妝束皆宮女。方塘十畝，泛泛如水中凫者，皆老羸也。玻璃室上下皆注水，金魚活潑，荇藻縱橫，為天王銷夏處。某參將正擬一窮其勝，則大隊已蜂屯蟻聚，聯鑣而至。急趨出，一差官持令箭插大門外，遂無敢乘虛而入者。聞忠襄於此中，獲資數千萬。蓋無論何處，皆窖藏所在也。除報效若干外，其餘悉輦於家。

曾國荃獲得圓明園寶物

忠襄既破南京，於天王府獲東珠一掛，大如指頂，圓若彈丸，數之得百餘顆，誠稀世之寶也。忠襄配以背雲之類，改作朝珠，每出熠耀有光，奪人之目。忠襄病篤，忽發哮喘之症，醫者謂宜用珠粉。倉卒間，乃脫其一，碎而進之，聞者咸稱可惜。又獲一翡翠西瓜，大於栲栳，裂一縫，黑斑如子，紅質如瓤，朗潤鮮明，殆無其匹。識者曰：「此圓明園物也。」

曾國荃不懂規矩

忠襄內任兵部尚書，履新之第一日，有司員某君以稿進。忠襄見其來也，遙以手接之，惟未曾起立，詎某忽將稿件抽回，返身徑去。忠襄不知，以為此必稿內有誤，將攜去更換也。不料某走至堂簷下，大聲呼茶房。茶房至，詢某老爺呼喚何事。某曰：「取戒尺來。」茶房承命取至，某即戒責茶房十下。茶房詢犯何罪，某曰：「曾大人初到任，有些規矩不懂，你應得教導教導。誰見司官老爺送稿，堂官不站起來的。我就打你個不懂規矩。」曾聞言立下座，向某一揖曰：「是兄弟錯。是兄弟錯。」言畢，出門登車，自此即不再進兵部衙門。未匝月，仍銜命出任封疆而去。

曾紀澤答英領事

曾紀澤嗣侯，素與英領事達波文善。未幾嗣侯奉使遊歷，道出滬上。先是公法定例，先遣參贊往拜，須其答拜而謁公使，公使乃復往拜。詎達領事不願先來，問參贊曾公使當以何日來拜，翻譯官以定例答之。達領事怫然曰：「中國不有行客拜座客之禮乎？」次日遽來一函曰：「承遣貴參贊來拜，本領事當於某日遣副領事官某答拜。」嗣侯答函云：「承約遣副領事官某答拜，本爵大臣當屬參贊官在寓拱候。」蓋以遊戲之詞，答侮慢之意也。至日，果遣副領事司格達來，指名欲謁公使。嗣侯命閽者語之曰：「君欲答參贊之拜，則參贊拱候已久，遵前函所約也。如忽欲見公使，則公使方病，不克接待。」司格達廢然辭屈，乃見參贊而去。

左宗棠拜謁陶澍

左文襄未達時，某年赴試禮部，鎩羽南下。歸途經白門，時陶文毅督兩江，左往謁之，意在得其佽助。陶留住署中，每日令幕友與之談論。如是者旬餘，左欲辭歸，陶使人留之。又數日，陶見左曰：「汝之言論志向，我俱明白。將來勳業，當在我上。」因備數百金為贐，並以己子聘左女焉。在陶幕中與陳公鑾同事，左樸質而陳則翩翩少年也。常遊曲院，陳識一妓。一日問其願嫁何人，妓曰：「願嫁左師爺。」陳為大奇。左佐駱文忠幕時，長沙富戶常某之子殺人，應論抵。因止一子，四出行賄，官紳俱意存開脫，獨左查案不允，卒置之法。

左宗棠專擅

文襄於咸豐初年，以在籍舉人，入湖南巡撫張石卿中丞亮基幕府。張公去後，繼其後者，為駱文忠，駱公復禮聘之。駱公每暇則適幕府，文襄與客慷慨論事，證據古今，談辨風生。駱公不置可否，靜聽而已，人服其度。文襄之在駱幕，一切專擅。楚人戲稱之曰：「左都御史。」蓋駱公官銜不過右副都御史，而文襄之權，有過之無不及也。

左宗棠幾蹈不測

又文襄在駱幕時，嘗見惡於官文恭，因嚴劾之，文襄幾蹈不測。後胡文忠上敬舉賢才，力圖補救一疏，謂文襄才可大用，又有「名滿天下，鐐亦隨之」之語。上問肅順曰：「方今天下多事，左宗棠果長軍旅，自當棄瑕錄用。」肅順奏曰：「左宗棠在駱秉章幕中，贊畫軍謀，迭著成效。駱秉章之功，皆其功也。人才難得，自當愛惜。請再密寄官文，錄內外保薦各疏，令其酌察情形辦理。」從之。官公知朝廷意欲用文襄，遂與僚屬別商具奏，結案，而文襄竟得無恙。因文襄之在湖南巡撫幕府也，已革永州鎮樊燮，控之都察院，而官文恭公復嚴劾之。廷旨敕下文恭密查，如左宗棠有不法情事，可即就地正法。肅順告其幕客高心夔，高告王闓運，王告郭嵩燾。郭聞之大驚，遣王往求救於肅順。肅順曰：「必俟內外臣工有疏保薦，予方能啟齒。」郭方與潘文勤公同值南書房，乃浼文勤力保文襄。肅順從中解釋，其事始寢。

曾國藩器重左宗棠

文襄剛明果斷，任事毅勇。曾文正深器之。在文正幕時，襄贊戎務，動中機要。一日，文正出閱兵途中以某事須拜摺入告，遲恐失機，躊躇至再。比回營，聞炮聲隆隆。問弁勇，對曰：「左師爺拜摺也。」急召文襄索摺稿視之，正所欲入告者也。乃相與掀髯大笑。

曾國藩、左宗棠後成水火

文襄在曾文正幕，奏賞郎中。曾給以一札，有「右仰」字樣。左微哂曰：「他寫了右仰，難道要我左俯不成？」嫌隙由是而生，其後竟如水火。文襄與曾文正積不相能，儼然水火。文正卒，內閣擬謚以進，果蒙圈出。文襄操湘語謂人曰：「他都謚了『文正』，我們將來不要謚『武邪』麼！」

曾國藩助左宗棠

文襄以同治甲子，與曾文正絕交以後，彼此不通書問。迨丁卯年，文襄以陝甘總督入關剿賊，道出湖北，與威毅伯沅浦宮保遇，為言所以絕交之故。其過在文正者七八，而已亦居其二三。文襄又嘗與客言：「我既與曾不協，今彼總督兩江，恐其扼我餉源，敗我功也。」然文正為西征籌的餉，始終不遺餘力，士馬實賴以騰飽，又選部下兵最健將最勇者予之。遣劉忠壯松山督軍西征，文襄之肅清陝甘及新疆，皆恃此軍。則文襄之功，文正實助成之也。

左宗棠從諫如流

文襄舉孝廉後，公車八上，始終鎩羽而回，意中不無鬱鬱。故其官陝甘總督也，重科榜而輕甲榜。有以進士翰林來謁者，往往為所揶揄。某年，其幕府某入都會試，已而不第，文襄仍以函招至署，賓主相得如初。一日閒談，文襄問：「我近日輿論如何？」某言：「他無足議，惟揚科榜而抑甲榜，外間嘖有煩言耳。」文襄愕然曰：「汝語真耶？」曰：「安敢欺公。」詰朝適陶子方制軍以庶常散館，選補陝甘某縣，領憑赴省，詣轅稟到。文襄一見，歡若生平。復力保其材，陶遂獲不次之升，皆文襄力也。而實基於幕府之一言，文襄可謂從諫如流矣。

左宗棠喜人勤儉

文襄性最喜人勤儉，其任陝甘總督時，屬員中有尚虛華奢侈者，罔不為所參劾。故一時屬僚，或裝飾儉樸形狀，以博其歡。一日，私行至某營查閱，營中知左之來也，預令各營勇，或操作工業，或開墾隙地，或操演陣式。左見之喜甚，且曰：「這班後生，頗知務本勤業，不愧我血戰十餘年，教成一般好兵丁矣。」立由該營中拔取十數人，予以不次超擢。

左宗棠自比諸葛亮

左任陝甘總督時，藩司為林壽圖，能詩善飲，性極詼諧，左常與之飲酒談論。某日正談間，而捷報至，林盛稱左妙算如神，佩服不已。左拍案自誇曰：「此諸葛之所以為亮也。」繼往事，左頗怪當時自稱諸葛者之多。林亦拍案曰：「此葛亮之所以為諸也。」左因此頗恨林，蓋「豬」、「諸」同音耳。

左宗棠得謚「文」字

醇賢親王最重左，在京時王請左至邸第，二人並座合印小像，此像並呈御覽。洪楊之亂已平，李文忠與左閒談爭功。李曰：「你儘自誇張，死後謚法不能得一『文』字！」蓋定例非翰林出身，不得謚「文」字也。左不能答。後論功行賞，賞「檢討」，薨後謚「文襄」，李乃自悔失言。

左宗棠晚年不滿曾國藩

文襄之底定回疆也，廷議援長文襄公齡，平張格爾封公之例，擬封一等公爵。西太后謂：「從前曾國藩克復金陵，僅獲封侯。左宗棠係曾國藩所薦，其所得力之老湘營，亦曾所遣，而將領劉松山等，又曾所舉也。若左宗棠封公，則前賞曾國藩為太傅矣。」乃議以一等恪靖伯晉二等侯，示稍亞於曾公也。故文襄晚年，益不滿於曾公。

左宗棠大罵曾國藩

文襄每接見部下諸將，必罵曾文正。諸將多文正舊部，退而慍曰：「大帥自不快於曾公斯已耳，何必朝夕對我輩絮聒。吾耳中已生繭矣。」文襄督兩江時，蘇紳潘季玉觀察，以地方公事上謁，欲有所陳。歸而告人曰：「吾初見左相，甫寒暄數言，左相即自述西陲功績，刺刺不休，令人無可插口。旋罵曾文正，語尚未暢，差弁侍者見日旰，即舉茶杯置左相手中，並唱送客。吾乃不得不出。明日左相招飲，方謂乘間言事矣，乃甫入座，即罵文正，迄終席不已。既席散，吾又不得不出。越數日，入辭左相。始則罵文正，繼則述西陲兵事，終乃兼罵合肥李相及沈文肅公。侍者復唱送客，吾於起立時，一陳公事。方數語，左相復連類及西陲事，吾不得已疾趨而出。」觀潘所言，真令人絕倒也。

左宗棠氣性端嚴

文襄氣性端嚴，少忤之，必遭呵叱。一日在朝房，與刑部某尚書相遇，執手歡然。談次，提及某案中，有一六十八歲之人。文襄曰：「此人應毋庸置議。」某尚書戲之曰：「爾殺人多矣，其中未必無六十八歲之人。」文襄勃然曰：「某生平守『不重傷，不禽二毛』之義，即有亦未嘗置之於法。」言已，拂衣徑出。某尚書為之咋舌。

左宗棠戲耍寶鋆

文襄入掌軍機，與寶文靖公鋆甚相得。一日，戲謂寶文靖曰：「吾在外蕩平髮捻，凡七十三歲之老賊，為吾所殺者，不知凡幾矣。」寶文靖笑而應之曰：「公焉知其為七十三歲？或只七十歲耶？」文襄不禁捧腹。蓋其時，寶文靖已七三歲，而文襄則正七十歲也。

左宗棠自譽西陲功績

文襄好自譽其西陲功績，每見人刺刺不休。某年李文忠復陳海防事宜一疏，文襄適在關外奉詔將至，恭邸及高陽李協揆以事關重大，靜俟文襄至乃議之。文襄每展閱一葉，因海防之事，而遞及西陲之事，自譽措施之妙不容口，幾忘其為議此摺者。甚至拍案大笑，聲震旁室。明日復閱一葉，則復如此。樞廷諸公，初尚勉強酬答，繼皆支頤欲臥。然因此散值稍宴，諸公同厭苦之。已半月而全摺尚未閱畢。恭邸惡其喧呫也，命章京收藏此摺。文襄亦不復查問，遂置不議。

左宗棠欲入俄國捕人

文襄平畔回，時酋長白彥虎竄入俄疆。俄人按國際法受之，置諸彼得堡都城。文襄亟電政府，向俄使交涉。俄使曰：「是非我所及也，在國際法，宜保護國事犯。」文襄大恚，欲驅戰勝之眾自入俄土捕之。俄皇怒欲宣戰，後經各公使調停，令文襄撤兵道歉。至今俄人相傳為笑曰：「是華人獨有之國際法也。」

左宗棠晚年昏瞀不知人事

文襄暮年，昏瞀不知人事。每食，差官進肉餅，輒強納文襄之口，文襄一一咽之。納至二三十枚，文襄搖首，差官知其已飽，乃止。文襄晚年得痰疾，一切不復省記。有白事者，頷之而已。猶憶某年，文襄赴蘇大閱，端坐演武廳，凡進食，悉由差官以箸夾而納之於口。食已，盥濯。一差官按其首，一差官以巾拭其面，第見口眼亂動而已。已而一差官以御賜龍頭杖置其手，兩差掖之下演武廳，簇擁入輿而去。尤奇者，上燕菜時，一小跟班，自後端去，略嘗即潑於地。盛燕菜之銀碗，則踏扁而納於懷。近在咫尺，文襄不之覺也。蓋其心已死久矣。

曾國藩與左宗棠無負平生

曾文正與左文襄同鄉相友善，又屬姻親。洪楊時代，蔓延幾遍天下。二公戮力行間，聲望赫然。李文忠後起，戰功卓著，名與二公齊。咸同名臣，天下稱曾左李。迨蕩平以後，二公之隙嫌乃大構。蓋因攻克金陵時，文正據諸將之言，謂洪秀全之子福瑱已死於亂軍之中。頃之，殘寇竄入湖州，文襄偵知福瑱在內。會文忠之師環攻之，而疏陳其事。文正以福瑱久死，疑浙師張惶其詞，特疏詆之。文襄亦具疏辯，洋洋數千言，辭氣激昂，環詆文正。上素知二公忠實無他腸，特兩解之。未幾福瑱遁入江西，為沈幼丹中丞所獲，世人乃知福瑱方死。而二公怨卒不解，彼此絕音問。然二公之怨，究非因私，故不至互相傾軋。

常州呂庭芷侍讀，嘗謁文正於吳門。公與言左公致隙始末，謂：「我生平以誠自信，而彼乃罪我為欺，故此心不免耿耿。」時侍讀新自甘肅劉省三軍門處歸，公因問左公之一切布置，曰：「君第平心論之。」侍讀歷言其處事之精詳，律身之艱苦，體國之公忠。且曰：「以某之愚，竊謂若左公之所為，今日朝端無兩矣。」公擊案曰：「誠然。此時西陲之任，倘左君一旦捨去，無論我不能為之繼，即起胡文忠於九原，恐亦不能為之繼也。君謂為朝端無兩，我以為天下第一耳。」公居心公正若此。及公薨，文襄寄輓一聯云：「知人之明，謀國之忠，我愧不如元輔。攻金以礪，錯玉以石，相期無負平生。」讀者以為生死交情於是乎見。昔韓忠獻與富文忠，皆為一代賢臣，第以撤簾事，意見不合，終身不相往來。韓歿富竟不致弔。今觀曾左，賢於古人矣。

彭玉麟力崇儉樸

彭剛直公雪琴，力崇儉樸。偶微服出，布衣草履，狀如村夫子。巡閱長江時，每赴營官處，營官急將廳事間陳設之古玩，及華煥之鋪墊，一律撤去，始敢迎彭入。某副將，新以千金得玉鐘一具，一日聞彭至，捧而趨出，一失足，砰然墮地。彭適入見之，微笑曰：「惜哉！」副將懾伏至不敢仰視。其嚴厲如此。

彭玉麟嗜辣椒及豆豉醬

彭嘗飯友人處，見珍饌，必蹙額，終席不下箸。嗜辣椒及豆豉醬。彭飯，差弁環立於後，不敢須臾離。必主人言之至再，聲言吃麵，始頷首顧眾曰：「只許吃一碗。」眾哄然應，乃散去。

彭玉麟生活簡樸

一人嘗謁彭於三潭映月寓齋中，時歲首，彭衣繭綢袍，加老羊皮外褂，已裂數處。冠上纓作黃色，室內除筆硯外，僅竹簏二事而已。彭命飯，園蔬數種，中置肉一盤，飯已出，或告之曰：「此公優待也。」

彭玉麟嘉獎火頭軍

彭巡哨至某處，見舢板上僅一火頭軍。公詢其餘諸人，則以上岸至鎮市間啜茶為對。彭問：「汝何獨不去？」曰：「船無人。」彭呼哨官至，摘去頂戴，立逐之去。即以冠冠火頭軍，命充遺缺。曰：「吾嘉汝不與眾推移也。」

彭玉麟自請開缺

粵難削平之後，彭玉麟建功獨偉。朝旨授為安徽巡撫。時安慶城內，多張太平天國示，彭令首府速劃除之。一日乘馬出遊，見私僻小巷，尚有此種告示，因大怒，召知府至欲撻之。知府固強項者，出刀欲刺，彭懼，逃至署內，扃門避之。後遂具摺奏請開缺，謂「臣久歷戎行，不諳吏治，請另委賢員，以免貽誤大局」云云。奏上，乃拜長江水師提督之命。

彭玉麟戒屬下揮霍

彭在粵時，每餐只鹹鴨卵一枚，豆芽菜少許。僚屬有宴客，一席十數金，或數十金者，彭知之必問其所入幾何，揮霍乃爾。以是相率戒懼，而酒肆中門可張羅矣。

彭玉麟微行排難解紛

彭巡閱長江時，喜微行。嘗衣弋綈袍，持邛竹杖，效村老裝束，往來茶寮煙肆間。為人作魯仲連，排難解紛。一日，至某煙肆，見一短衣人，縛一儒者，撻之若撻羊豕。旁觀者，皆悻悻有不平狀，而無敢饒舌者。公審視短衣人，為某弁部曲。即前緩頰，短衣人愈怒，反唇罵曰：「若村老，無預乃公事。不亟走，乃公且撻汝！」彭哂而去。返營召某弁，告以所見。即以軍符捕短衣人至。此時公之村老服固未易也，笑詢曰：「汝識我否？」短衣人大駭，不知所對，竟伏法。

彭玉麟視梅畫重於人命

彭剛直善畫梅花，其帶長江水師時，人多往求畫梅，一概允之。然隨意應酬，亦無不為世珍重也。其後畫梅愈多，聲價益重。有某哨弁，往往假剛直名號，私畫梅花多幅，向人求售。人不疑其非真筆，亦嘗以重價相購。一日，剛直至某處，見懸掛己畫梅花甚多。細閱之，皆非己之真筆。力詰主人，促言假託之人。主人不敢隱，遂具以購置來源相告。剛直大怒，回營即傳假託之某弁重詰，隨即將某弁及同謀二人分別殺割。一時傳者，莫不嗤其視梅花重於人命。

彭玉麟喜聽子弟讀書

彭喜聽子弟讀書，每至一處，必入人家塾內，或代其師講解，孜孜不倦。有穎異者，摩挲其頂，愛惜逾恒。諸童中有黠者，以扇求其書畫，無不欣然應允，對客揮毫。若他富貴人，具縑素乞彭書畫，竟有數十年，尚束諸高閣者。

彭玉麟鄙視李朝斌

一日彭乘官舫，溯流而上。時江南提督為李朝斌。李以圬人起跡，貪而狡，彭甚鄙夷其為人。李知彭過境，乘炮船追送之。至鎮江，彭舟泊。李求見，彭傴僂出作龍鍾狀。李跪拜，彭舉手而已。及李去，彭匆匆上岸，而步履如飛。差弁皆追隨恐後焉。

彭玉麟驅逐吳蘭仙

某年彭赴蘇，適楚南會館舉行團拜，彭預焉。是日，召優演劇。午後，彭在階前閒立。見一人，帽綴披霞寶玉，衣品藍漳緞袍，昂然入。彭以為必同鄉中之子弟也，頷之與為禮。其人見彭狀猥瑣，置不理，彭甚怪異。及詢左右，乃唱花旦之吳蘭仙也。彭大怒，立命縛之出，呼杖將斃之。蘭仙膝行至織造前，乞為緩頰。織造再三陳請，眾亦環求，彭怒始已。僅命褫其服逐之出而已。蘭仙自是聲名頓落。

彭玉麟清介

彭耽禪悅喜與方外人交，每夏必至焦山逭暑。焦山孤懸江表，陰森特甚，不減陂塘五月秋也。山寺方丈名芥舟，善鼓琴，能寫蘭，彭與之稱莫逆。後芥舟得人賂，與公關說。彭知其隱，怫然不悅，自是不見芥舟面。其清介又如此。

彭玉麟被稱活閻王

彭貌癯，如閒雲野鶴。出語聲細微，至不可辨。每盛怒，則見之者，皆不寒而慄。每年巡哨，必戮數人。所至之處，上將弁，下卒，咸有戒心。其兵額常缺，自揣不能蒙混者，多夜遁。僉呼之為活閻王。

彭玉麟會客有三種作法

彭晚年賜杖。見客，客之脫略者，請安後，即命列茵而坐，彼此談天。其拘謹者，必欲行庭參禮，則其於叩頭之頃，以杖植地，登登而已。若遇貴介者，彭故示以偃蹇之態，以二人掖之而出。及去，則公行走如飛矣。

彭玉麟為女為欺

彭妻某氏名梅，不得於姑。公恐拂慈母之心，迫令大歸，後以抑鬱而亡。彭知之大痛，緣終身不娶。畫梅之故，所以報其鐵骨冰心也。《菽園雜志》謂彭愛梅仙，則誣彭甚矣。晚年居三潭映月，嘗戴草笠，被短褐，遊行於市井。遲之又久，婦孺皆識其面。嘗過委巷，一女曝衣，失手墜竿於地，適中彭頭。彭大怒，戟指呵之。女見為彭，駭甚。猝生一計，曰：「爾形狀類營伍中人，故恃強如此。抑知彭宮保在此，清廉正直，若赴訴，尚斷送爾頭顱也。」彭聞言轉怒為笑，從容而去。此所謂君子可欺以其方也。然女亦狡矣哉。

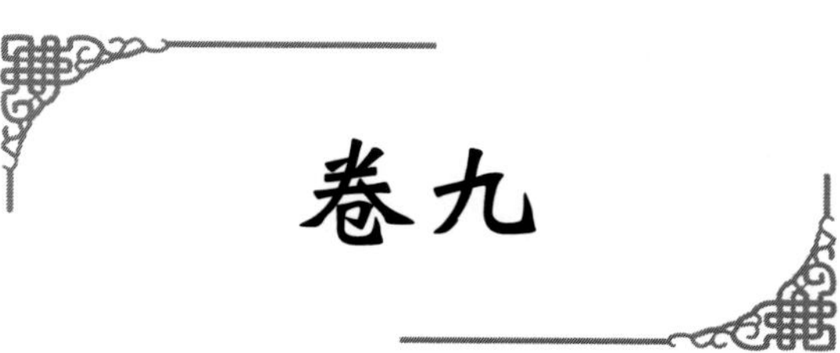

卷九

李鴻章志大才高

李文忠未達時，嘗與人言志。文忠曰：「吾願得玻璃大廳事七間，明窗四啟，治事其中。」厥後開府畿疆，果如所願。一代偉人，其胸襟實有過人處。丁未科會試，適抱沉疴。入場後，幸同年某為之照料。翌晨題紙下，同年某一一告之甚悉。文忠昏瞀中，曰：「頭篇我有。」某同年檢得為謄於卷，並足成二三藝。榜發，文忠獲雋第十九名，某同年亦居高選。文忠為八股名家，善尤王體。每落筆，藻采紛披。捷南宮歲，文忠自述某夜在會館中擬作，燈花如斗。是為祥異之徵云。

李鴻章入曾國藩幕

文忠為曾文正年家子，九帥嘗師事之。文正在江西時，李間道往謁。居逆旅者一月，未見動靜，因使同年陳鼐往探。文正曰：「少荃翰林也，志大才高，此間局面狹窄，恐艨艟巨艦，非潺潺淺瀨所能容耳。」陳曰：「少荃多經磨折，大非往年意氣可比，老師盍一試之？」文正諾之。李遂入居幕中。文正每日黎明，必召幕僚會食。李不欲往，以頭痛辭。頃之差弁絡繹而來，頃之巡捕又來，曰：「必待幕僚到齊乃食。」李不得已，披衣而赴。文正終食無語，食畢舍箸正色謂李曰：「少荃既入我幕，我有言相告，此處所尚，惟有一『誠』字而已。」語訖各散，李為悚然久之。

曾國藩密薦李鴻章

文正駐師祁門，皖南道李元度方守徽州，以不遵文正之約，出城當敵，戰而敗。徽州失陷，元度久之始詣大營，又不聽勘，逕自歸去。文正具摺將劾之。李以元度嘗與文正同患難，乃率一幕友往爭。且曰：「如必奏劾，門生不敢擬稿。」文正曰：「我自屬稿。」李曰：「若此則門生亦將告辭，不能久留矣。」文正曰：「聽君之便。」李移裝去江西一年。後官軍克復安慶，李馳書往賀。文正復書曰：「若在江西無事，可即前來。」李又移裝至安慶，文正復延入幕，禮貌有加。明年密疏薦之，遂署理江蘇巡撫。

李鴻章擬疏一揮即就

文忠平江浙之時，嘗偕幕友督率水師進攻。自坐長龍舢板，幕友三四，環列左右。既破蘇州，嘗在鶯脰湖舟中小酌。俄而紅旗報捷，則嘉興下矣。文忠立撤杯盞，援筆擬疏，歷敘諸將勳勞。幕友中有楊姓者工小楷，文忠拍其肩曰：「夥計，咱們來啊。」楊立於几側，一揮而就。自起稿至拜發，捻指之間耳。其神速有如此者。

李鴻章與戈登之誼

文忠平吳之役，多斬降人。洋將戈登諫之不納，由是欲得而甘心。或告文忠，且為畫策。文忠歎曰：「吾自不德，致啟怨尤。外人伉爽，宜有此英風俠骨，聽之可也。然吾不懼。」戈登聞其言，隱然折服。

後文忠開府畿疆，戈登以事往謁，仍歡然道故。中外風尚雖異，友朋契合，則儼然一轍。可見天下一家之非虛語。

李鴻章晚年寫書法猶孜孜不倦

文忠工八法，臨《聖教序》，凡萬餘遍。晚年猶孜孜不倦。某年官直督時，盛夏有謁之者，見文忠從容把筆，額汗如珠。因勸之曰：「中堂何自苦。」文忠答曰：「他們要我寫，我有法子不寫嗎？」

李鴻章豁達大度

文忠有世交侄某，乞文忠為之汲引。時值軍書旁午，文忠日無暇晷，亦遂忘之。某怒，作一書，痛詆文忠，比諸秦檜。文忠閱訖，付諸一笑。後某以知縣分發浙江省，以事為上官所劾。文忠發一長電往援之，某因無恙。豁達大度，論者高之。

李鴻章儀表求合時宜

文忠總督直隸時，拜客鹵簿極其繁盛。另有小隊兵一百名，皆灰色呢窄袖衣，肩荷快槍，森如林木。欲赴西員之所，則小隊為之前導，鹵簿紛然而散。文忠探懷出金絲眼鏡，易去碗口大之墨晶者。此雖瑣事，亦足見其求合時宜，非羽紗馬褂，毛竹旱煙袋之趙舒翹所能夢見也。

李鴻章因母答禮

文忠任直隸總督之日，凡知府以下之官，亦不答禮。值新年，某令戲謂同列曰：「吾今日當令中堂答禮。」人不之信，因賭酒食。時文忠之母，迎養在署。某令拜年已，復跪曰：「更為老太太拜年。」文忠以某令之敬其母也，因即答禮。某令出，人無不稱其能者。

李鴻章冒名救外甥

張楚寶觀察，李文忠之外甥也。甲午中日之役，前敵湘淮各軍所領子藥，往往與槍炮鑿枘不入，且有偽物攙雜其中。一時議論蜂起，咸叢集於張之一身，蓋張為軍械局總辦也。既而言官，亦摭拾其事，交章彈劾。張少不更事，聞之戰慄，無所為計，乃遽易僧衣宵遁。旋奉各省一體嚴拿之旨，張遂於江寧被獲。不得已，乃求救於李文忠。文忠方因戰敗勢傾，積毀銷骨，又以至親，例須回避，頗費躊躇。繼乃召電局領班周桂笙二尹樹奎入署，示以密電一紙。文曰：「兩江總督張，李文田頓首。張楚寶以釁械事被劾，跡其生平，似不至此。請勿遽刑訊。」蓋文忠以李文田與張公最莫逆，故冒之耳。電至江寧，張果得釋。時李文田方為順天學政，不二年遽歸道山，故此事始終無知者。

李鴻章猶子怒掌劉趕三

甲午之役，文忠既獲嚴譴，都中某園演劇，趕三扮《鴻鸞喜》中之金團頭。於交代杆兒時，謂其夥伴曰：「你好好的幹，不要剝去黃馬褂，拔去三眼翎。」時文忠猶子某在座，聞之怒，上臺立掌趕三頰。趕三因是鬱氣而亡。

袁世凱因禍得福

文忠之督直隸也，袁世凱方為候補道。以日本失和之事，大為文忠不悅，將以「膽大妄為」四字劾之。及文忠將閱海軍，入都請訓。西太后諭以有袁某者，頗諳營務，汝可帶往，或足以備驅策。文忠奉詔，乃具摺保之。「膽大妄為」則改為「膽大有為」。袁可謂因禍得福矣。

李鴻章使法

李文忠奉使時，法王饋以雙雞。文忠愛其馴擾，嘗以車載之並出。彼都人士相為議論曰：「中國大官，奉使外國，多以牲畜同行。牲畜若斃，中國大官必不利。」彼蓋以此為驗云。

李鴻章使英受譏

文忠使英時，一日赴外部大臣之宴。到者三百餘人，文忠在座，偶然洩氣。翌日，報紙喧傳此事，謂文忠恐無音樂以娛賓客，故自鳴其鼓云云。文忠見之，不勝慚汗。

李鴻章晚年蓄指甲

文忠暮年，蓄指甲長而曲，幾如鷹爪。嘗與海軍武員握手，觸其膚幾流血。武員大怒，拂衣而去。彼時國猶全盛，外人懾我威權。若今日，則必遭毆辱矣。

李鴻章善於觀人

文忠善侮人，楚中某諸生，謁之於天津督署。接談數語，文忠卒然問曰：「吾聞湖南人多入哥老會，君是否一流人物？」生固強項者，岸然答曰：「我為哥老會，則公是安慶道友頭目矣。」文忠大笑，不之慍也。下屬有謁之者，文忠必注目視之，若能鎮定不驚，則笑聲作矣。其汗流浹背無地自容者，必至斥逐而後已。

馬繩武粗心

文忠七旬壽日，天津府馬太守繩武，武人也，作壽序書屏以獻。中有「西歸」二字，而馬不之覺也。屏上，文忠即手披作答曰：「本爵閣督部堂，何日西歸，仰該守立即查明，據實稟覆。」馬大懼，夤緣入文忠簽押房，叩首謝罪。文忠始一笑置之。

李鴻章自命李文襄

文忠亦嘗自命為李文襄。公嘗問幕僚：「本朝有幾李文襄？」或對曰：「惟武定李公之芳一人。」文忠笑曰：「李文襄不可多得，我陪他足矣。」其後文忠以庚子議和，盡瘁以歿，遂獲今謚。蓋非初意所及也。

李鴻章懼內

公續娶某夫人，有四婢，皆明靚。公頗露垂涎之色。夫人揣知其隱，密防之。一日衙期方五鼓，公乘更衣之隙，入婢房焉。夫人覺，鍵其戶。日午，公不出。各官有饑渴者，託心腹差官某，代探消息。差官入，見其狀，長跪於夫人之側，為乞情焉。半晌，夫人擲鑰予之曰：「姑全爾面。」門闢，則公以花衣前幅裹其頭，疾趨至花廳外，驚魂始定。嗣後畏夫人甚，見之如芒在背云。

李鴻章之婿張佩綸

公有女年長矣，輒戲呼為老女。後字某翰林。翰林號幼樵，在公幕中襄辦文牘者。時人集為聯語曰：「老女字幼樵，無分老幼。東床配西席，不是東西。」

李鴻章不想再閱卷

議舉經濟特科時，李文忠猶在。一日，與客閒談，客謂此番必公閱卷。李喟然歎曰：「我年紀大了，上頭如果派我這差使，我也只好請槍手了。」

李鴻章進食復咳嗽

文忠每食，設一短几，上列四肴。文忠倚坐胡床，旁設唾盂，並一茗碗。侍者捧肴以示，文忠頷首，則侍者取箸進之。食未半，嗽聲作，則侍者又以唾盂承之，且以茗碗奉之。嗽訖復食，食訖復嗽。如是三四次，一餐始完。

李鴻章使俄失禮

李文忠性最驕，前出使俄國，俄皇待以殊禮。某夜演劇，俄皇與文忠並坐，而諸大臣候於其旁。方九句鐘，文忠自稱如廁，因即離座。其跟人隨之，李竟回寓去。俄皇不見文忠返座，大索弗得，深責諸大臣之不敬。翌日文忠謁俄皇，俄皇問以昨夜先回之故。文忠曰：「某素夜睡，每以九點鐘為度。蓋日中諸事紛煩，恐睡時遲，則不能辦事也。昨夜本欲直陳於陛下，恐陛下不許，因獨自先回。今將特來請罪。」云云。俄皇乃付之一笑。

有奇才者，必有奇癖，挾一技一能者皆然。而畫師之疏懶落拓，尤往往具特別之性情，偶舉所知，以助談薈。

畫師疏懶 三則

㈠胡山橋喜華服及醬肉

胡山橋於畫無所不工，書亦有法，篆刻尤精，三十餘年前吳下名家也。性喜華服，而又不甚愛惜。得錢則購諸市中，翩翩顧影，煥然一新。然既著於體，則累月經旬，永不脫易，洵如諺所謂「日當衣衫夜當被」矣。雖自視污穢狼藉，亦甚安之。偶復得錢，則棄其舊而新是謀。舊者或付質庫，或隨意贈人，無吝色也。夏月嘗適市，購湖色西紗長衫，著之而歸。時已曛暮，有客顧訪，即與對飲，飲後圍棋。夜闌棋罷，倦極思寐，即與客共倒於一榻，衫固未脫也。晨起視之，皺痕如麻，背間遍泛紅點，蓋汗瀋蒸變所致耳。即復適市，脫付肆中，更益以錢，易著一領而去。

性最喜啖鹵肉，即俗所謂醬肉也，過市偶見，輒為流涎。購而納諸袖中，且行且啖以為適。嘗新製蜜色寧綢狐皮袍，著之甫三日，過崇真宮橋陸稿薦，觸其所好，既納於袖，適遇友人，把臂邀顧其家，縱談半日而出。覺袖底沾濡，流瀋滿地，始憶肉尚未啖，急取以快朵頤，然值價不貲之珍裘，已如白璧之有疵，不免為人指摘矣。嘗深夜作畫，腹餒，苦無佳點，適門外喚賣火腿粽，急購而食之，覺其味無窮。尚餘數枚不忍棄置，又恐為鼠子所齧，就床頭取巾裹之，時已跣足欲就寢矣。晨興著襪，覓包腳布已失其一，大以為奇，顧有巾在，取而代之。及食粽，始悟所裹者非巾，實包腳布也。或嫌其穢，勸令弗食，則笑曰：「人之肢體，惟足最為潔淨，以視手之隨處摩挲，猶涇渭也。況腳為我之所有，更可自信，何穢之有？」竟沃以湯，而大嚼焉。

(二)任伯年數月不剃髮

任伯年名頤，越之山陰人也。畫法超妙。顧其初不著名，遊於滬，為北門外某扇鋪佐經紀，月得錢數千文。不十年名大著，而性亦漸懶。四方爭以縑素來求，悉置諸高閣。潤筆錢則信手揮盡，非與之稔熟稱至好者，不易得其尺幅也。性嗜鴉片，素不好遊，終歲伏處一室，六月猶御羊裘。迫於孔方之命，亦往往鮮暇時，故其髮恒數月不一剃。遇四時佳日，意興勃然，於是命待詔煮沸湯，磨快刀，而為之奏刀焉。顧每剃必歷數小時之久，以其髮若虬結若蝟叢，撩亂不可復理，故煞費爬羅。但所以酬待詔者，必洋一元，故人猶樂於從事。某鑷工常受其雇，語人曰：「任先生每一篦頭，青黃赤黑白，各種顏料，自其髮中簇簇而落，實為未有之奇。」蓋皆作畫時，搔首凝思，故沾於指者，即滯於髮也。或戲鑷工曰：「爾為先生服侍數年，可開一顏料鋪矣。」聞者絕倒。

(三)任立凡畫常無法完璧

蕭山任氏，如渭長、阜長，俱有畫名。族侄字立凡者，亦精能之品，且馳譽甚早。年雖少，下筆已卓爾不群。然其疏懶落拓，較諸前輩殆猶過之。其為人，如行雲流水，飄然靡定。少時又無室家之累，隻身往來吳越間。聞其名雖到處爭迎，然任情率意，人欲得其畫，可遇而不可求。大抵求之愈殷，則拒之愈甚。生平未嘗甘為人一獻其技，得錢則糞土視之，恒不為明日計。其餘百物，尤若無足以動之，惟阿芙蓉癖甚深。值窘鄉則攢眉而入小煙室，僵臥敗榻破席間，涕泗橫流，乞主人賒取紫霞膏以制癮。主人不允。於此有人焉，先密商於主人，俟其至，當其窮蹙，乃謂主人曰：「余有數百錢，權為任先生作東道，並無他求。扇一頁，或紙一幀，便願代請一揮何如？」主人曰：「諾。第問先生可否。」於斯時也，五中感激，莫可言宣，亦無不應之曰：「諾，諾。」呼吸既畢，即假筆硯，就榻間，攢簇渲染，頃刻而成。視之，真佳構也。轉售於人，立致重價。故得其畫者，十九從小煙室中來也。

山塘怡賢王祠，僧雲和尚，亦能書畫，極慕其名，轉倩人邀之來，居以精舍，享以美饌，贈以厚潤，又自滬購廣誠信不知年膏，以備其不時之需，求繪觀音大士白描像一尊。無何，荏苒匝月，消受十二方之供養，而絕無動筆意。和尚婉請之，則應曰：「諾。」明日果展卷鋪墨，已得大意，明日又遂閣筆。如是浹旬，和尚復促之，若有不豫色然。明日又展卷於案，搦管方有所思，忽擲管匆匆而出，抵暮不歸。念其行囊尚在，遲日必來，而竟杳然。有自吳江來者，云於某日見之於彼處城隍廟，後亦絕足不至。蓋身外物，已付諸無何有之鄉矣。其他達官貴人求其畫，羅而致之門下，而仍不獲其完璧者，始終大都類此。

許乃普佞佛

許乃普以尚書予告家居，卜築錢塘門內。佞佛，一龕香火，梵聲時作。太平圍杭州急，許絕無聲見。破城日，坐淨室中，持《金剛般若經》及《高王經》、《往生咒》，喃喃不絕。僮僕倉皇入報，告以中丞殉節。許從容收拾，由後門而逸。

李臣典開隧道

曾忠襄克復南京，李臣典由鐘山開隧道，實火藥以轟城，終日丁丁然。李督率之，月餘未嘗解衣帶。城破，李疾作，易簀時，忽作淮北人語，厲聲曰：「我明太祖也，何得傷我膊？」眾環求不允。忠襄聞其事，詣孝陵祭告，亦無應。遂卒。

張思仁不殺生

湖州張思仁中丞，精內典，茹素誦經，性仁愛，不殺生。凡庖丁以魚蝦雞鴨供膳，必責令買自斃者，然自斃者味不鮮，中丞又呵責之。廚役無如何，乃購生者於石上搗斃之。持之入，中丞喜，謂確守孟子「聞其聲不忍食其肉」之旨云。

山河猶是大清也

天南遁叟壯時嘗遊說天王，旋受知於忠王，辟為記室參軍。好言奇計，令乘勝北上，勿局促一隅，洪卒不能用，日事淫掠。叟既戀棧，又懼他日之不免，乃為聯以自廣，曰：「山大容射虎，河清還羨魚。」未幾，淮軍攻陷蘇常，求叟勿得，懸千金賞購緝。繼入忠王府，見叟囊所書聯，歎曰：「此尚可恕。」遂不復究。蓋聯首有「山大河清」字樣，言山河猶是大清也。或云是蔣鐵崖事，未知孰是。

張玉良目不識丁

張玉良璧田軍門，起於行伍，目不識丁。有傳其軼事者云：一日，有急牒至，張拆閱之，點首攢眉者良久。乃付與從兵，令送文案處。有詢牒中何事者，笑而不答，人亦以為秘不肯宣也。越日，又見持一札，顛倒觀之，蓋為此掩人之耳目。嘗與程印鵲太守換帖，三代中有名「蚤」者，皆以為怪，繼復書一帖，則是「早」字矣。後有詢其文案某君，某君答曰：「渠不能指定一字，第隨其口而書之，是以如此。」

示儉轉奢

李憲之方伯嘉樂，有清剛名。其開藩吳下，屬僚想望丰采。視事第一日，即親蒞，大書「官場宴會，不得過五簋」，榜於大堂。一時酒筵驟貴。蓋五簋皆用巨碗，既深且大，燕翅等品，視尋常幾三倍之。示儉轉奢，其弊如此。

李用清之清介

其時學閣派最著名者有二，李菊圃中丞用清、憲之方伯嘉樂也。中丞內眷不准衣帛，夫人一日不紡績，必怒斥之。陛見進京日，躑躅街衢，往來謁客，使一僕擔紅頂大帽自隨。嘗失足臭溝中，靴經洗濯，猶三年未一易也。

二唐爭產

唐稚泉、唐之泉，一觀察，一司馬，以爭產故，遂成大隙。一日，二泉互扭出，將訴諸官，為其僕狂奔所及，則已至新北門外矣。僕曰：「大老爺和三老爺就是要到縣裡去打官司，也須上衣帽，坐上轎子。今兒這樣，真真不成體統。」二泉聞言自顧，則一著半臂，一著舊袍，始嗒然若喪，雇人力車載之而返。

慢慢算帳可也

二唐嘗投其同鄉某欽使，求為剖斷。欽使諭之曰：「爾二人，現在以盤柩歸葬為第一要義，其餘小事，慢慢兒的算帳可也。」二人遂無言出。

李昭煒升官一月三遷

某尚書喜漁色，有襶褦子，其乳媼饒於姿首，尚書百計與之私。鼓鐘於宮，聲聞於外，其夫因而婪索，予百金去，如是者屢矣，尚書厭苦之。李昭煒知其隱，為之設法，使其夫立券，永遠不准藉端訛詐。事成，尚書德之甚。李為檢討二十年來，未嘗更動，尚書明保再，密保再，李由是一月三遷，時人目為奇遇。

然不已。

尚書扒灰仍蒙優諡

相傳尚書有寡媳，美而豔。尚書愛戀綦切，遂成新臺之行。尚書卒，予優諡。輦轂下之知其事者，譁然不已。

兄弟我即張華奎也

張華奎為張靖達公之子，初捐道職。後中己丑科進士，奉旨選往川東。一日與某同年相遇，彼此皆未曾識面者。某同年言及張華奎：「自揣書法不工，未曾殿試，即捐道職，足見此人取巧。」張答曰：「張華奎道職，捐在未中進士之前。」某同年斷斷爭執，謂：「我與彼同年，豈有不知之理。」張曰：「然則兄弟係張華奎自己。」某同年大慚而退。

唐少川出使西藏

唐少川出使西藏，道出湖北。地方官照例辦差，在接官亭以鹵簿迎之。甫登岸，鼓吹大作，唐急遣去，復以十金犒之。自雇街車，遍謁其友，其脫略如此。

請封圻大吏回籍應試

張樹聲以諸生佐戎幕，積功洊至封圻。任某省巡撫時，忽得本籍教官來文，謂歷欠歲考，並未有出學文憑，請來籍應試，以符功令云云。張知其意，予以數百金，事乃寢。

王人俊遊滬趣聞

湖北候補知府王人俊，偶然至滬。友人有以花酒相招者，王欣然而往。席散，本妓照例送至樓門口，必聲言「晏歇請過來」等語。王已出弄堂矣，忽然轉身，命一相幫傳語曰：「我少停有事，不能赴約，望囑爾先生勿候可也。」聞者為之大笑。王只有一領洋灰鼠馬褂，一日正著，一日反著。妓疑為空心大老官一流人物，乃向借洋三十元。王曰：「須寫信到家去取。」越數日，果以三十元至，鄭重其詞曰：「適接舍間覆信，知於前日搖得一會。此三十元，係其中分出，而且塊塊有圖書，並無啞板龍洋。」

潘衍桐失明，張之洞聘為總校

潘衍桐富於舊學，而雙目失明。粵省潘盲之名甚噪。張之洞曾聘為廣雅書院總校，說者謂其可與左丘明後先輝映。

檀璣聲名狼藉

檀璣，字斗生。在京聲名狼藉，道路皆知。迨放福建學差，氣焰隆隆，尤堪炙手。有某君撰一聯贈之，句云：「作福作威，怕你不栽大筋斗；做腔做勢，要人都叫老先生。」一時傳誦，咸謂尾藏二字，聯絡無痕。又有人贈以詩曰：「朝朝飲酒夜聞歌，金盡床頭可奈何。如此子孫真不肖，也應投幘淚滂沱。」

末語借用檀道濟傳中，真是巧於牽合。

王御史巧取肥缺

王□□為御史時，日奔走於榮祿之門。榮祿初以恒人待之。迨某省知府缺出，王心欲之，而口不能言。乃具摺參榮祿二十餘款。榮祿大駭。詰知其故，因笑曰：「君胡不再謀？」即日入奏，翌晨朝旨下，著王□□補授某省遺缺知府。

張子虞為生改名

張子虞任湖南學政時，有諸生名楊柳青者，張點名及之，呼其人至前，叱之曰：「楊柳青乃天津歌妓也。汝讀書人，何亦效之？」乃援朱筆為之更正。該生入場之後，同試者戲曰：「楊姑娘，今日蒙學臺大人賞識矣。」

周浩驕蹇

江西藩司周浩，未曾護院之前，每謁客，在輿中作我醉欲眠之狀。迨其護院，或涕唾，或斜睨，有旁若無人之概。見者皆曰：「驕蹇者，敗徵也。」今果以南昌教案為某嚴參。周著籍安徽，置有腴田百頃。佃戶怨周苛刻，無一樂為用者。護院後，乃招窮民二百，派一督兵官，押赴安徽原籍，充當佃戶。聞者奇之。

楊家驥簡放陝西主考

庚子年之廷傑，忽然出現，而楊家驥又簡放陝西主考。按楊為庚子年義和團宣撫使，即義和團首領也。各國人竟無知之者，是可異耳。足見當時《功令》，實乃具文也。

「高心夔」變「矮腳虎」

高碧湄捷南宮後，以誤押十三元，朝考居四等，改官知縣，大有袁簡齋奪我鳳池之憾。令吳縣時，適童試，高出坐大堂上，點名給卷，諸童繞之三匝。有在人叢中，效禮房聲，口唱曰：「高心夔。」一童曰：「何不對《水滸傳》之『矮腳虎』？」碧湄聞而大贊曰：「好極！好極！」眾哄然鼓掌。

裴景福未改舊章

裴景福性狡而好持局面，以示幹員手段。新政本非所樂，然改書院為學堂之旨甫下，裴即於禺山書院門首高懸「番禺縣中西學堂」七字匾額。入內觀之，則仍課時文試律，舊章未絲毫改也。

裴景福詩清婉可誦

裴被參，自交薛經廳看管。後頗有嵇康下獄，淺醪夕引，素琴晨張之致。薛經廳雅人也，一日為東坡作生日，賦詩八章。裴援筆和之，清婉可誦。惜裴詩未傳於外，否則當可與譚壯飛「望門投止思張儉，忍死須臾待杜根。我欲橫刀向天笑，去留肝膽兩崑崙」一絕後先輝映也。

官場用人不外一私

孫太守毓驥，即個中所謂西太后遞條子者，故寵眷甚隆。錫金釐局，為蘇省最著名之優差。到省以來，即歸太守辦理，此上峰有意調劑之也。顧此差，謀者甚多，勢不能一人久占。後陳夔龍到任，首府許太守，係屬姻親，循例回避。上峰遂趁此機會，將孫太守調署蘇州，而以陳省生大令代辦錫金。以表面內觀之，太守以從未署事之員，而遽權首府，似已榮耀非常。顧在太守，則每有「奪我錫金釐，諸君何賀耶」之語。蓋以府缺較釐差得失，誠不可以道裡計也。然則太守，殆六才中所謂「虛名兒誤賺我矣」。官場假借用人，千變萬化，究其底蘊，不外一私，可慨也夫。

趙爾巽用人為才

趙爾巽入蜀後，以澄敘官方為起點，於各員進見時，每班八人，用詢事考言之法，於架上隨抽公牘，分授批答，以覘才識。然因此貽笑者甚夥。一日，有某令展請，甫就坐，即授一紅呈，言：「連日事冗，此件久未發落，借重大才，代擬批語。」某令反覆審視，遲久不著一語，汗瀋涔涔若時雨下。與某文案有舊，因伺隙飭役授以「遵式另呈」四字，始得敷衍塞責。然匆促間，已誤「式」為「示」矣。

又某令頗有能名，以事來省晉謁。趙謂曰：「久仰才名，顧人言君不識字，想未必爾。茲有書一卷，請略為句讀。」令辭以短視，上稟忘未攜鏡。趙應曰：「是易辦事。」即飭僕入市眼鏡數副，命其自擇。

令惶遽失措，但舉筆作咿唔狀。趙大笑曰：「是真文不加點，名下無虛矣。然安有不學無術，而可為民上者。速具稟請修墓假，免登白簡。」令慚悚，唯唯而退。

袁世凱時勢造英雄

袁項城微時，以書生杖策從軍。嗣由丞貳洊至監司。其簡放浙江溫處道時，已在甲午中日戰後，未赴任旋升直臬。時榮文忠為直督，戊戌政變，蒙恩開缺以侍郎候補，旋放山東巡撫。適庚子匪亂，聯軍入京，兩宮西狩。和議定，李相薨，北門鎖鑰付畀無人。時袁在東撫任內，剿匪有聲，乃得膺北洋一席。西諺曰：「時勢造英雄。」袁固中朝史冊中出色人物哉！袁任直督，年甫逾四十。在高麗時，僅為吳長慶之偏裨耳。一夜持令密巡街市，見一勇自人家出，袁以為奸盜也，令從者縛諸樹，自拔佩刀決其首，但聞砉然一聲而已。明日忽遇其人於路，袁驚問，其人曰：「爾時吾適側首以避，不意汝僅斷一樹枝耳。」袁以為天意，捨之而去。

袁世凱裝束令人讚嘆

袁任東撫時，整頓綠營，不遺餘力。麾下健兒俱西裝，一洗太極圖之舊。袖口繪槍一具，外圈金線。其在工程營者，繪斧頭一具，外圈金線。惟幕府中人物，無從區別，乃命繪筆硯於其上。別開生面，途人俱一望而知。時兩宮返蹕，袁冠珊瑚頂，曳翡翠翎，服黑呢馬褂，袖口繡龍十三道，佩寶刀，鏤金絲，銜明珠，如發菽。見者僉為讚歎。

袁世凱不滿張之洞

袁官直督，以母喪請假回籍，道出南京。張之洞方署江督，相見既畢，縱談甚歡。袁作魏武帝語曰：「天下英雄惟使君與操耳。」張頗不以為然。袁方欲有言，張已隱几臥矣。袁出，張亦不送。袁大怒，徑登兵輪，速令開船。南洋兵輪管駕以未奉張制軍命，不敢開船。袁愈怒曰：「汝謂我北洋大臣，不能殺南洋兵輪之駕乎？」不得已遂啟碇。迨張聞炮聲驚醒，已失袁之所在。因令材官飛馬持令箭，諭兵輪管駕不許開船，制軍即來答拜。張至江干，船已離岸。袁在柁樓，與張拱手曰：「他日再通函可也。」張嗒然而返。後張赴京覲見，虛懸半年，皆袁所為，蓋修前日之怨也。

袁世凱禁赤上體口唱京調

袁嘗夏日乘輿出，見居民多赤上體，口唱京調，心頗惡之。因令天津縣出示禁止。示中有云：「照得袒裼裸裎，人情畏其相浼，嘯歌謳唱，俗尚為之潛移。」此與岑督禁戴珊瑚帽結，同一無關政體也。

袁世凱罵李蓮英

袁進京朝覲，西太后召見之後，退朝而出，竟忘往李蓮英處周旋。李急遣差弁至袁處，告以李老叔爺叫袁宮保即刻往見。袁對來使大罵曰：「李蓮英佬大太監，竟敢在我的面上擺臭架子。」來使既去，袁亦急整衣冠往李處，滿面怒容猶未息也。李蓮英延入會客廳，遽前請安，央袁坐下，而自垂手站立。袁命之坐，則曰：「宮保在此，奴才不敢。」袁堅命之坐，李乃令僕從取一小矮凳，高不盈尺，坐於下位。言曰：「奴才本該到宮保處請安，只因為出入不便，恐惹外邊議論，不得已請宮保過來談談。」是時袁怒氣頓消，寒暄數語而別。袁既歸，告其幕僚曰：「李蓮英好利害！李蓮英好利害！」

變法先聲

某日有謁袁於直隸總督衙門者，其接待室可容五十餘人。下鋪地席，大餐臺以錦緞蒙之，玻璃器具，晶瑩澄澈，壁懸油畫，駸駸乎有泰西風焉。寒暄後，談及蘇報與沈藎兩案，袁曰：「本來沒有什麼要緊，給他們外頭一謠，針子這們小的事，就變了棒槌這們大的事了。」言已，舉茶送客。袁每出，必乘雙馬車一輛，其車係上海龍飛所造，蓋用一綠呢大轎，去其槓而配以輪盤耳。前一武員騎馬，手撐紅傘，後隨騎金山馬跨德國刀之侍從廿餘人。袁端坐中央，握書一卷。或云當是《孫武子》十三篇。袁教演樂隊號丁人等搏缶擊石，伐鼓鳴金，純乎泰西音節。某大員調赴都中驗看，大為稱許，每名獎銀若干兩。後俟西太后萬壽，即令之在頤和園奏技，藉娛外人之耳。識者曰：「此之謂變法先聲。」

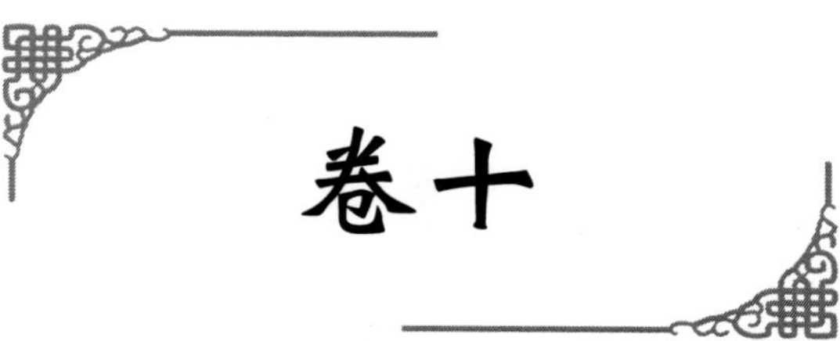

卷十

吳大澂篆書潘祖蔭不識

吳大澂，一號愙齋。嘗為潘文勤作篆書二字於紙尾，文勤瞠目不識。謂人曰：「真奇怪，此與某尚書謂某名士所著《𩛠書》曰『那個什麼什麼字』相同。」吳不能操官話，常赴都謁某侍郎，侍郎乃其中表親，吳覿面即曰：「阿唷阿哥，長遠勿見哉！」左右聞之，無不齒粲。

吳大澂嗜金石書畫

吳性沉靜，不苟言笑。官翰苑，居寺中以金石書畫自娛，不事奔競。平時作札，均用古篆。潘文勤匯付裝池，不半年，成四巨冊。一日文勤戲告曰：「老弟，以後寫信，求你寫的潦草些罷，我只半年的裱工，實在出的不少了。」文勤愛才如命，士有一才一技，均在門下。嘗柬清卿云：「老弟古文大篆，精妙無比。俯首下拜，必傳必傳，兄不能也。」

支那營中有大骨董鋪

吳潛志金石，以抱殘守缺自命。有以圖書彝鼎求售者，雖重值不惜。甲午之役，疏請統兵赴援高麗，廷寄壯之。請訓出京，以圖書彝鼎自隨。及抵平壤，去敵營三舍，舍焉。隨營員弁，紛紛詣吳叩方略，吳猶手玉章一，摩挲把玩，與幕僚談此印出處，謂是細柳將軍亞夫故物，此古文惡亞通用之明證。各弁不敢陳請，屏息旁侍。旋聞炮聲，疑是寇至，相率棄營潰走。吳惶遽無所措，但高呼備馬而已。日軍望見清軍無故自亂，疾趨掩殺，清軍遂大敗。吳隨帶古玩，盡為敵人所得，以獻主帥。主帥某笑曰：「不料支那營中，倒開有絕大的骨董鋪。」

吳大澂從戎之由

甲午，吳慷慨從戎。或叩其由，吳對曰：「日者決我有封侯之相，因元旦夢一大鵬鳥從天而下，而敵人適有大鳥介圭之號。湘中所練洋槍極準。」汪柳門侍郎聞其事，咍然笑曰：「清卿此舉，知之者以為瘋，不知者以為忠。」

吳大澂自請督師

甲午之役，吳在湘撫任，自請督師。躬率十萬貔貅，伐鼓鳴金，凜然就道。僚屬排班祖餞，吳慨然曰：「受恩深重，未報涓埃。今日誓師請行，不敢作出將入相之望，但求馬革裹屍足矣。」某太守未知其作何語也，率然應曰：「恭喜大人，一定如願以償。」吳聞之大為恚恨，呵責之。

吳大澂平壤之敗

吳平壤之敗也，統營四十。出隊日，將弁已當前敵，吳方臥床吸鴉片。一炮子砰然墮，洞穿土壁，沙颯颯然如雨，吳猶不起。迨左右白前敵已潰，吳一躍下地曰：「等我去傳令，擺尾隊。」則尾隊已不知何往。吳大恚曰：「我盡了忠罷！」左右曰：「大人這是何苦！」急挾之出。時帳外有破車一輛，左右強吳入。一晝夜行一百五十里，始由宋軍保護至摩天嶺，時吳猶頓足號咷不已也。黃慎之學士，時在吳幕中襄案牘，曾擬招降告示，中有句云：「本大臣於三戰三北之餘，自有七縱七擒之計。」即學士手筆也。稿上，吳大喜，復點竄一二字，親自句讀加圈，命軍吏大書深刻，榜諸營外。不數日即大挫，學士幾為日人所獲，幸馬快得以生入榆關。

吳大澂嗜金石

吳性風雅，嗜金石，秦磚漢瓦，臚陳一室。簽押房幾如清秘閣。有時判事，亦書大篆，胥吏不能識。持而詢問，吳指之如數家珍，其迂疏如此。治家極嚴謹，子弟十餘歲，則衣之紅綠布，皆深居簡出，不敢遊行市井，較他人敲撲為優。甲午後，解組歸吳，居北倉橋下。某年除夕，忽書春聯若干副，待價而沽。說者謂吳此舉，不失為文人遊戲。吳卒之前一月，已中風癱軟矣。一日思觀劇，公子輩以繩椅舁之，赴青陽地某戲園內。吳則巍然居上，以風帽兜其首，側耳而聽，移時始返。吳能畫山水，逼真戴文節，其秀潤處，有過之無不及。賞鑒家多藏之篋笥，頗為珍異。吳又能打靶，頗有命中之長。其女公子輩，亦皆擅此。惜乎一人敵，否則中東之役克奏膚功矣。

趙舒翹以母事其嬸

趙舒翹為同治甲戌進士，簽分刑部主事。又係薛雲階司寇之甥，故薛公益教誨而提攜之。後以京察授鳳翔府，六年，即官至江蘇巡撫。入繼薛公之後，為刑部尚書。未達時極寒素，受養於嬸。既貴陳情，以母事其嬸。惟罹難時，嬸猶在也。嗚呼，尚忍言哉！趙平日極講子平之學，與人論娓娓不倦。或視趙面部，仰若肉不附骨者。按管輅言「肉不附骨為鬼躁」，或者其相使然歟。

汪鳴鑾有先見之明

趙會試出汪侍郎鳴鑾門下，撫蘇之日，趙往謁之。方初夏，戴一帽條兒（帽條兒狀似包頭），汪以為不敬也，拒之甚力。其後趙以罪魁伏法，聞者皆服汪有先見之明。趙嘗衣大布之衣，冠大帛之冠，動引魏文公以自命。某年萬壽，趙服一極暗敝之蟒袍補褂，拜牌之後，或請更衣，其中僅襲一絮衣而已。

趙舒翹素講理學

趙素講理學，任蘇撫日，多刊濂洛關閩諸大家講學之書。刊畢，自題其簽曰：「古人與稽，或有竊議其不通者。」趙大怒，並將板劈去。趙嘗作五十自壽詩，遍徵和者。原唱有「大千世界若棋圖」一語，則其餘可想而知矣。某方伯善諧謔，故諛之曰：「大人著作，逼近《擊壤集》。」趙唯唯而已。後知所謂《擊壤集》者，即邵康節「每日清晨一炷香，謝天謝地謝三光」等等也，不覺大怒。

趙舒翹事以害人為事

戊戌六章京之獄，趙實主持之。堂官廖壽豐欲加推訊，趙大呼曰：「殺之勿緩！」廖爭曰：「上意原欲刑部詳行審問，否則何不徑交步軍統領衙門正法？」趙尚齗齗，廖曰：「無論如何，總須請旨後，再行定奪。」言已，上車而去。時剛毅方專國政，氣焰薰天。趙為剛毅私人，夤夜就剛計議。翌晨詔下，遂遭駢戮。趙，陝西人，微時一貧如洗。其鄉有劉古愚者，耆宿也。愛其制藝，為揄揚於郡邑之間，趙以是遂知名。感激之餘，願執贄居劉門下。後劉與梁啟超偶通書札，趙知之，密令地方大吏，逮劉下獄。歐陽公曰：「未干薦禰之墨，已彎射羿之弓。」趙之謂也。趙生平邃於濂洛關閩之學，撫蘇時，刊性理書數種，藏諸官局。又蓄有秦刻千金本《九成宮碑帖》，嘗墨拓以贈同人。入都後，氣質忽然變化，則專以害人為事矣。

趙舒翹迂腐可笑

趙深恨洋務，有如仇敵，偶與幕友閒談，幕友提及「檀香山」三字，趙問：「山在何處？」幕友喻其旨，乃撇官腔曰：「這山在西藏，為著西藏人好佛，這山上淨長檀香，給人家敬佛。」趙始無言。趙素迂腐，辦理義和團，有所奏對，輒文言道俗，西太后頗厭之。及接見諸匪目，則勉以忠信以為甲胄，禮義以為干櫓等語。諸匪目瞠目直視，不知所謂。端王嘗遇於途，有所問答，趙皆引經據典。端王恚甚曰：「我的趙老先，你直捷痛快的說了，不就結了嗎？是要這樣的之乎者也，鬧個不了，我可真不懂。」左右皆為之匿笑。

趙舒翹為庚子罪魁

庚子罪魁，漢人中僅一趙舒翹。董福祥雖亦漢人，實回族也。趙死時，以皮紙外塗燒酒蒙於七竅，移時始絕。至今其鄉里中之頑固者，偶談及趙，猶太息咨嗟。

光緒懂西國歷史

錢念劬觀察洵送部引見時，光緒帝召見，知其曾遊歷外洋也，因詢其所至之處。錢具以對。偶及土耳其，光緒曰：「究竟現在我們中國政治，比土耳其其何如？」錢奏對畢，出以語人，僉知光緒於西國歷史，固無不瀏覽也。

錢洵優禮留學生

錢前充日本留學監督，諸生無不服從。後求其故，乃知錢見諸生，詞色藹然，且諛之曰：「諸君將來，皆中國主人翁也。如洵者，即為諸君執鞭，亦所欣慕。」諸生大悅。錢終其任，未起一波。

錢洵與某制軍對話

錢在東京，忽得某制軍密電，促令回華，來轅一見。錢乃束裝就道，既至省，著便衣往。謂司閽者曰：「煩傳語貴上大人，欲見請以今日見吾，我明日即歸日本。」司閽者如其言，果見。談次，制軍言及梁鼎芬太守曰：「舉平日所知所能，盡以佐其浮沉之具（按：此二句，乃《才調集》「見義而不為無勇也」題文），此節庵之謂也。」錢遽曰：「若卑府，則殘魂雖餒，不得依祖宗丘墓之鄉。肝腦所塗，不得污中國帝王之土（按：此四句，亦《才調集》「驅飛廉於海隅而戮之」題文）。」制軍默然，遂端茶送客。

錢洵自嘲

錢每見司道，隨俗請安。或以奴隸性質譏之，錢笑曰：「他們這些人，我不配用手跟他作揖，只好把腿對他彎了彎就算了。」聞者服為俊辯，行臣僕禮者，大可引此解嘲。

相同問題不同答案

錢因上海拿革命黨，見蔡欽使曰：「這些人，是一定要拿的。」少頃，湖北留學生往謁錢，錢曰：「其實這些人，也不大要緊。」維時，浙江留學生正開會大議，促錢往。錢附和其說曰：「凡我等同鄉會中人，不可不設法營救。」傍晚，汪伯唐往晤，錢曰：「我們湖北學生，尚無此習氣。如有此等習氣，我定不答應。」汪為語沮。

錢太史將參翁心存

錢太史軼其名，錢念劬之兄，而翁心存之婿也。官翰林時，將考差矣，或諷之曰：「君有泰山之靠，何患不邀簡放。」太史怒，遂報病。其高尚有如此。錢後改官御史，翁心存生日，召優演劇。各官俱集而錢不至，翁怪之，使人促駕。錢曰：「寄語而翁，若不停鑼，我摺已具，將奏參矣。豈有為大臣者，並忌辰而不知耶？」翁聞之，汗下如瀋，乃輟觴罷戲。

孫家鼐寒極生春

孫燮臣相國，管理吏部時，任帶領引見之役。嘗赴頤和園值日，為時過早，曉風撲面，毛髮森然，寂坐朝房，一無所有。御重裘猶不暖，垂涕尺餘長已成冰矣。內監覘而不忍，乃啟西太后曰：「孫中堂在那裡發抖，快生病了。」西太后意良不忍，特賜傳飥數枚，茶一碗，火一爐，相國始獲寒極生春。翌日遂有「孫家鼐年老，著免其帶領引見」之諭。某學士出孫家鼐之門，榜後謁師，孫曰：「你的學問，也實在博，卷子上用的典故，有許多我不知道，你告訴了我罷了。」（以上二則，想見先輩謙謙在抱，不似近來學者凌厲無前也。）

孫毓汶禮賢好士

孫毓汶禮賢好士，有戰國四公子風。倪恩齡（雲南人，曾任江西南昌府），高蔚光（雲南人），孔祥霖（山東人），其一則忘之矣。之四人者，孫待之尤厚。忌者因造為孫門四大篾片之謠。其實四人，皆品端行方之士也。孫當國時，福建藩司王德榜，陛見入京。屢踵孫門，未獲一面。越日遇孫於朝，孫詫曰：「老兄是幾時來的？」王曰：「好幾天了，到過大人那邊五六趟，總說大人不在家裡。」孫曰：「大約是他們作難了，你明兒來罷，我候著就是了。」翌晨王往，仍未具有門包，坐久音問俱絕。王憤然曰：「我做皇上家的官，不是做孫家裡的官。」言已，拂衣徑出。未幾而飭回本任之旨下矣。

孫毓汶嗜酒

孫亦嗜杯中物，一日，內庭賞戲，孫踞坐夾幕之中，西太后撤賜肴饌，以酒佐之。他人略一沾唇而已，孫飲之立盡。已而鼾聲大作，徑入睡鄉。恭王恐其失儀，以手撐拄之，而孫一若不知也者。迨醒，始倉皇謝恩而出。孫畏熱，四月即進冰果，每退值，端坐天棚下，左右奉酒，既醉，始卸衣冠。既去靴襪，終且挽辮髮，赤半身，陶然而寢。醒即趨朝，歷數十年如一日也。

李秉衡剛愎自用

李秉衡巡撫山東，剛愎自用，不可以理喻。濟東道張上達，性倔強，大似魚頭參政，李惡之。每見必譙訶萬狀，張忍無可忍，時作反唇譏，李惡之愈甚。一日，使幕友授之意曰：「汝不告病，行將列入彈章。」張聞而歎曰：「昔吾家季鷹見秋風起，思蓴羹鱸膾，即日解官去，我何不一效其為人。」狀甫上，則李已具摺待之三日矣。

李與其夫人，動相忤。一日，會食於私衙，又齟齬。李推案起，器皿悉墮於地，砰訇作響。其夫人亦北方之強者，力握其辮髮，李疾趨出，夫人追其後，直至大堂上。拳足交加，觀者如堵牆，其夫人猶頓足搥胸不已。李後畏其悍潑，始不敢與之抗制。有潛榜其門者，曰：「井上有李，僅供仲子之餐，何裨國計。日中無市，未睹公孫之政，亦損民生。」李見而揭之去，始終不作一語。時人播為口實。

李秉衡為徐撫辰所騙

濟南府知府魯琪光，以書名，人亦自高崖岸。嘗因案，與李意旨相徑庭，李駁之。再申再駁。魯掛冠去。李擬加之罪。魯僕之戚串為李司廚，言其事於夫人。夫人為緩頰，乃邀免。李初行舉劾時，有候補道二人：一黃機，一葉潤含，皆以未納苞苴故，李以「酗酒滋事」四字中傷之。咸謂其不類，或戲拈崔不凋「黃葉聲中（按：原詩作「多」）酒不辭」調侃之。事聞於道路，稱冤不置。甲午中日以干戈相見，防堵方嚴，候補巡檢徐撫辰，狡而貪，請賦〈從軍行〉，李矜其有膽識，貿貿然委統三營。及臨前敵，則徐已掠餉銀宵遁。李恐有干於己，匿其事，久而始發。

李秉衡私訪

李秉衡甫蒞山東，出外私訪，問一賣油炸檜之童子曰：「爾處撫臺好否？」童子曰：「是個瘟官。」李返署，命拘之至，笞臀數百。一日又就問於某糧食鋪，掌櫃者曰：「是第二個孔夫子。」李謙曰：「只怕不能彀罷。」一掌櫃者遽曰：「你敢瞧不起咱們這兒的撫臺嗎？」連批其頰，脆然有聲。李雖狼狽而回，而面有得意之色。

李秉衡傲而無禮

郭寶昌為南洋水師統領，會操日，李文忠至，郭循例站班，文忠昂然而過。李秉衡時為東撫，隨文忠之後，亦昂然而過。郭大怒，止之曰：「若何人，亦昂然而過耶？我做統領時，若尚在某某幕中，我豈不識若耶！我在此，若竟敢傲不為禮耶？」李大窘。文忠急回首，為之排解，郭猶悻悻不已。

李文田謔而不虐

李仲約侍郎文田，性喜詼諧，脫口而出，令人噴飯。某科順天鄉試，其同鄉某生逐隊入都，因雇大鞍車詣侍郎投柬通謁。生長里巷，不知年高位尊者之須用全帖，且須言請見也。甫及門，僕惶遽下車，大呼拜會。侍郎照例延入。語次，談及粵督李瀚章制軍。侍郎因言：「李有公子某，向不得於其父。緣李剃髮逆時，曾手刃一賊酋，迨報肅清後，忽夜夢賊酋踵門，大呼拜會，驚醒，而後堂報姨太太分娩生男，是即公子，制軍以故心深惡之，幾於終身不齒。」云云。談竟，生亦貿然告退。座客有黠者，出述於眾。謂此事信否，不得而知。而呼門拜會，卻藉故事為言，當亦謔而不虐者歟。

李文田精相法

李文田好為議論，放差後，例蒙召見。是日，潘文勤伺之於乾清門外，李出，急問：「如何？」李曰：「我所操粵語，太后不解，實深慚悚。」文勤退語諸人曰：「芍農善於說謊，若徐俟其自乾清門步入朝房，彼腹中已構就虛詞，可以信口開河矣。吾故出其不意，要之於路也。」聞者大笑。李以精相法聞，其靈驗者極多。嘗相許仙屏中丞振禕，決其官位，當撫而不督。時許方任寧藩，旋授河督。許戲云：「我偏要督而不撫，給李芍農看。」後調任廣東巡撫，開缺而終。

慈禧勸誡李經邁

恩賞三品京堂李經邁，起服入京師，蒙召見。兩宮詢以江南年歲如何，李奏年歲甚豐。又曰：「鹽梟充斥，伏莽甚多，岌岌可危。」李退，兩宮諭軍機大臣曰：「頃李經邁奏江南『鹽梟充斥，伏莽甚多，岌岌可危』，爾輩宜電飭該督撫嚴防。」慶邸曰：「李經邁年幼無知，語多不實。臣知江南平靜如常，可請太后皇上放心。」慶退，召李至，斥之曰：「我跟你們老人家，是一人之交，你就跟我的子侄一般，你這回進京，我是盼望你升官來的，不是盼望你送性命來的。照這樣下去，你鬧掉了腦袋別怨我。」

李瀚章負荊

李瀚章為李文忠之兄，有李大架子之稱，言其驕蹇也。撫浙時，譚文卿以禦史授浙江遺缺知府，赴轅謁李，譚跪拜而李不答禮。譚怒起曰：「大人有足疾耶？」李曰：「無。」又曰：「大人目盲耶？」李仍曰：「無。」譚曰：「若然，卑府拜大人，大人胡不拜耶？卑府今日官可不做，大人禮則不能不答。」言已，拂衣而出，遂具稟乞休。李乃自往負荊，並浼司道留之，請補杭州府，後洊升至陝甘總督。蓋譚為御史，頗以風骨著也。

李瀚章被稱「吃飯師爺」

李督粵時，屬員某以二十萬金為壽。李旋保舉以「廉正勤能」四字。說者謂：古來字之價值，最貴者，亦不過一字千金，今「廉正勤能」四字，計值每字至五萬金，誠非大荷包，不能收納也。藩臺王大經，與之有舊。李每詣王處，王送之必在穿堂久候，寒暑不之恤也。舊例，凡上司拜會下屬，舉茶時，則下屬即疾趨至儀門之外，以昭恭敬，上司之謙抑者止之，或攜手同行。李不然，舉茶時，命僕以煙進，吸半時之久，始蹣跚而出，故人咸以李大架子呼之。一日，彭剛直奉旨密查參案，囑王代為探聽，李聞而大恐，賁夜乘輿至，既覿面，莫逆逾恒。舉茶時，王方奮步，李挽之曰：「咱們老兄弟，你還鬧這個嗎？簡直是罵我了。」剛直去，李復萌故態矣。又與其弟鴻章，同在曾文正幕。其弟偶然出外，文正有摺稿，擬詰晨拜發，覓之不得，乃囑李為之。弟返，見房門已啟，而李方伏案而書，弟閱之大笑曰：「你也會弄這個嗎？」揮之使出，就座吮毫伸紙，頃刻而成。李惟愕視。李在文正幕，終日一無所事，人稱吃飯師爺。

李端棻以妹妻梁啟超

李端棻為廣東學政時，梁啟超出其門下。李竟詫為國士無雙，且妻之以妹。政變後，凡交章薦康梁者，皆干嚴譴。李與梁為至戚，亦曾援內舉不避親之義，至於遣戍。其他與康梁來往者，幾乎一網打盡焉。

李文田輓張樹聲

張靖達公樹聲既卒，李芍農學士深服其布置炮臺之得法。嘗取司馬懿過諸葛孔明營壘，歎為奇材意，用於輓聯，末句曰：「每經營壘歎奇材。」時正甲申年，于晦若京卿，聞而笑曰：「惜下款不書『孤拔頓首』。」

李昭煒之高論

李昭煒侍郎，嘗與人議論東三省撤兵之事曰：「我看這俄國兵不撤也好。」眾奇其語。李曰：「你們想現在那邊的紅鬍子，多少利害，俄國兵一撤，紅鬍子出來，把西比利亞鐵路奪了去，俄國一定要咱們中國賠，咱們中國還賠得起麼？」聞者拱手曰：「高見不差。」李嘗設酌，請一武員。酒酣，談及義和團匪，武員盛稱其如何神勇，蓋皆得諸傳聞者，李力辯其誣。與座者出告諸人曰：「此人現在這般明白之故，想是從四十鞭子而來。」

王文韶被罵「琉璃蛋」

王仁和相國文韶，官湖南巡撫時，即繼卞寶第之後也。卞為時人訾議，解任日，大家小戶，皆貼「小便遠行」四字。及王至，則易為「文星高照」。時有某令者，吳人也。王初惡之，將列彈章矣。令知之甚懼，乃獻桃源縣所產之天然石，其大如拳，中伏一蝦，搖之則動，王愛之，製為帶鉤。某令因之獲免，且調任長沙焉。王入軍機後，耳聾愈甚。一日，榮、鹿爭一事，相持不下，西太后問王意如何，王不知所云。只得莞爾而笑，西太后再三垂問，王仍笑。西太后曰：「你怕得罪人，真是個琉璃蛋。」王笑如前。

王文韶謂有三事可報效朝廷

張香濤與管學大臣張冶秋謀廢科舉，而王獨持不可。王本號「琉璃蛋」，人極圓融，至此反其所為，人因改呼為《絨花計》中之「生鐵蛋」。王利欲薰心，外官之擁富厚名者，入京後，王必與之相契，張振動其一也。或謂中俄密約，政府諸公，皆分肥數萬金，而王不與。蓋以其耳無聞，目無見也。事洩，王恚，怒見於詞色。有某君遺書勸之，中云：「及其老也，血氣既衰，戒之在得。」亦可謂調侃入妙矣。王與趙舒翹同在總理衙門日，嘗肅然起敬曰：「展翁前賜禮書數種，讀之大可約束身心。」王退，僉訝曰：「此老又變為道學中人矣。」或曰：王將來謚法，可得「溫和」兩字。蓋其藹然可親之度，實非他人所能及云。王一日謂新科諸翰林曰：「吾老矣，無能為矣。惟有三事，可以報效朝廷。一力保科舉，一力阻經濟特科，一力廢大學堂，使你們可以散館。」諸翰林聞之，有感激涕零者。

王文韶退出軍機

王奉旨退出軍機。先是，兩宮召見樞臣，王亦與焉。西后將此意宣示，命樞臣擬旨。王因兩耳重聽，並未聞知。及退至軍機處，瞿、榮兩尚書斟酌擬旨，榮尚書謂「起跪」二字之下，驟加「艱難」二字，似嫌直率。瞿尚書躊躇再四，舉筆為加「未免」二字。榮尚書不禁拍案稱妙。王既奉退出軍機之命，次日例須入內謝恩。仍到軍機處小坐，以後即不得再入矣。滿漢章京，相與聚議。謂：「王係西太后念其年老力衰，雖有此命，仍是優禮老臣之意，明日見面，將賀之乎？抑慰之乎？」議論移時不決。中有黠者曰：「今天不消諸公費心，等明天他老人家進來，自有一番說話，我們相機行事便了。」次日王入內，語諸章京曰：「『未免』二字，費心得很。其中有無數包涵。」諸章京皆默不語。蓋王初疑「未免」二字，出諸章京所擬，而不知其為善化尚書手筆也。

王未出軍機之先，時對人言：「我要告病，決計不幹了。」迨至既出軍機，此議亦戛然而止。人或詢之，則曰：「天下滔滔，無一處太平，我看還是京裡好。」人於是知王將終其位矣。王既出軍機，門生故吏之往慰者，王曰：「現在已成少年世界，我輩衰年，自以引退為宜。況不才如僕，素餐尸位，久深抱愧。今奉此旨，真是天高地厚之恩。」或有祝其東山復起者，王莞然曰：「爾言良是，其如君無此旋乾轉坤之力何？」王趨朝極早，迨出軍機，屆時必起。起後一無所事，惟默坐移時而已。某宮保饋以稗官小說，王見某殷勤道謝，謂此不啻百朋之錫也。王嘗攜孫遊於隆福寺，購得菖蒲數本而歸。又嘗遊於護國寺，購竹器若干件。王平時常坐轎，至此改坐車焉。

邊寶泉以風骨著

邊壽民中丞寶泉，官御史時，以風骨著。李文忠督直隸，有麥秀雙岐之奏。邊具摺劾之，有二語曰：「陽為歸美於朝廷，陰實自譽其政績。」亦為當時傳誦。後邊擢某省巡撫，乃無表見，得毋言之匪艱，行之維艱乎？邊官浙閩總督時，道出杭州，眾官迎於郭次。一縣令所遞手本，大書即補縣正堂某某。邊顧而大噱，因謂某縣曰：「此末節吾固不挑剔汝，然汝亦太不留心矣。」某令出，不自知其汗流浹背也。

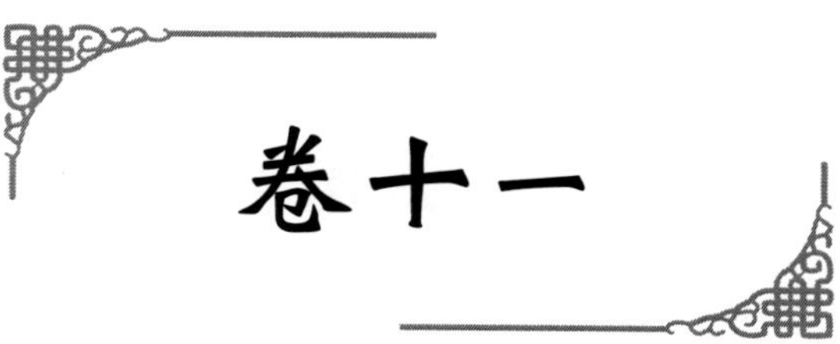

卷十一

翁同龢名士癖

翁同龢叔平相國，有名士癖。凡稍具才華者，無不搜羅致諸門下。昔有錢癖、馬癖，而翁則改而為名士癖，安能不為康梁所賣哉！翁在毓慶宮行走時，光緒每日必食雞子四枚，而御膳房開價至三十四兩。光緒因舉以為問曰：「此種貴物，師傅亦嘗食否？」翁對曰：「臣家中或遇祭祀大典，偶一用之，否則不敢也。」聞者咸服其善於辭令。

翁同龢訪鶴

常熟產馬鈴瓜，絕甘美。翁官軍機大臣日，每瓜熟，其家屬輒從海船緘寄一二百枚至京，然腐朽已過半矣。相國除自食外，遍饋戚友，每人一雙。人恒珍之，而不及同鄉。京官某某銜之。後乃嗾崇文門監者，悉數扣留。翁後知之，不欲以小事興大獄，遂一笑而罷。翁相在京時，蓄一鶴。一日，破籠飛去。翁相手書「訪鶴」二字，下注有「獲者，賞銀若干兩」，粘於正陽門城甕內。時吳大澂方在平壤敗績，好事者編為章回書目曰：「翁叔平兩番訪鶴，吳清卿一味吹牛。」勒公子深之素輕薄，偶見訪鶴招帖，因書「飼豚」二字對之。飼豚為前明某相故事，真惡謔也。

翁同龢為費太史題詩

某年，西太后萬幾之暇，無可消遣，召令唱盲詞者入宮，演說諸般故事。時翁同龢方在上書房課讀，出一〈放鄭聲〉論題。西太后知之，不覺大怒。因令恭忠親王向翁詰責，並問是何命意。翁曰：「沒有什麼命意。」恭忠親王再三究詰，翁厲聲曰：「七爺也是打上書房出來的，倒要請教七爺，什麼題目可以出，什麼題目不可以出？」恭忠親王惶悚無地，曰：「我的話說錯了，師傅別生氣。老佛爺既打發我來問師傅，叫我怎樣回奏呢？」翁曰：「就把同龢剛才那番話，回奏上去就是了。」

翁被放後，與蘭陵費太史時以簡札往還。費偶得宋人《歸牧圖》，寄翁請題。翁題絕句四首云：

趁齋奇字無人識，《歸牧圖》成我尚疑。
鑰口鍵精緣底事，十年閒卻鳳凰池。

彝器圖書鼎罍樽，一奩如斗小乾坤。
桃花塢裡清溪水，可許扁舟直到門？

太史寓蘇桃花塢，其二絕惜忘之矣。距易簀甫三日也。

翁同龢自號松禪

常熟相國自遭放棄後，隱於白鴿峰，往往芒鞋竹杖，日踏煙蘿，登劍門，看北山秋色。相國結茅處，為萬松寺故址，故相國自號松禪。室中設繩床一而無帳，展袱衲臥其上，椽柱歷歷在目。謔者曰：「此之謂司農仰屋樑。」

翁同龢之死

翁易簀之前，嘗自擬方服三劑矣，有見者則中有蔻殼五錢。驚詢之，翁曰：「無妨也。」比檢藥渣，則僅蔻殼一種，已有碗許。翁之卒也，可謂自殺。

陸閏庠年少溫文儒雅

陸潤庠父，九芝先生，教諭鎮江府。署中有英石峰，高三尺許，竦而峭，似鳳凰展翅，九芝先生摩挲拂拭。一日方午睡，夢石頹然墜，驚而寤，婢以生男報。潤庠鳳石者，即指此而言。陸故貧士，父九芝，以醫自給。吳中盛行合會，有司正，每會可分錢數百。陸嘗承其乏，以資膏火。陸少年時，溫文爾雅，弱不勝衣，故儕偶中多戲以鳳姐呼之，陸亦漫應之無愧色。陸亦頑固黨中人物，有以報紙獻者，陸閱至翻譯一則，頗滋疑竇。謂重溟萬里，彼縱尋消覓息，亦不能如是靈通，大約斯文敗類，有心作偽。一日在朝房倡議，謂須行文外國，考其虛實，將據此與主筆者為難。

陸潤庠談吐有如日本人口吻

陸少時極寒苦，以書院膏火為挹注資，每應課，慘澹經營，必居前列，一時有王驤陸鳳之謠。王驤者，王驤卿也，與陸齊名，現以教官潦倒終身。視陸之久居清要，漸躋卿貳者，抑何時運不齊耶！陸在南書房供奉多年，所書極圓熟，用筆以紫毫盈把紮縛而成，故為名家不取。至著作，則鄒福保「電燈之中豈無電火？茶碗之外復有茶杯」類也。陸，蘇人也，官京師三十餘年矣，操京話尚嫌勉強。某年吳大澂入都陛見，嘗遇陸於頤和園外，立談良久。內監有在旁聽者，迄不曉其作何語，但見兩頤鼓動而已。多年後始圓熟，然遲而有板，如日本人口吻。某君嘗為予效之。

樊增祥種種謬說

樊增祥之奧援，曰榮祿。榮祿薨逝，則已無倚傍矣。聞與李蓮英頗為稠密，往往至李處談宴，外間遂謂其與西太后同坐同食，是與《儒林外史》彭老五，站在朝廷暖閣中辦事，何以異乎？樊扈蹕西安時，嘗夤夜至鹿傳霖處，時人因目為孟浩然，以其夜歸自鹿門也。後以事忤鹿，鹿怒，遂與絕。此次入都後，照例投謁。鹿睹其名刺，顧謂閽者曰：「你們遠著他些罷。」樊召見之後，出語人曰：「皇太后見了我，無話不談。我見了皇太后，也無話不說。本來我們是熟人。」聞者皆掩口而笑。樊行徑與拳匪大同小異，尊呂純陽為太祖，尊濟顛僧為佛祖。種種謬說，不可悉數。樊嘗欲捐建乩壇，初無一人應，自仁和相國助千金後，省中大小官職皆解囊施捨，蓋藉以與樊聯絡，以博仁和相國歡也。古有應聲蟲，如此輩者是也。

樊嘗外出，偶見微風颯颯，必命停輿拱手，卻立道旁，良久始已。或叩之，則曰：「此必馬元帥過也，此唐三藏過也，此王禪老祖過也。」途人見其如醉如癡，不禁掩口。樊只一子，即密令其入西塾讀英文者，今秋獲重恙。樊扶乩，曰：「無妨。」至重九日遽卒。樊亦不哭，曰：「此純陽座右柳樹精已投生人世，故使吾子承其乏耳。」樊有密室一，在危樓下，中供神龕，嘗散藥末於几上，謂神能製為丸，閉門一時許，累累果成丸如黍，愚夫愚婦，益信服之。不知樊預使人伏樓上，於樓板上鑿一孔，以器貯水，緩緩滴之，藥末見水，則凝成團塊，因即指謂神製之丸。

沈慶瑜狡獪

沈京兆慶瑜，以道員候補兩江之日，嘗與同寅鬥業。京兆和出白板一翻牌，對家白板方成對也，見之大駭，窮求其故，則京兆袖中，尚有一中一發，京兆可云狡獪矣。後京兆左遷晉臬者，則以有人奏參，有酷嗜摴蒱之語。夫京師各官之嗜摴蒱者，比比皆是，豈獨一沈京兆哉！而沈京兆之適遭其厄者，必係有人排擠無疑。沈字愛蒼，前任順天府尹陳璧字玉蒼，合之則成蒼蒼者。韓文曰：「予髮蒼蒼，而視茫茫。」殆為二公而設歟！

沈藎非正法

沈藎，湖南人，湖北候補知縣也。因革命被逮後，本擬斬。故事刑部決官犯，則菜市口先一日必蓋席篷，初六日已飭人預備矣。下午復提訊，沈自知無生理，請於堂上官曰：「我死後乞致信於天津三井洋行，囑某某收屍可也。」堂上官聞洋行二字，驚駭欲絕。僉曰：「果如此，則又出交涉重案矣。」於是數人會議，徹夜不眠。初七日始定杖斃之罪，其得保首領以沒者，猶「洋行」二字之功云云。沈藎拿交刑部之後，訊無口供。軍機大臣密奉懿旨，立斃杖下。當由刑部特選大板，責至二百，血肉俱盡，而喉間尚有氣絲出入。承審官恐不能覆命，復以繩勒之始絕。外間謠傳正法者誤也。

史念祖與書辦

史念祖任某省藩司，有一書辦，嘗持文牘請其畫稿，史固識之熟矣。及升巡撫，此書辦已報捐典史，在其屬下當差。史呼之曰：「若非某某耶？捐官時去銀若干？」書辦曰：「七百餘兩耳。」史曰：「有二分利息矣。」旋曰：「試從廊下巡行一轉。」書辦如其語。史曰：「爬都不會，便學走乎？」書辦大慚而出。

俞廉三成為眼中釘

俞廉三初任湘藩時，承陳寶箴意，崇尚新學，陳遂派其管理時務學堂事務。戊戌政變後，陳去官，俞繼湘撫任，竟大反陳之所為，尤以仇視時務學堂為最甚。有勸其勿撤該學堂者，俞答曰：「吾不願湘省有此眼中釘，予決意撤去，子其勿言。」未幾俞出，被人行刺，將其右眼擊傷，終日如釘之刺痛，不復見物。迨後辰州教案起，有旨調任山西，而外人不允。友或為其向外人說項，其人曰：「吾亦萬不能認此眼中釘往山西，致又成庚子之變局。」其友遂止。俞由是狼狽以去。

濮紫潼精占卜

濮方伯紫潼，極精日者術，自謂占驗極靈。方伯本丙午翰林，今歲又逢丙午年，護篆之日，又係丙午日。方伯後檢歷，始大悔。未久果咯血，已而中風。或曰：「不精日者術者無傷也。」然則方伯，亦何苦而精日者術哉。

游智開穿布袍掛

游智開在粵時，每見客必穿布袍褂。僚屬有衣服麗都者，游必目逆而送之。省城四牌樓估衣鋪之舊袍褂，為之一空，且有出重金而不能得者。

蕭實齋長於帖括

蕭實齋觀察，以翰林出官山左。生平長於帖括，所批文牘，時時有墨裁聲調。其為濟東道也，禁栽罌粟。嘗批某令文牘曰：「大煙之臭，甚於大糞，吾願與良有司共為禁止也。」則其筆墨，亦可略見一斑矣。一日醉後，嘗批屬員文牘曰：「知道了。」醒後大駭，幸未發出，始獲無他。

柴廷淦深惡學堂

廣東香山縣知縣柴廷淦，河南人。素有頑固名，於學堂尤嫉若仇讐。故凡縣屬有辦學堂者，柴不但不贊助，且必多方傾覆之。一日，某紳進謁，談涉學務。柴即大罵學務處，謂：「彼輩盡屬年少選事，但知提撥款項，任意浪用，只合稱之曰聚斂處。是以凡屬該處來文，關涉學務者，吾皆束之高閣，彼無奈吾何也。」言罷，悻悻不已。某紳為之怵然。

鍾德祥奏摺談甲午戰爭

甲午中東構釁，御史鍾德祥上摺一扣，附以八片。略謂：劉坤一可統前軍，李鴻章可辦糧臺，宋慶、吳大澂可備臨時差遣。下有「使臣帥之而東」一語。又曰：「且臣亦嘗能相馬矣。」大似桐城文派。

庚子宣戰之諭

庚子宣戰之諭，出自湖南人蕭榮爵之手，而嫁禍於小軍機連文沖者。此諭既出，浙人咸稱連為乾三先生。蓋謂：乾三連，坤六斷。而是時拳匪，又以乾字立團故也。

皮錫瑞被革職

皮錫瑞，江西人。歲戊戌，以黨康梁革職。清諭中有云：「皮錫瑞品行卑污，學術乖謬。」皮見之喜形於色，持告朋儕曰：「此大似恤典起頭格調，寓褒於貶。我何修而獲此。」聞者為之失笑。

江標立此存照

元和江建霞京卿標，督學湘中，創《學會學報》，一意提倡新學，以開湘省風氣之先。戊戌坐康黨，奉西后旨革職，交原籍地方官嚴加管束。京卿帶罪回籍，未入里門，先詣各衙門稟到，聽候管束。各大吏皆與之為舊好，且深知其冤，即請仍歸故第。惟於翌日，特委長元吳三首縣，帶同拍照之人，前往北張家巷京卿府中，相邀共拍一照。大抵以一分寄都，為業已回籍之證據。一分粘附案卷備查。餘數分，則由三縣與京卿各執，以志會合之緣。於時京卿笑曰：「契約所載，每有『恐後無憑，立此存照』云云。今不圖與三公祖共之。」一時傳為趣語。後清廷特原其罪，而京卿不幸遽歸道山。近有人以此照見示，除京卿外，有一容貌極似上海縣汪瑤庭大令者，詢之果是，蓋大令曩年方宰長洲也。

縣令向江標請罪

江標奉管束命，某月朔，素衣至吳縣署，由側門入。縣令某，蒙古人也，龐然自大，略無撝謙之意。江所居與吳縣署才數武，自此每日黎明，必至宅門投到。縣令某，嗜煙甚，每遲起。十日後，不堪其擾，乃使人轉圜，並負荊請罪。江始莞然而罷。

江大令草書龍蛇飛走

南昌縣江雲卿大令召棠，冤遭教士逼害，至今此案已成疑獄。法使並不許大令得受身後之榮名，此有心人深為欷歔太息者也。後由某報於查辦員梁廉訪處，覓得大令負創後，親書字據一紙，摹登報中。其文曰：「一意是逼我自刎，我怕痛不致死。彼有三人，兩拉手腕，一在頸上割有兩下，痛二次，方知加割兩次。欲我死無對證。」一共四十四言，雖寥寥短幅，純係俚語，而草書龍蛇飛走，跳脫異常，蔚然有蒼勁之氣，的係個中老法家，否則受此重傷，命延一線之頃，即使勉強握管，萬不能有此精神。故識者皆視為吉光片羽，讚歎同聲。嗟乎！大令書法之佳如此，死法之慘又如彼。手蹟貽留，宜吾輩摩挲而不忍釋焉。

喬樹枏故作諛詞

喬茂萱侍御，性喜侮人。嘗在某尚書家，座有某某兩公，皆權貴也。喬故作諛詞曰：「諸君將來各有千秋，樹枏生平不打誑語。」言至此，以手上下分指曰：「皇天后土，實鑒此言。」某某兩公，頗有得色。喬恃此術，故得能自存，否則早被清流之禍矣。

張錫鑾精拳技

東邊道張錫鑾，號金波，外間因號曰快馬張。蓋某歲有事奉天省，將軍某，以善騎著，人呼快馬。一日與張偕出，張飛鞚突過其前，此為得名之始。張精拳技，諳點穴，惟不及舊令尹之剛決可風耳。

張燕謀斷送開平煤礦

張燕謀閣學翼，本醇賢親王府邸中一牧馬童子也。當年十二三時，身輕如燕，矯捷異常，能翻諸般筋斗。一日偶為王所見，大為激賞，遂命之入內當差，寵眷彌篤。顧張雖目不識一丁字，而性甚慧黠，善伺人意，故頗能得王歡心。從此攀龍附鳳，累升今職。然究以未嘗學問，膽識全無。庚子拳匪之亂，稍受二三西人之脅迫，遽將中國第一獲利之開平煤礦斷送外人。事平後，不敢索，亦不欲索，蓋亦無可如何矣。

張蓮芬請楊士驤代筆

天津道張蓮芬，嘗謁袁項城。既至官廳落坐，則手本不知去向。因請臬司楊士驤為之繕寫。既畢，楊擱筆作〈割髮代首〉中曹操對春梅語曰：「好個響亮的名字。」

張百熙辦大學堂

張冶秋尚書，工於詞翰。前年有題壁詩一首，中有「東林鉤黨紛紛盡」之句。蓋哀沈藎之慘遭絞殺也。張非不能言者，特慢理斯條耳。嘗在大學堂登壇演說，詞旨激昂，聞者咸為鼓舞。操長沙語，亦復可聽。張性緩，而又拙於言語。南皮在京之日，時過張談。南皮口若懸河，滔滔不竭，張唯唯而已，故一時有「快嘴張，啞巴張」之謠。然其心地樸誠，一無詐偽，非時流所能及也。張未辦大學堂之前，明知諸多窒礙，將來有過無功。嘗召執事諸員而謂之曰：「這學堂要是辦得好，就袞袞諸公；這學堂要是辦得不好，就諸公滾滾。」張嘗上疏述大學堂事，中用任彥升語云：「悼心失圖，泣血待旦。」殊覺刺目。幸政府不再挑剔，否則又一送某國公使之天際神州也。

陳天聽為國投海而死

陳天聽，福建人，卒業東京法政大學。與其同儕數十人，乘博丸返國。舟發神戶，因就其儕，縱談中國大局。有閩商某者，歷舉日本窺閩之跡，述於陳前。陳則大憤，就眾討論救亡策。眾皆曰：「此國際交涉，權在政府。我輩手無斧柯，無能為也。」陳聞而憤甚，即語於眾：「吾今業成返國，將焉所用？顧能眼瞪瞪視他族入侵吾國乎？」語罷，奮然出登甲板，已決死志。適遇朝鮮人某，又相與論日本縣韓事，陳益欷歔慷慨眥裂。值日本人某，閒閒然立船首睨視。陳與朝鮮人談話，眼鼻之間，若甚揶揄者。陳因戟手前指是日人而詈之曰：「曩者汝國，謂俄人為暴，假義聲以兵蹂我疆土，口血未乾，遂忘亞東大計。而以暴易暴，且又加甚。汝僬僥細民，不知遠圖，徒知侵略吾無告之國，為歐美人倀，誠今日擾亂東方和平之賊也。」即奮拳擊此日人，並蹙之以足。比日人洶懼遁去，陳即大呼曰：「吾志不能遂，願賚恨死，望我同胞，無忘敵寇，而急綢繆牖戶！」乃躍身入海以死。同船之學生五六十人，聞變急趨群集資要船主停機，下小艇覓其屍。海天冥冥，杳不可得。

許應騤老而好色

閩督許應騤，與總兵鍾紫雲，朋比納賄。時有優人名紫雲者，色藝極一時之選，鍾紫雲進諸該督，且謂：「該伶名與己同，使日侍老師左右，即與門生親來無異。」該伶終日女妝，出入督署，不以為怪，甚至不名紫雲，竟以鍾提督呼之。聞總兵伶人，同為該督弄兒云。許督閩未久，使粵人道員鄧某回省，囊資三千金，在穀埠物色一雛姬曰銀嬌者。該妓年方少盛，強令伴此老物，已屬不近人情。又於青廬進署時，該督親出大堂，手掀轎簾，扶掖令出。且操粵語，笑謂該妓曰：「爾真肯來嗎？好咯，好咯。」聞者無不呢笑。

汪鳳墀嘲諷軍機大臣

汪鳳墀侍御，一日至頤和園遞摺，歸語同僚曰「軍機處三間破屋，中設藜床。窗紙吟風，奇寒徹骨。則軍機大臣之起居，不過如此。門外以食物求售者，殊為嘈雜，軍機大臣震怒，立予驅餘。一剎那間，散而復聚。則軍機大臣之威嚴，不過如此。日將過午，榮相出買餺飥，王相出買糖葫蘆，鹿相出買山楂糕，聊以充饑。則軍機大臣之享用，不過如此。少焉召見，某某二人，頗遭申斥，面有慚色，相對欷歔。而榮相在旁譏訕，瞿子玖附和隨聲。則軍機大臣之榮耀，不過如此。而我之做官意興，頓時冰消瓦解」云云。

柯逢時與某太史

柯逢時某年陛見，同鄉有招之飲者，某太史攜優而至。柯怫然不悅，謝主人訖，匆匆欲去。某太史因誦其〈吾未見好德如好色者也〉八股文云：「雖復儒冠逢掖，氣性方嚴，而座有清揚，未必反顏而滋怒。」柯始一笑霽威。

柯逢時護理江西巡撫

柯護理江西巡撫，改書院為學校，士怨之。闢荒阡為馬路，民怨之。尤奇者，古董掮客，無不極口咒詛。蓋前任德馨嗜此，凡生日，下屬必購以為壽。嘗握套料鼻煙壺見客，翌日其價頓貴，若輩緣之利市三倍。今柯深惡痛嫉，若輩之術幾窮，以致迫而出此云。

門包只許家丁收

柯任江西巡撫，預飭巡捕不准擅收門包。各屬員以中丞之亮節清風也，莫不懷德畏威，不敢輕於一試。進賢縣知縣某令，恪遵憲諭，於來省稟謁時，果然不名一錢。不料柯之家丁反向該令硬索不已。嘗有巡捕洪某，據情入稟中丞，中丞立飭將家丁送縣懲辦。於是各官以中丞之言出法隨，尤為栗栗恐懼。詎未幾，巡捕被逐矣，進賢令撤任矣，而送縣懲辦之家丁亦復服役如初矣。迨細察其故，始知中丞所謂不准擅受門包者，乃是不准巡捕擅受，只令家丁經手，而歸入帳房者也。

瞿鴻禨貌肖同治

瞿鴻禨尚書，或謂其面貌頗肖同治，未知確否。身材極短，匍匐於地，幾似嬰孩。西太后每左右望，問瞿鴻機來否？至乘車拜客，則輒著三寸許之厚底靴。

瞿鴻禨夫人學問識見甚高

瞿夫人，名門淑媛也。學問識見，本駕尚書而上。曩年尚書以編修得大考第一，擢翰林院侍讀學士。尚書感激無已，曰：「何德以堪此！」誦至終日。夫人曰：「得一四品官即如此，他日居一二品，又將如何？」當時已可見夫人之卓識矣。無何，尚書已入軍機，夫人憂之，婉勸尚書告退。尚書以富貴所在，未允夫人之請。夫人又挽戚友勸之。夫人之言，最足令人佩服者，則如所言「時局益非，朝政未定。危常安暫，宜退毋進」十六字也。

瞿鴻機錚錚有聲

瞿鴻機固清閣部之錚錚有聲者，篤於鄉誼，嘗與張管學約曰：「湖南人，要是出了岔子，彼此竭力幫忙。『所不與舅氏同心者，有如此水！』」後此經濟特科參案，湖南舉人楊度，奉旨嚴拿。有某君登瞿門請其援手，瞿惟遜謝。某君引及前言，瞿曰：「楊度乃假湖南人，非真湖南人也。我輩大可不必插身事內，以貽後患。」云云。學院科試各屬正場，一文一策一詩。瞿尚書為浙江學政時，按臨寧波。策題：〈問漢唐時入番及番使入貢故事〉。牌示以後，諸生瞠目相視，至有不能下筆者，亦可笑也。

瞿鴻機愛惜聲名

瞿在軍機錚錚有聲，由於王、鹿年力就衰，如聾如聵。西太后有所籌畫，輒就瞿言。獨斷獨行，其權因之日大。瞿頗愛惜聲名，饋遺一概拒絕。某大令赴京引見，孝敬土儀若干種，瞿只受筍、桔兩物，計其值不過二圓，其餘璧謝。以金為壽者，多遭申斥。

鹿傳霖遭駁斥

鹿傳霖於奏對時，西太后嘗詢其有無子侄。鹿對以一老三，一老四。西太后默識於心。無何升允以剡章上，請以鹿之二子，用為五品京堂。黃曾源知其獻諛於鹿也，明日彈之，有「大臣各私其子」云云。西太后深以為然，召見軍機，鹿隨班入。西太后持黃疏，厲聲謂鹿曰：「這就是你的老三老四麼？」鹿噤齘不能語。交部核覆，遂遭駁斥。

鹿傳霖因人而異

鹿整頓戶部條規，不遺餘力。有某茶皂得某委員錢二吊，鹿聞而震怒，立將卯名黜革。一日又有茶皂得解緞疋委員錢六兩，鹿翌日告人曰：「昨兒某老爺願意給他的，不能跟前兒比，你們別弄糊塗。」或謂後茶皂乃鹿寵僕之子也。

鹿傳霖龍鍾多病

鹿見愛於光緒帝，維新家所謂帝黨是也。後以龍鍾多病，自願退處無權。日在軍機，人云亦云而已。某侍郎謁之而出，謂人曰：「鹿軍機人雖瘦得不成模樣，咳兩聲嗽，倒清華朗潤。看起來一年半載，可以無妨。」

鹿傳霖有如乾癟葫蘆

鹿人既猥瑣，貌復清癯，其頭略偏，望之有如乾癟葫蘆。老病纏綿，肝火極旺，一言不合，則拍案狂呼，力竭聲嘶，不之顧也。

龍湛霖命題無陳腐

龍湛霖簡江西學政，任滿，回京覆命時，忽獲某詩人手札，中言小兒蒙取入泮，足見賞識不虛。後半絮絮叨叨，談及家常瑣事。並謂「某日有五百元之銀票，遺忘某處，知而往取，則儼然在也，至今猶為心悸」云云。龍持以示某學士，操湘音曰：「你們這位同鄉，太交淺言深去（讀如克）得。」督學江蘇，所命詩題，從無陳腐者。補歲試場中，出「芳草池塘燕避風」七字。侍郎語某校官曰：「避字宜少著眼。」校官於是恍然。某君嘗入龍幕，閱生童各卷，見古學場題為〈丁令威化鶴歸來賦〉，第一段起句曰：「鶴曰：吾乃丁令威是也。」幾為噴飯。

祝由科畫符治病

祝由科多湖南辰州府人。軍中往往有擅此技者，為受傷軍士畫符療治，間有驗者。惲松雲中丞祖翼，官浙藩時，太夫人就養署中，年已八旬，忽傾仆閃腰，臥不能起。營中薦一祝由科，畫符療治，應手而效，則不得謂其術不神也。其人在營，僅得馬糧三兩二錢，惲中丞犒以二十金，歡躍而去。

稅務司驅逐外人出境

馮仲梓廉訪光遹，任雷瓊道時，有一外人，銅匠也，忽至道署，言有銅管一支，為賊所竊，索賠兩萬金。馮請稅務司與之磋商，初猶不允。稅務司飲以酒，俟其醉而窮詰之，盡得其實，遂由稅務司作證，驗逐出境。

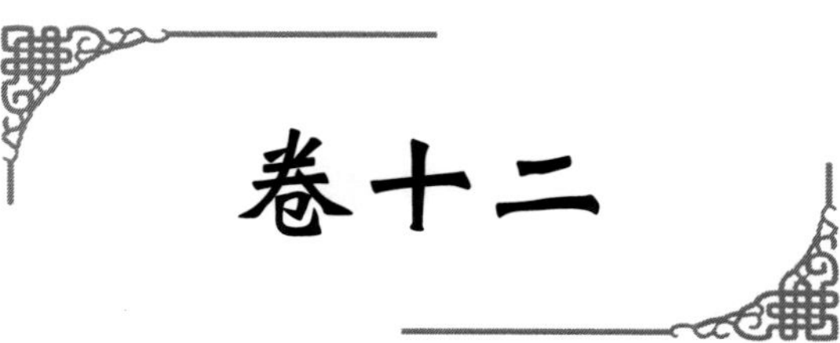

卷十二

徐桐是頑固黨

徐桐為清季著名頑固黨，固已有口皆碑矣。有友談其軼事，頗堪破睡。友云：徐私宅逼近東交民巷，其初本一曠地，徐出數千金買得之，大興土木，閈閎壯麗。後各國於其大門前闢馬路，徐惡之，而不能禁止，後遂將前門堵塞，從後門出入，謔者遂謂之開後門。徐每衣除綢緞外必土布，吸淡巴菰。或有饋銀圓者，必卻之，以其為墨西哥所鑄，必易松江銀始受。其子承煜，則一反乃父所為。於私宅內，造大餐間一。所動用器具，無非西式。承煜素橫，徐無如何也。每經其處，必閉目掩耳疾趨而過。徐以頑固得名者，嘗在朝房與某相閒談，某相提及某侍御前上封章，其言辦事也，恐係違心之論。徐忽怫然曰：「什麼叫做維新之論，我最不願意聽這些話頭。」某相退，告其門生曰：「徐老頭兒光景耳聾了。」

張柄樞斷獄

張柄樞司馬辰，任上海英美讞員時，片言折獄，頗有嘖嘖人口者。採錄數則，以資談助。有甲乙丙三人，在煙館門首，因爭一銀錶打架，拘入捕房，解送公堂，彼此爭論，各據為己物。官詢錶之牌號，皆以播威對。又詢以機件之式樣，以及行走之速率，亦均言之悉合。中西官不能斷，以打架小事，案不能結，故人亦不得釋放。翌日，仍解公堂聽審。張因取錶反覆審視，忽然有悟。曰：「得之矣。」命取剪將錶搭連上之銀錶圈取下，顧謂三人曰：「有能知此銀樓牌號者，即是渠物。」於是乙丙皆瞠目，甲獨言之歷歷。張因曰：「錶微物，打架小事。然度汝三人，必係賭棍一流，賭輸則以錶押錢，三人之於此錶玩之久矣。錶圈牌號在內，則素不經意，非原主不能知也。」於是以錶歸甲。仍判三人各罰洋一元，逐出租界，免其以賭害人。嗣訪之，三人果以賭為業者。探捕解一小竊請懲，謂於黎明時緝獲，贓為馬甲一（北人呼坎肩），布衫一。其人到堂，極口呼冤，稱係已物。探捕謂彼已供認矣。張曰：「勿多言，我能為汝明之。」因詰之曰：「汝稱二物非竊來，有何佐證？」其人曰：「馬甲係我將我妻之馬甲改造，布衫某處，去年因吸煙火燒一洞。」張取締視，馬甲則托領貼邊，新舊之跡宛然。布衫則燒痕猶在也。於是探捕無辭，而其人之冤得白。

袁昶之夢

袁爽秋太常昶，平日自言少年時，在杭州祈夢於忠肅廟。夢忠肅下階與語，至曉夢覺，則所言悉已忘之，但記忠肅言「爾之終身，殆與我同」云云。及庚子之役，果以直言授命。其友人作輓歌者，或引此事以弔之。庚子年三次上摺，力言拳匪不可恃。某夜正草第三摺，稿脫假寐，夢乘槎泛海，旭日東昇，倏出倏沒，俄而沉沒不見。驚醒方曉，匆匆具衣冠，將朝，述夢於家人，以為必宮廷之變，詎次日就戮！其後袁公子偶與沈子培部郎談異，沈曰：「日落水，乃昶字無頭也。」袁嘗解曹孟德橫槊賦之詩：「曰『月明星稀，烏鵲南飛，繞樹三匝，無枝可依』，喻孫劉之飄零在外也；曰『山不厭高，海不厭深，周公吐哺，天下歸心』，隱望孫劉之降己也；曰『呦呦鹿鳴，食野之蘋』，曹公與孫權同舉孝廉，故作是語。」袁夫人甚妒，袁官蕪湖關道，嘗以千金置一妾，夫人大怒，朝夕勃谿。卸任後，攜妾北走京師，蓋所以避夫人之擾也。夫人不旋踵至，袁無奈，乃析兩宅居之。嘗作〈檄妻文〉一首，示門生屠寄。屠時寄食於袁，見文矢口曰：「不可。」袁怒遂屠出。被收之日，袁尚在其妾處，擁箋賦〈子夜歌〉也。

袁大化技勇過人

東三省袁大化，一日宴俄提督某，酒闌人散，匆匆欲去，袁與之行把手禮。俄提督某舉掌擊之，袁怒，徑批其頰。俄提督某抱袁不釋，出刀欲刺。袁回身一轉，俄提督某仆於廊下。已而起立，伸其拇指，連呼：「好的」！蹌踉而去。袁知不妥，密召家人裝槍上藥，袁自佩六門者，而外掩以對面襟馬褂。未幾俄提督某率兵而至。見其有備，因屏侍從諸人於門外，並袒其衣，直入客廳伏罪。袁亦擲所藏暗器，以示無詐無虞。事後俄督某亟贊袁之神勇，謂「中國有官如此，未可輕覷」云云。袁技勇過人，嘗持百斤重之鐵矛一具，在室中盤旋飛舞，柔能繞指，見者驚之。其待兵士也，嚴而有恩。故臨陣皆踴躍歡呼，無退縮不前之弊。俄人甚為畏憚，故欲得而甘心云。

袁大化器量深沉

俄人之於袁大化，銜恨最深，故欲藉端戮之，以伸其憤。某部郎戲擬諭旨曰：「大俄自得滿以來，深仁厚澤，已閱多年。凡食毛踐土，具有天良。乃袁大化不思報稱，一再辜恩，殊屬甘心從逆。我大俄亦不得妄存姑息，著將袁大化即行正法，以昭炯戒。」云云。後袁既開缺，羈滯津門，有如韓蘄王湖上騎驢，絕口不談天下事。每宴會酒酣耳熱，有提及東三省者，袁亦不加可否。一武夫而有此種深沉器量，實令人無任欽遲矣。

西太后特書袁樹勳

袁海觀放天津府時，適值拳亂，天津為聯軍所據。京兆因率小隊二百名，北上勤王。及聞兩宮西幸之說，折而赴陝。旋蒙召見，京兆伏地痛哭，西太后深慰勞之。嗣以在陝無事可為，請假回籍。無何湖北荊宜施道出缺，吏部照例開單呈進，西太后特書袁樹勳三字。吏部頗訝之，蓋為進呈單上無也。翌日調署蘇松太道。時京兆在籍，先得調署蘇松太道之電，大惑不解。後得補授荊宜施道之電，於是恍然。

袁海觀訓子

袁海觀之子體乾，與其婦金氏，擬留學於英國倫敦。先一日設筵祭祖，體乾拜訖，設座中央。觀察訓之曰：「爾此日遠適異國，作萬里遊，嘗試風濤之險，予豈忍令爾出此哉！第當此國家孱弱之秋，朝廷正賴多蓄人才，為他日恢張之計。我年已衰朽，無能為役。爾輩年富力強，亟宜預備有用之學，冀為世用。爾此去或研究專門之學，或研究普通之學，勿畏難，勿憚苦。他日卒業歸國，我亦與有榮焉。」體乾頓首受教登舟，其父舉家至吳淞親送其行，彼此揮涕而別。某君作詩贈曰：「野蠻人類羨文明，浮海居然有志成。憶得飲水舊詩句，夕陽黃處送君行。」

劉坤一吸煙頗節制

劉忠誠坤一為廩生時，嘗解糧至江西某府交納。某府太守以其已誤晷刻，立呼軍棍責之五十。迨劉出為江西巡撫，太守猶在。懼劉之報復前怨也，刺促不安，屢請開缺，而劉不許。無何以密保擢其官，某大慚愧。劉以行伍起家，性惡科甲。某年蕪湖道某觀察，與劉慨論時事。某觀察謂湘淮各營，暮氣已深，宜練新軍，方可支援大廈。劉怫然不悅。已而曰：「如君高才博學，海內知名，然鄙見以為亦不過書中之蟲耳。」觀察大怒曰：「吾雖書蟲，然較煙鬼為愈也。」翌日南京城內，遂謠傳制臺與蕪湖道打架云。劉吸洋煙之量，為尋常所罕有，與裴景福相埒，而辦事卻不同。每早由侍者裝定煙膏十餘口，每口約一錢上下，然後喚醒之，連吸十餘口，方梳洗用早膳。早膳後即辦理公事，直至晚膳並不吸煙。若夜膳後，則吸至夜更三躍而止。故吸煙雖多，尚不妨公事也。黑籍中人罕有如此之節制者矣。

劉坤一七十生辰蒙恩賜壽

某年義大利索沙門灣，政府令南北洋預備兵輪，相機戰守。劉忠誠復奏曰：「南洋兵輪，且不能出海下椗，何況其他。」某年北上，資斧不繼，因向票號通融二萬餘金，將出都，乃託人至票號擔認。票號曰：「此項已由藩臺某大人劃去，可以無須矣。」忠誠回省，向藩臺詰其故，藩臺故愕然曰：「司裡沒有這回事，怕是老師記錯了罷。」忠誠無奈，以後事事護持之。迨忠誠薨，藩臺始鐫職而去。劉嘗至某廠閱其製造，時總辦某觀察，亦楚人也。劉詰以炮之重率及其速率。觀察操湘潭土語答曰：「回老師的話，大炮有七八十斤重，小炮有五六（讀如溜）十斤重。要是打出去，大炮可以打七八十步，小炮可以打五六（讀如前）十步。」劉微哂曰：「照你的話，這炮就比爆仗強得多了。」從者皆掩口而笑。翌日，劉遂撤其差。

劉七十生辰，蒙恩賜壽。時在兩江督任，若匾額，若袍褂，若零星珍玩，皆盛紫檀雕盒，共計十六抬。劉因派司道十六員，提鎮十六員，以一文一武，分抬一盒。己則率同家屬，跪迎於轅門之外。江寧督署，本極寬大，至是擁擠不通，而紅頂貂褂，一望皆是，真巨觀也。

劉坤一謚「忠誠」

劉薨逝後，得電旨優恤。賞封一等男爵，晉贈太傅，予謚「忠誠」，亦異數也。

劉福姚思食閩蝦

劉福姚太史微時，寄居廣東，故於風土人情，無不詳悉。某科劉簡廣東副考官，一日思食閩蝦，辦差者對以現無此物。劉操土語謂之曰：「此物如大南門沒有，永清街是一定有的。」辦差者大駭，只得如言往覓，以供其餐。

劉樹堂將幕友擬稿怒擲於地

劉樹堂以槃槃大才自命，幕友擬稿以進，有時怒擲於地，以足踐踏之。否則以筆塗抹，上加評語，嚴師之訓子弟不是過也。其後有漸漸引去者，劉知，其故態始少斂。

劉秉璋痛罵李芋仙

劉秉璋為某科翰林，以侍讀學士開坊，出任贛藩。

李芋仙署某縣，交代時以虧空，不能遽結。本府又竭力挾持之，李忿甚，潛赴省謁劉公。向例州縣交代不結者，不能赴省。李恃劉與己厚，當無妨也。劉見李即呵曰：「芋仙汝何混帳乃爾！」李曰：「汝何嘗不混帳。」劉怒，舉足踢之。李曳其靴，劉遂仆地。彼此辱罵，幸為材官拉開。劉翌日具稿揭參之，贛撫乃劉忠誠公。忠誠曰：「彼夙負名士之稱，若揭參之，人將謂我江西大吏器量褊窄矣。」因令首府出而勸和，並以巨金彌李之虧空，又以二千金賮其北上。李堅執不允。忠誠怫然曰：「是誠不可教誨矣。」李遂革職而歸。劉嘗與某屬員言：「我惟時時以不肖之心待人耳。」某屬員囁嚅良久，曰：「如公者，似宜以一個臣為法也。」劉默然久之，少頃改容謝過。某屬員語，可謂不惡而嚴。

劉春霖到處打秋風

殿撰劉春霖，到處抽豐，幾幾乎腰纏萬貫矣。有見其石印殿試策者，末頁另有小字一行曰「翻刻究罰」，與新學書後列「版權所有，不准復製」八字同一命意，真是創聞。

李殿林視學鬧笑話

李殿林之視學江蘇也，除八股時文，五言試帖外，一切束諸高閣，甚至算學題目，差至三萬餘。可謂「謬以毫釐，失之千里」。按臨江陰日，考童正場，一卷用「元德升聞」四字。幕友以其犯諱，黜之，勒帛其旁。李閒步見之，貿貿然提筆代批曰：「元德是三國時劉備之名，不可用入文中。」李去，幕友傳觀，不禁忍俊。李試蘇屬經古場，詩題〈孤帆帶雨入吳江〉一卷用「虎阜」、「蠡湖」裁對，李大為歎賞。命筆加圈，拔居高列。及閱他卷，則用此四字者，幾於十居其八。李大悔，又不能厚彼薄此。因屬幕友，凡見此四字，須一一圈之。中有一卷云「山僧來虎阜，水鬼在蠡湖」，亦大圈特圈焉。諸生領卷出，傳為笑柄。李按臨蘇，屬一題為〈普王啡哩特威廉第三恢復強理之由〉，繳卷時，有請於李者曰：「威廉第三今德皇也，何以猶襲普王之舊號？」李大窘，不知所對。後檢書，始知為威廉第一之訛。提復日，李高坐堂皇，俟繳卷已如額，乃疾趨而入。明日發案，其馬遲而不能枚速者，俱落孫山。

四書義之取列前茅者，俱以講章敷衍而成，一時有「浸胖講章」之號。譃者曰：「以之對『陰乾制藝』可稱天衣無縫。」一生以四書義見賞宗工，其評語曰：「機圓調熟。」憶昔華金壽任山東學政，其幕中有嚴姓者，評經解曰：「不蔓不支，有書有筆。」與李可稱雙絕。一卷內用「盧梭」二字，李瞠目不知所謂。其幕友有知盧梭出處者，具告之。李軒髯笑曰：「什麼『盧梭』，我看起來，真是嚕蘇。」嚕蘇猶疙瘩也。發落日，鄒福保鳴騶往謁，李延之入。談及學堂一事，李曰：「方今異端日亟，公宜力與維持。」鄒對曰：「其擬定一章程，其西學以蒙學課本當之，其算學以市間通行之大九九、小九九當之，庶幾兩無所背。」李揖之曰：「我公妙論，可謂洞見其微。坐而言者，儻起而行，真是為士林造福。」

李興銳兩袖清風

粵撫李興銳，當屬員叩謁之時，必多方詰問。一日廣州府龔心湛詣轅稟見，李勃然變色，問之曰：「汝稟到幾年矣？」龔曰：「三年。」李曰：「如此新班，遂膺首府，升遷之速，可勝詫異。汝自問擅何才具，而能如此遺大投艱。」龔無辭以退，頗為慚愧。李巡撫江西，將卸任，寮屬設宴餞其行。酒酣，李操京語曰：「柯藩臺我先把他當好人看待，誰知道他是鹿傳霖一黨，而且沒有良心。劉峴莊待他很好，他還在鹿傳霖面上說劉峴莊壞話。你們下次需要防防。」而所謂柯藩臺者，亦隨眾唯唯。李瞥見之慚甚。

李任江督，年逾七十，精神極足，所欠者惟步履之間耳。然在室中，亦能拄杖而行，若出外，則須兩人扶掖矣。海晏輪船在途中適遭風暴，諸人不堪暈眩，惟李神志湛然，危坐官艙，連酌藥酒數杯，始行就寢。途中岑寂，惟與幕友輩手談為樂，少焉即止，蓋不欲過耗精神也。李四十斷弦之後，一生並無姬妾。二孫已成立矣，猶子某，以知府之官湖北亦隨行。李輕車簡從，所攜者不過老僕三人，其餘一無所有。隨行者，文案一人，帳房一人，巡捕一人，行李蕭然，一箱一籠之外，別無長物。李蓋取法彭剛直者，故歷官數省，依然兩袖清風也。

李善啖大餐四種，繼以薄粥一甌。水旱兩煙，尤所深惡，故幕中無吸食淡巴菰者。且家教綦嚴，兩孫從不准出署，亦不准與聞公事，雖老態龍鍾，而辦事極有擔當，以視依違兩可者，有天壤之別。李於署內，設一文案房，列長桌，幕客環坐一處，辦理公牘。每日見客後，即到文案房監督一切，遇有要件，立時判決。自朝至暮，竟無倦容，幕客不能須臾離也，眾頗苦之。

李興銳嚴禁關說

李到任之後，以官場來往，多在秦淮妓館，而苞苴關說，亦以是處為捷徑。因是嚴申禁令，宅門立一簿籍，出入必須記載。夜二鼓即鎖宅門，不許官親子弟幕友出入，故秦淮河一帶，無督署中人足跡云。李能飲啖，耳目亦甚聰強，惟左足因昔在越南勘界，受瘴濕，步履蹇緩已二十年，出入須人扶掖，自中年喪偶，即無姬侍，故其精神充足，迥異尋常。

吳和甫早慧

吳和甫侍郎早慧，封翁嘗指佛龕出對曰：「觀音。」吳應聲曰：「流火。」封翁不以為然，吳曰：「音不可觀而觀，火不可流而流，取其義似耳。」

新舊學家皆無言論出版自由

吳郁生以學政觀風某省，以廖平所著《春秋》三傳，謂其有背先賢，褫革衣衿。說者謂：當清之季，非特新學家不能語言自由、出版自由。即舊學家，亦不成語言自由、出版自由也。

吳瀚濤太誇大

吳瀚濤曾充高麗領事，嘗署其門曰：「家有八千子弟，胸藏十萬甲兵。」未免言大而誇矣。

吳稚暉去香港

革命黨一案，將發未發之前，吳稚暉曾榜其門曰：「盡八月內，官場如索我，我當自行投到，過期不候。」已而，吳一夕去香港，傳聞係某觀察預洩其事，並贐之行，未知確否。

狗與客人不准入內

吳稚暉歸中國，寓泥城橋福源里。其房門上大書八字曰：「狗與客人不准入內。」此係援外國酒店公家花園舊例，不過變易某詞耳。然而荒唐可知矣。

悍婦捽髮而毆之

吳某某既獲雋，至揚州打抽豐，陡患外症甚劇。以逆旅中非養病所，友人代謀移寓於某娼寮，敦屬某妓為之服役。妓手調湯藥，目不交睫者七晝夜。吳既癒，感妓之情，納為妾，攜赴吳中，寄頓於老僕家，不使人知，蓋吳夫人有悍名，恐遭毒手也。俄而僕洩其事于夫人，夫人大恚，遍邀親族，歷歷陳之。僉問其如何處置。則曰：「須聚居一室。」吳諾之。入門後頗相安，心竊喜。明年吳入都供職，夫人及妾均隨往，僦居某胡同。一日夫人密予僕銀十兩，令破曉立姨太太房門外。僕如命。夫人嘩噪，以曖昧語誣之，縶而送諸兵馬司。吳知之，已無及矣。後妾竟以遞解歸吳，夫人亦即日治裝遄返。人始悟其設心之險。

一日有饋吳惠泉酒二巨甕，朋友輩，自治具飲其家。奴子捧三壺出，俄而告罄，眾興方酣，請益。吳匆匆入內，良久始自捧一壺出，然神色沮喪，一似重有憂者。俄而又罄，眾索之益力，吳躊躇不語。忽聞屏後厲聲曰：「何來惡客，如此不知饜足，不知老娘固吝嗇者耶！」眾起紛紛然散。翌日有詣吳處取杯盤者，夫人曰：「此留償酒值可也。」吳對人昂首向天，有富貴驕人之色，無親疏，無貴賤，視如一例。獨與夫人遇，則俯首貼耳，悚惶殊甚。夫人性急，有不如意事，或捽吳髮而毆之。吳聽其所為，植立地中如木偶，里人皆耳熟能詳。

湖南義棧

王之春微時，在都中供奔走役。嘗挾護書為彼前驅，後隸彭剛直公麾下，以軍功擢為通判，繼乃數任封圻矣。而老於京華道上者，猶知其事。在揚州納一妓，妓有姊亦殊色，一時有大小喬之目。其姊今歸毘陵某氏。王在廣東候補時，景況蕭條，衣食幾乎不給，而愛賭白鴿票。某日得彩銀百兩，而票館閉門遁去，王無可如何。及任臬司時，圖洩前仇，有獲票犯者，治以極刑，買者亦與同罪。某幕友嘗告人曰：「禁票辦公事也，報仇快私意也，公私交盡，這個臬臺，很會辦事。」

王之父向在游智開處執役，王補廣東臬司缺，而游智開適為粵撫。王謁之，游大笑曰：「你到廣東做到怎大官兒嗎？」王赧然而已。王任安徽巡撫時，親戚朋友之有家眷者，皆可入居署內，惟不供給火食耳。一時目為湖南義棧。朔望行香之日，婦女皆出觀焉。大堂上下，異常嘈雜，而王不之怪也。寄居撫署者，可以隨時出入，宅門終宵不闔。竊賊乘之，上房屢失零星物件，不過責成首縣賠償耳。

王之春工於牟利

王之私人曰李光鄴，效趙文華拜嚴嵩作乾爺故事，寵榮無匹。揚州妓，亦絕愛憐之，有所干請，應之如響。李從中染指，獲貲無算。又龔盛階孝敬若干圓，得署蕪湖關道。龔為人最無恥，在京時，嘗著粉紅褲，繫湖綠繡花帶，士大夫皆引為笑柄。蒞關道任，作威作福。凡半年許，聶緝槼稔其惡，撤其任，僉為稱快。王工於牟利，量肥揣瘠，陰加科派，如不應，即登諸白簡，故下吏望風承旨，饋遺者紛紛於道。王並不隱諱，有時且對眾宣言，亦可謂顏之孔厚矣。

王之春不懼匪而懼兵

王以廣西匪警駐鎮梧州。某國公使堅乞撤兵歸省。王問故，曰：「吾不懼匪，而懼兵。兵之騷擾市面，有害商務者較匪為甚也。」

四境之內靡有孑遺

王未革廣西巡撫之前，某廉訪函訊土匪情形。王報書曰：「距肅清之期不遠矣。」一日有自其幕中歸者，謁廉訪。廉訪以王書相質，其人曰：「不錯，廣西既遭兵燹，又值饑荒，人命已將殺盡，人肉已將吃盡，人口已將賣盡，如此而有不肅清者，吾未之聞也。」廉訪為之太息不置。按王前著《使俄草》中，有「登高一望，四境之內，靡有孑遺」。聞者以為笑柄，然不啻為廣西寫照也。

王之春謊報軍情

王任廣西巡撫時，因上海有人稱其捏報軍情，種種罪狀，王閔之大怒。因電達江南大吏，拿辦造謠之人。乃讀《邸抄》，奉清諭除將粵西文武大吏，革職遣戍外，復以王之春諸多蒙蔽，與蘇元春一併革職。夫所謂諸多蒙蔽者，正其謊報軍情，善造謠言之證據也。今洞燭其奸，凡為該撫蒙蔽者，今皆可以恍然矣。王待罪京師，以得某總管奧援之力，得以逍遙事外。琉璃廠玉樓春酒館，無日不往，歡呼暢飲，並昵北班金桂。嘗侈然告人曰：「我與振貝子同靴。」說者謂王竟能拉此種特別交情，足徵本領。

主辱臣死

庚子年七月，聯軍入京，京官之殉難者甚多。山東王文敏公，及其夫人謝氏，媳張氏，投井盡節。前二日，文敏猶呼宣武門而出，到團練局。無何兩宮西狩，文敏遂楷書絕命詞云：「主憂臣辱，主辱臣死。於止知其所止，此為近之。」末署「京師團練大臣國子監祭酒南書房翰林王懿榮」三十七字。遂吞金錢二，不絕，復仰藥，仍不絕，乃入井。事後，張侍郎為之撈屍以殮。嗣予謚文敏。嗚呼，「主辱臣死」，文敏此語，其千古乎！

鄭孝胥與易碩甫

鄭孝胥在鄂，與梁星海同為南皮器重之人。鄭工詩，有「天寒酒薄難成醉」句，南皮大為擊節，謂此係格調之最高者。歲戊戌，光緒帝留意政治，延攬人才，鄭時以特保送部引見。蒙召見，上詢有無條陳。鄭袖呈一摺，帝略一展閱，已知其大略。緣鄭奏，係練身練兵練學三事。帝曰：「練身，朕自能之。練學事，卿可知否？」鄭奏略知。條陳上，帝復詳詢一切，良久始命退出。鄭在上海時，昵一歌鬟，名金月梅。迨乎駐節龍州，矛頭淅米劍頭炊，每一念及，猶復迴腸盪氣，憶舊詞積如束筍。某君記其兩語曰：「海天方寸，莫道龍州遠。」

鄭與易碩甫本傾蓋交，易為岑春煊飛章所劾，鄭不禁代為扼腕，因集四書聯以贈曰：「假我數年，五十以學易，方寸之木可使高於岑。」易碩甫以裁兵事，與岑春煊大為齟齬，已而奉到參撤行知。易謂人曰：「北宮黝有言曰：『無嚴諸侯，惡聲至，必反之。』古今人豈不相及哉！」遂擬長電達諸政府。鄭聞之，戲謂易曰：「他那裡正要裁兵，你這裡倒要養勇。」

一蟹不如一蟹

紹興府劉嶽雲，平日講求科學。以部郎出守大郡，苟能略反貴福所為，則部民愛戴謳歌之不暇，詎忍登報毀之？乃跡劉守所為，直猶吾大夫崔子耳。先是郡城居民，每逢萬歲，皆懸燈祝賀。劉守乃藉此斂錢，以黃紙印成太皇太后牌位，飭差傳諭居民，購買供奉。每紙售錢二十四文，共售出一萬餘紙。夫以居民，而令其供奉萬壽牌，已於體制不合，至萬壽牌而可以售錢，更為千古奇聞。陶穀云「一蟹不如一蟹」，其越中太守之謂歟。

卷十三

蘇元春好佛

蘇元春好佛，地方官必設供張於僧寺中，蘇始欣然色喜。每年七月，設壇建醮，約費千金。從征將士之陣亡者，列名追薦，蘇一一焚香奠酒，至誠且敬。而於其家屬之零丁孤苦者，則置不顧問，一時咸謂其厚於鬼而薄於人。蘇平日豪於揮霍，朝貴之與蘇結納者，每歲必以珍品相貽。嘗專人至暹羅，採辦燕窩，其大如瓢者，方為合式。然後貯以篋笥，飛遞至京，王公大臣無不遍及。迨蘇下獄，竟至過問無人。世態炎涼，良可浩歎。蘇嗜洋酒，凡勃蘭地、魏司格等，各色俱全。滇撫李經羲，與蘇同癖。蘇知之，因饋若干箱。李痛飲之，致得咯血症。蘇知之，又饋藥餌，聞者以為笑談。

廣州灣之役，一切與魏姓王姓兩私人計議，幕府中皆不與聞焉。每餐具精膳，必召魏、王共食，其他則否，一時有大姨太太小姨太太之謠。蘇喜衣紅，勇之號褂，一律鮮明，襯以白圓心，甚為奪目。迨臨敵，則法人以白圓心為的，槍無虛發，死傷甚眾，事後無不怨蘇者。蘇聞之侈然曰：「此天意也！」蘇在軍中日，必以人參燕窩供奉，煮之不如法，則立梟其首以示懲儆。晉靈公以熊蹯之故，而殺宰夫，古今人殆無多讓。一夜風狂月黑，有敵艦放電窺偵，蘇遽命開槍遙擊，法人尋聲而至，盡為所獲。蘇背水而逃，幾占滅頂之凶焉。

蘇元春未交戰而三敗北

甲申年諒山之役，蘇元春督隊而前，嘗一日而敗績者三，其實未交綏也。先是法人訂期會戰，屆期嚴陣以待，日晡，尚無蹤影。士卒乃解衣磅礴，有倚而立者，有倦而臥者。俄見樹林隱約，則法人排槍隊也。駭極而呼，全軍皆潰。蘇軍既潰，逃至五十餘里，始定驚魂。僉謀果腹，則食鍋類悉行棄去，乃取汲水竹筒貯米而炊。竹筒經火，砰然爆裂，眾以為法人之炮也，又復亡命而奔，又潰逃二十餘里。饑火中燒，苦無炊具，乃向村莊暫借，草草安排。有小軍持窯缸失手，食物傾翻，恐什長之或加譴責也，躊躇無策，急智旋生，揚聲曰：「法人至矣！法人至矣！」兵士自相踐踏，不復能辨。事後將小軍正法，以為妄言者戒。

蘇元春忤李蓮英

蘇下刑部獄，獄卒乃以杖斃沈藎之處居之。蘇見地上血跡斑斕，大為駭異。詢知其故，因以銀三百兩賄獄卒使遷焉。其後獄卒以待蘇元春之法待賽金花，金花毅然曰：「沈老爺我是認得的，為什麼要怕他。」獄卒無如何也。夫賽金花一賤妓也，其膽氣竟高出久歷戎行之大將，奇哉！蘇之拿交刑部也，某親王實預洩其謀，電告之云：「速即進京，此事盡力為之，可無恙也。」蘇大慰。已而遽定斬監候之罪，某親王慚其言之不能克踐也，遂稱疾不朝。蘇拘繫刑部時，僕人燃煙以進，獄卒堅持不可。僕人曰：「難道怕咱們宮保尋死不成？」其後賄以百金始已。蘇有廣竹老槍十數支，貯於一箱，持入亦費百金。

蘇在獄，大士煙時有不接之憂，後得家中消息，其妻李氏屢圖自縊，平日門生故吏之受恩深重者，致書告貸，類皆置諸不答。蘇俯仰身世，往往痛哭失聲，以視王之春之傳食諸侯，殆有天淵之別。蘇與王之春同罪，而偏重於蘇，以忤李蓮英故也。幸某公使出為干預，否則久正典刑。都人士為之語曰：「效忠國家不如納歡權宦，納歡權宦不如承順外人。」蘇某歲入京，諸同鄉醵資飲之會館，並召優人演劇。甫入座，領班田際雲，詣席前行半跪禮，蘇命賞銀四百兩。瀕行，同鄉皆有饋贈，至少者一百金。迨蘇下獄，諸同鄉無一過問者。

目中有妓，心中無官

易碩甫之婦翁某，某年攝鄂中某局事。局在龜山頂，易往求佽助，其婦翁某，留之治文牘。易無聊之極，則徘徊於龜山之頂，朗誦詩詞。又督署前有一墩，隆然而高，俗呼馬墩，周廉訪嘗宴客於此。有人亦編作章回書目曰：「周廉訪宴客馬墩旁，易觀察受困龜山頂。」易道員也，以哭鳴，嘗謁南皮。南皮使人傳語曰：「邇來心緒不佳，若覿易哭盦面，必有一場大慟，故不如遠避之耳。」易指天矢曰：「哭者有如此日！」南皮乃令其入見，見後不兩三語，易遽號啕。南皮恚曰：「若何與前言相左耶？」拂衣欲起，易挽其裾不釋，哭聲愈厲。南皮俟其哭已，始得端茶送客。

易以才名，客京師者垂十年，後為南皮尚書所賞，迨簡廣西右江道，南皮尚書曰：「哭盦是很可憐的了。」哭盦，觀察字也。蒞任後，鑾帥以自便私圖，不顧大局，劾去之。某君得觀察長函，有將作上海之行之說。某君歎曰：「從此租界中多一光棍，而官場內少一通人矣。」易被劾，鬱鬱不樂。或規之曰：「君至上海，勿荒於色，遵時養晦，當有復起時也。」易曰：「我到了上海，是目中有妓，心中無官的了。」

于式枚談中國變法

庚子拳匪方盛之時，士大夫無不退藏於密，獨于晦若一車兩馬在闤闠間，掉臂遊行。與袁太常最相得，時至袁家談宴，故袁難中詩曰：「獨有於侍御。」所以慨世情也。迨袁被禍，諸人皆銜口結舌，不敢一言。于聞之，號啕大哭，「一生一死乃見交情」，此之謂也。于在大學堂執事，嘗與人言：「中國變法，再要五十年。」或問是否五年十年，于答曰：「此五十年，乃大衍之數，非此不可。」說者謂中國變法，其遲速尚在未定之天。未知于何所見而云然，而如此斬釘截鐵也。

許鈐寫錯別字

某年許鈐身簡放日本欽差時，恭忠親王當國，許摳衣入謁。偶談時事，謂：「現在盜賊充斤。」恭王不解，後始悟「斤」字為「斥」字之訛。翌日至總理衙門，謂：「須更換。」群詢其故，恭王謂：「日本為同文之國，許若此，恐貽笑柄，重為中國之羞。」後經某大員竭力解圍，始已。

許景澄被害前，謀置妾

許竹篔侍郎景澄，浙江嘉興人，初名癸身。時仁和許庚身方在軍機，群以無恥目之，謂其有心影射也。許恚，乃易「癸身」為「景澄」。許被害之前，謀置妾，已議定陸伎蘅芳之姊，已而被害，事遂中寢，而陸伎之姊，尚飄零海上也。

許應騤年老卻鍾情聲色

許應騤年已垂暮，猶復鍾情聲色。嘗納穀埠名妓銀嬌為妾，由一鄧姓為之介紹，用四人肩輿抬入督署，至大堂下轎，許搖箑而出，手自掀簾，掖其臂，口操京語曰：「你真的肯來嗎？好極了，好極了。」幕友家丁俱目擊之。許有猶子，喜作狎邪遊，一夕眾舫雲集，笙歌徹天，忽見浙閩總督福州將軍籠燭，照耀波間。諦審之，則其猶子方擁數姬轟飲也。

張集馨氣度安閒

張椒雲方伯集馨，揚州人也，嘗為廣州太守。值英國構釁，制軍命其至英國兵輪通款。英國海軍皆戎裝佩刀，威儀整肅，從者莫敢仰視，張公獨徐步入艙，其所戴花翎，無一絲搖曳者，則安閒之態，可想見矣。英軍皆伸巨擘喝采。咸豐初，遷擢入都，陛見，奏對時，朝珠忽斷，其珠流於殿廷。張公仰視天顏，右手拾珠，左手握珠線斷處，奏對一一稱旨，未嘗失儀。咸豐帝大為歎賞，行將重用，遽以薨逝，聞朝野咸深惜之。

張文達工書畫詞曲

南皮張文達，風流瀟灑，書畫詞曲，無所不工。撫蘇時，值兵燹之餘，承平未久，吳門畫舫，尚寂然於山塘七里間。公任提倡，青山綠水橋頭，始復夕陽簫鼓之盛。時公奉太夫人於拙政園中，日召梨園子弟，演劇娛親。嘗自按板，最喜《西樓記》，其於《叔夜拆書》一折，尤為壇場。北人度崑曲能如公者，蓋不多覯。青樓中有張少卿者，色藝兼絕。公託太夫人愛之，令出入於節轅，時竟無劾公者。公戲集《四書》製一聯以贈之云：「少之時，不亦樂乎；卿以下，何足算也。」一時稱為妙絕。

張文達評書品畫

張撫蘇時，值赭寇初平，民思安樂。公天性閒適，且風流好事。吳門畫舫，經其提倡，繁盛如前。其建行臺於拙政園也，命酒徵花、評書品畫外，若無餘事。夏日荷花既開，逭暑池上，則與幕友敲棋唱曲而已。後有某市人，善倒銅旗，不知其何以得識公，公待如客。遂日遊竹林，作四君子戲矣。署中多北人，素不解此。某更挈其同類以進，始成局。至今有某老翁自言：當年與張撫臺為和友，並言公常搖大葵扇，趿涼蒲鞋，往來於柳陰路曲間，絕無貴官氣象云。

張文達夢入雲中

又某年元旦，夢入雲中，見一猿踴躍而前，旁有金甲神告猿曰：「此雖天意，究以少殺人為事。」張聞其語，正在駭愕之間，忽有拍其肩者曰：「季重別來無恙？」回視之，則赤面長髯，儼然武聖。大驚而寤，後其事流傳於外，咸謂張為吳質後身而猿某督。

張文達急找毛廁

張與香濤為兄弟行，香濤曾有八表經營笑柄。文達於宴會場，出錶以覘晷刻，忽曰：「我們舍弟，他有八個，我只有這們一個。」香濤聞而恚甚。嘗謂人曰：「我們老兄，真是浪子宰相。」張在軍機日，萬壽，賞王大臣聽戲，張預焉。賜膳後，張忽疾趨出，至宮槐下，如蟻旋磨。供奉某伶見而駭曰：「大人怎麼咧？」張曰：「我找毛廁。」某伶乃導之至「在圓鏡中」之後（在圓鏡中，乃萬壽山廟額也）。已而張出，顧伶曰：「要不是你，我一定拉在褲子裡頭了。」東華門外有荒酒店，軍機人物，自章京至蘇拉，每退值，即聚飲其中。張一日過從之，領班某君舉杯曰：「大人喝一鐘罷。」張喘息而言曰：「剛才整整說上兩車話，把嘴都鬧得稀乾，你別讓那個了，倒是高湯好。」（高湯如館子中飯湯之類）

張文達夢謁天帝

張為諸生時，夢謁天帝，帝慰勞降階逆。堂下置檻車一，車中人，狗頭四眼，狀甚獰惡。帝顧謂張曰：「後此十五年某月日時，此物畢命於湖南，汝當監斬，望善視之。此物原名天狼，下世後，名四眼狗，固神物也。是歲汝當巡撫湖南。」張聲謝而出。過堂下，車中人怒目視之。張口而嗥，幾震屋瓦，一驚幾絕，遂寤，因剔燈泚筆記之。

後十五年，果開府湖南，歲聿雲暮，忽憶曩事，竊以謂妖夢不復踐矣。會除夕侵晨起，有送巨匪陳玉成至者。張循例寄監，但嚴加防範而已。日加午，忽報「釘封」至。清朝制度，凡死囚已定讞者，以「釘封」至日行刑，概不隔宿，恐洩漏脫逃，昭鄭重也。陳玉成，即諢號四眼狗者。蹂躪數省會，嗜殺無厭，至是被獲，檻致京師，一面具摺請訓。摺到，下吏議。以玉成梟雄，黨羽眾多，恐沿途有失，著以「釘封」到日為限，不論何地，即行正法云云。張以除夕刑人，為前此所未有，因取前日記視之，則時日月悉符，大駭。市槥具埋之，事後以告幕僚，相與感歎不已。

蔡鈞讀錯字

蔡鈞與留學生齟齬，當會館集議之時，忽有衣冠而入者，為鎮國將軍毓朗，向各學生打恭作揖，請其少安毋躁，將軍乃北京政府派來學習員警機宜者。某生盛氣凌人，而受將軍之禮亦最多，巍然上坐，始終不答。嗚呼，倔強哉！翌日，文部大臣菊池大麓，以萬壽，詣蔡鈞處。甫覿面，即調之曰：「聞昨日玉體受驚，正思親來問訊慰勞，嗣聞乃係小孩子們，要上學讀書，不能如願，遂在長者前撒嬌。孩子們喜歡讀書，本是好事，請閣下放心。」蔡鈞赧其頰，默然而已。蔡與留學生齟齬之後，惟恐朝廷責其無能，常思為卸罪之計，曾函告政府，略謂：學生衝突之事，皆吳摯甫一人慫恿所致，實與某無涉云。嘗謂人曰：「外國人縱能富國強兵，勵精圖治，然我中國作弊之法，彼仿效一千年，亦不能到這種精明地步。」

庚子年，蔡鈞於某處與江南提督李占椿相遇，蔡侈然曰：「照如此情形，我輩只有馬革裏屍，以圖報效。」李聞而大異，謂我不諳西語，彼何得難我以英文？蓋「馬革裏屍」，其音頗與英語相肖也。或告以「裏」字恐係「裹」字之訛，李疑始釋。蔡鈞讀「裹足不前」，必曰「裏足不前」，不獨「馬革裹屍」已也。讀劉問芻之滄洲別墅，為滄洲別野。讀洋洋灑灑為洋洋麗麗，稱蒯光典為朋大人。或曰此剛毅事，稱藥中黃蘗為黃孽。編者笑曰：「未將蔡鈞二字讀作『祭釣』還算識字。」

失水蛟龍釘螞蟻

田明山，總兵也，其病同譚碧理。嘗梓訓兒詩行世，附官書局待價而沽，其實卷中皆贗鼎也。曩見其對客揮毫，有「失水蛟龍釘螞蟻」之句，令人噴飯。

某督誤捕田其田

田其田，狂士也。一日某督，忽命首縣拘之。求其罪狀，則有江西某紳來信，謂田曾著《革命軍》，某督信之，故遂逮之赴訊。已而電致江西巡撫，請飭知某紳前來對質。則江西巡撫茫無頭緒，回電有：「江西一省，無此紳士，諒係捏名偽造，合行照復。」云云。某督嗒焉若喪，釋田出獄。然某督之輕舉妄動，業已喧播官場矣。

衛榮光過於清廉

衛榮光起家寒素，以詞林位至中丞。其歷任逢書院課時，必邀集進士出身之屬員五六人，一二日內，將試卷盡行閱竟，三日揭曉。語所屬曰：「我未達時，曾在鄉間課蒙，離城十餘里。每試必不憚跋涉，親候榜示。寒士苦況，大略相同，其候榜之心，必以先睹為快也。」衛以清操著，而儉德亦有足稱者。初任浙藩時，敝衣惡食，幾不茹葷酒。適值堂上壽誕，署中遍給油炸檜二條。及任浙撫，則已養親事畢已。及夫人壽誕，署中僅給油炸檜一條。蓋即油炸檜，亦有等差也。時藩臺某，粵人也。一日，有以藩臺貪贓告中丞者，中丞喟然曰：「我年已衰朽，知能在官幾年？爾曹來日方長，慎勿臧否人物。倘我去後，藩臺修怨於爾曹，爾曹能自存乎？」其人嗒然遂出。衛以清廉著，然其矯枉過正處，則不宜學也。

時有吳雲者，工作楷，嘗為某郡太守。及衛巡撫江蘇之日，吳已罷官，因書屏條四幅干之。衛僅受其末幅，告來使曰：「是尚可添書一幅，署款贈他人也。」衛性最儉樸，視錢如命，居恒不費一文。署中宴客之日，終歲寥寥，偶或設筵，則自太太以次，咸延頸舉趾，以冀沾餘瀝而享殘肴矣。故撤下食品，有家丁以監之，依次送入上房，毋許他人染指。一日，太太忽嫌少一鴿蛋，謂必家丁竊食無疑。並言親在屏後，窺見某官不曾下箸。頃之中丞入，亦如所言。家丁無奈，至露香盟誓，且召圓光者於太太前，依稀指出一人，始得了事。其男女公子，每日每人例給點心錢，只十二文。夏日中丞早飧，輒購白粥四文，佐以油炸檜兩條而已。

文廷式告假

文芸閣學士，先以舉人考取內閣中書。到閣之後，例由侍讀帶見滿漢大學士。此次以考取人多，因定六人為一班。學士無外褂，僅著開氣袍以往。某侍讀見之以為不可，因代商於其同鄉某君，借其外褂，暫時穿用。詎學士體貌魁梧，同鄉某君身材瘦小，外褂頗不合體，而領圈又大小懸殊，不得已將領口之鈕子不扣。某侍讀見之，猶以為未可。學士怫然曰：「誰不曉得我這衣裳是借來的，我不能叫人家照著我的領圈去做。」某侍讀只得無言而罷。居未久，學士頗有不耐之意，因命長班代請假。長班以紅單帖進，請書履歷。學士曰：「我的履歷，不是寫給長班看的。」長班以例為言，請之不已。學士命以巨紙進，舉筆書「文廷式告假」五大字畢，擲筆徑去。長班即將此紙粘諸內閣壁上，見者皆為咋舌。

文悌自稱神兵附體

文悌為河南開封府時，終日臥床吸煙，不復見客。及兩宮西狩，駐蹕境內，文事日繁。懼人之擾之也，因自榜其房門曰：「此處停靈，閒人免進。」文在西安謁榮祿，著方頭靴，其聲橐橐。榮曰：「你穿上這雙靴子，應該戴頂紗帽，那才像。」文無言而退。第二次謁榮祿，謂：「兩宮如決計回鑾，卑府當以尸諫，擬跳黃河。」榮曰：「你要尋死，什麼地方都可以死，何必跳黃河？」文自後遂不敢登榮祿之門。文性多疑忌，出入必暗藏折鐵刀一口，洋槍一柄，藉以防身。文嘗半夜持燈至撫轅求見，出三千金，買其門丁，被錫中丞大加申飭。文造為圖讖，以為應天順人之證。因數年來，未曾升調，激而為此。繼則喃喃不絕，自稱神兵附體，或李天王，或孫大聖，識者憂之。

譚鍾麟不學無術

譚鍾麟少掇巍科致高官，而不學無術，與紈袴子無異。時總理衙門已設，各國公使要求通商者，日必數起，王大臣患之。廷寄各省督撫妥籌應付之法，以杜窺伺，而防漸微。譚時督兩廣，請某幕客，示以廷寄，令切實擬稿具奏。客叩命意。譚怒曰：「什麼命意不命意，照例罷哩。」客無語而退。翌日稿成，無非照題敷衍而已。稿中有日斯巴尼亞（國名）字樣，譚不解所謂，濡筆將「斯巴尼亞」四字抹去，另於

「日」字下注一「本」字，楷書眉批數行，有「東洋，即日本島國也。《唐詩三百首》中，有劉禹錫〈送釋皎然歸日本〉五言一律，可證明。《唐詩注解》，日本一名東瀛，並無斯巴尼亞之別號」等語。客見批大笑，稔譚剛愎，不敢與較。又恐貽人口實，躊躇得一法：謄稿時，將英、法、德、美、奧、比、日、意八字，連屬成文，藉以掩飾。稿上，譚又於「日」字下注一「本」字。客知不可理喻，乃引疾辭館以去。

譚鍾麟發兵剿狗

譚撫浙，大廚房治具後，率多狼藉。外來數狗，大加咀嚼。自是紛紛而至，一日無慮百餘頭，驅之不去，狺狺聲徹於戶牖。譚恚甚，命捕狗悉納檻車中，屬中軍押往海寧州某處，蓋援遣戍之條也。其處沙田萬畝，人煙寥寂，土人以種棉花植靛為生，狗穴居野處，自相配偶。越一年蕃養孳息，縱橫遍地，不能得食，則齧種植之物，根株立盡。土人怒，耰鋤雨下，狗皆四散，少焉復合。土人具稟海寧州，以狗荒報。州官某，據實申詳。譚仍命中軍統營兵一哨，多攜火器，迎頭痛剿。中軍抵其處，約二十日，始一律肅清，略無噍類，相與奏凱而歸。

照例正辦

譚督兩粵時，廣州灣畫界事，特委某道任之。某道銷差，附陳手摺，是所繪地圖。地圖用經緯線，區分東南西北，備極詳晰。詎譚閱訖，遽蹙額曰：「某道真真胡鬧，我叫他去弄地理的，誰叫他弄起天文來了。」譚聾瞽疲玩，六疾畢具，凡屬員面稟各事，該督聽聞未悉，而又憚於再問，則惟以「照例正辦」

四字，糊塗含混而已。某日，首縣稟見，適其時該督方銷病假，首縣乃向之屈膝請安。該督以為稟陳公事也，竟以「照例正辦」四字答之，左右不禁匿笑。

譚鈞培風行雷厲

譚序初制軍鈞培，以部屬簡江蘇遺缺府，調首府。下車來，釐剔地方積弊，不下數十端，日坐堂皇，風行雷厲，雖失諸苛細，然盡心民事，為人所難能。後累遷至藩司，護撫院。蘇人以公既為大員，當弗復留心小事，詎公之舉動，一如為首府時。致護理江蘇巡撫部院，布政使司布政使之大告示，煌煌然貼滿於坑廁邊。會辦夏防，巡緝奸宄，本臬司之專責，時臬司某，日以飲酒賦詩為事，公乃獨自肩輿，夜出巡行各街道，傳地保，責更夫，恒不假手於三首縣。或勸公何勤勞至此，公曰：「賤性好動不好靜，藉此乘涼，計亦良得，何勞之有。」

譚鈞培自奉甚儉

譚以知府薦涉疆圻，一時風厲無比。任蘇撫時，自奉甚儉，居恒不著鮮衣。一服物之細，亦異常寶貴。其所持摺扇，常用油紙者，民間見之，皆為效法，而油單扇之銷場乃大盛。譚為蘇藩時，以風骨自勵。嚴飭門丁，不准需索門包，一面屬帳房優給工食。上海縣莫令，因公晉省，詣轅謁見，門丁需索如故。莫曰：「方伯有通飭公文，是以未備，何以仍索門包？」門丁曰：「此我輩衣食飯碗，雖大人有命，亦不能從也。」莫請見後，回寓補送，門丁不可。莫無如何，趨至大堂擊鼓。中丞聞聲傳見。莫入謁禮畢，具陳門丁逼索門包之故。中丞大怒，立將門丁三人，發首縣照例懲辦。次日闔署家人，全班請假告退，中丞斥去之。乃至幕府陳君處借一家人，以供指揮。

譚碧理有「譚婆婆」之稱

譚碧理提督江南，某年晉宮保銜，極其焜耀。譚喜作擘窠字，僅能書「多福多壽多男子，曰富曰貴曰康寧」，及「窮不到頭，富不到底」廿二字。一楹聯，一橫幅，時時持贈於人。至是乃刻一圖章，文為「青宮少保」，有所書，必鈐於上。謔者曰：「『青宮少保』，可對『碧理小兒』四字。」譚聞之，乃輟而勿用。譚人既猥瑣，性復柔和。每閱操，兵丁有過，間予鞭笞，呼號聲一作，則譚淚零如雨矣，時人因有譚婆婆之目。

故後三十年，才得入祀鄉賢

徐惠敏公宗幹，有一門人王某，為浙江候補道員。當徐煊赫時，王某逢人輒言：「敝老師不置。」迨徐卒，朝廷賜恤甚優，其里人且具公呈，請以徐入祀鄉賢，王亦列名，而王竟在安徽巡撫英西林宮保處，力求摘名。謂如不允，已將控諸禮部。英無奈，據王呈上奏，將徐入祀鄉賢之案撤銷。自是非故後三十年，不得稟請入祀鄉賢，皆王之肇其始也。

張子青占卜

張子青相國未遇時，為杭州某富室教讀。會元旦，逐隊作吳山遊，就日者問前途。拈得一「死」字，大駭，欲棄去。日者叩所占，曰：「功名。」日者執字端詳良久，因以「已」字之鉤抹去，寫「癸卯一人」四字，且拱手賀曰：「大吉利，癸卯年當大魁天下。」張友某奇之，即拈「死」字叩婚姻。日者蹙額曰：「不佳，不佳。恐偶無心，曇花一現，恐有騎省悼亡之痛。」友固無婦，一笑置之。明年，張捷南宮，張友亦娶，伉儷甚篤。心恒惴惴，冀其言之不驗，未幾竟歿。

答非所問

徐會澧，嘗於座間遇新科庶常某。徐固不之識也，因作模稜語曰：「貴衙門是（句）……」某曰：「晚生沒有換過衙門。」徐愕然，又曰：「臺甫還是那兩個字？」某曰：「晚生沒有改過號。」徐更愕然，又問曰：「公館在老地方嗎？」某曰：「晚生沒有搬過家。」徐始終不知其何如人也。

徐郙有誤大典

徐相國郙，得大魁時，相傳其祖墓產一赤芝，色若朱砂，而大於斗，始猶不之異也，某年又產一枚，遂獲大拜。至今什襲藏之。某太史曾目擊，因為予言之如此。徐合掌而生，故兩手皆駢。後以利刃劃開之，然無名指與小指仍相連也。庚申大魁天下，一時有「狀元兩手四個叉」之謠。徐嘗放某省學政，謂人曰：「我恨的是生童們報經解，尤恨的是生童們報鄉黨經解，我就出一個似不能言者解，看他如何解法。」一日徐聞重捕戊戌黨人之信，急持刺召其門生某侍御至私第中，大聲謂之曰：「你還不趁這個當兒，奏請復八股嗎？」徐保舉經濟特科之摺上，或有謂其受賄者。某中堂語人曰：「頌老保舉經濟特科摺內，總覺廣東人太多。」

西太后於坤寧宮，賞王大臣吃肉。派徐，徐未至。西太后謂其有誤大典，當以不敬論罪。徐大懼。翌晨，太后駕他出，徐跪迎於途。西太后怒問：「徐郙，汝前日何往？」徐奏曰：「臣是日辨色而入，行至某某胡同，遇洋人修理使館之木植車，所載太重，軛斷轅絕，阻臣去路。臣令輿人百計推挽之，竟不能起，臣又不能飛越而過，以致誤及大典。死罪！死罪！」西太后但微哂而已，不復深究。

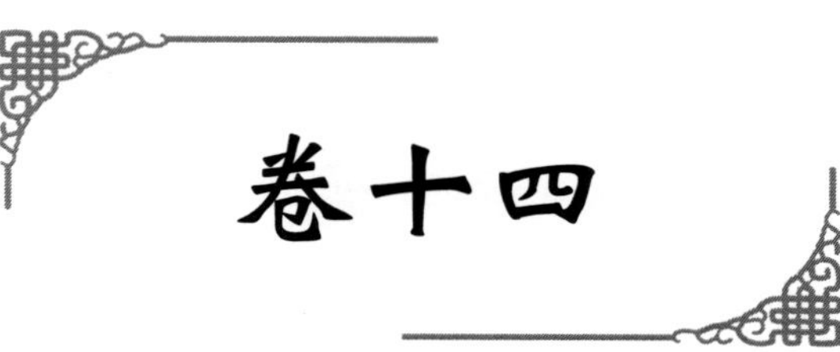

卷十四

趙爾巽跋扈之狀

趙爾巽尚書，攝安徽臬篆。有偽造關防，以象箸若干枚，合刻而成。用訖，則各藏其一，行之屢矣，從無破漏。一日忽為趙公捕得，訊供時，皆涕泗橫流。趙公心竊憐之，毀其象箸，而派充書局刻匠。時安徽佐雜，多戴五品功牌，翎頂輝煌，習焉不察。趙公笑曰：「諸君勿爾，功牌皆吾刻匠之所給也。」眾始恍然。趙巡撫湖南，一日命駕至高等學堂，演說民權自由之理，諸生有駁之者。越宿頒手書一道，洋洋數千言。其中引用華盛頓、拿破崙、盧梭、孟德師鳩、達爾文、斯賓塞爾、赫胥黎、瑪志尼、克林威爾、林肯、加富爾、西鄉隆盛等人名，填塞滿紙。後其幕友告人曰：「這位東家，真是聰明，他買了二十六本《新民叢報》，看了半個月，就記得住許多疙裡疙瘩的人名。我們可真趕他不上。」

趙人極開通，湖北不纏足會總理宋君，入京應選，送章程一份，見而歎賞。翌日以書招之至，與談一切。趙曰：「君來過早，否則當令內人一見，彼固不纏足會中人也。」趙嘗在軍機議論國是，謂將來為西北之患者，必某某。將來為東南之患者，必某某。某邸為之矍然動容。趙巡撫湖南時，署中使喚，僅蓄女僕二人，在上房執役。浣濯之事，皆夫人躬自為之。其清儉有如此者。趙任戶部尚書時，一日在署，傳某司員進見諭話。某既至，候至二小時，趙卒未出，蓋忘之矣。某因書一函致趙，內有「俟某到奴隸學堂學習半年，再來當差」一語，眾皆為栗栗，趙見之亟自引咎，並託人轉圜焉。趙自授戶部尚書之後，氣焰之盛，令人難堪。某日司官送稿，偶有一二訛字，閱竟厲聲曰：「以後需要仔細些！」司官曰：「大人申斥誰？」又厲聲曰：「我申斥你！」司官曰：「這稿是書辦弄的，與司官什麼相干！」言已，拂衣徑出，而趙無如何也。

一日召見，西太后謂：「你既然不願意上東三省，就在京城整頓整頓戶部也好。」既退，凡與有密切關係者，皆勸其諸事謹慎，勿太占人面子，緣都人士，頗有言其近日氣概，與剛毅由江蘇巡撫進京時，不相上下者。趙撫湖南之日，一切政策皆出某太守之手。某太守進京引見，趙見之，即曰：「你趕快替我上一趟東三省。」某太守不置可否，數月尚未成行。趙曾謂其同列某公曰：「咱們哥兒從小相好，你知道我於今懊悔一樁什麼事？」某公曰：「咳！你從前要早些認識幾個東洋留學生，何致受那江西老的氣呢？」戶部堂官多以午前辦公，趙非四句鐘不進署，六句鐘始能草草了事，司官為之大嘩。

兩宮亦頗聞趙跋扈之狀，嘗諭之曰：「現在各省軍務繁興，而水旱之災，無年不有。撥款一事，棘手異常。爾今責在理財，一切須用心籌畫，尤宜與同僚和衷商榷，慎勿自行專擅。」云云。趙唯唯而退。

趙爾巽招留學生詢問國事

某日留學生某，趙招飲。談及日俄戰事，某謂：「兩國議和，是不遠了。然而吾國政府即派明白大員如公者前往，我恐亦不甚濟事。何則？公於日本之感情不甚切。公雖新承寵眷，以署理巡撫而署尚書。然與政府諸大老之感情，亦不甚切。有此兩難，公烏能伸手辦事，為國家存國粹乎？為今之計，公宜力主立憲，我國重訂憲法，則將來為國家辦事，有一定之章程。庶籌餉有籌餉的辦法，練兵有練兵的辦法，行政有行政的辦法，立法有立法的辦法，守舊有守舊的辦法，改良有改良的辦法。否則公如前往，萬一政府所有一切辦法均與公不合，則公又勢必成第二個增（？）將軍矣。公之所有名譽，豈不即行歸為眾矢之的乎？我以公誠心招飲，不得不一一道破。」所語至此，某即叩辭而出，趙不禁惘然。

陳夔龍殺革命黨

陳小石中丞夔龍，原籍江西。其父曾游於庠，至中丞，遂改作貴陽籍，以丙戌進士簽用主事，由主事升郎中，由郎中升內閣侍讀學士，復調順天府府丞，兼府尹，放河南藩司，升漕督，由漕督轉河南巡撫，不過十五六年事也。陳有女，某年為庸醫所殺。陳哭之痛，成詩及聯無數，至刊為專集行世。曾得一本，今已失去。標目似《綠曇花集》。陳在總理衙門，榮祿密告之曰：「不出此衙門，不能得意也。」陳悟，託辭而去，不數年擢為漕督矣。某夜獨坐，忽聞屋瓦有聲，大呼而起。衛兵盡入，立擒三人以獻。鞫之，第云：「惟求速死，不必株連，我輩亦無姓名。公以為刺客，我輩即刺客也。公以為革命黨，我輩即革命黨也。」中丞乃命戮之。飾言某官所獲太湖梟匪，其實徐錫麟類也。

陳璧孝敬李蓮英

陳璧任順天府府尹時，沈藎供出與其同黨。陳懼或被無辜之累也，乃盡其所有，孝敬李蓮英，求為解釋。或謂沈藎被拘後，慶寬搜其行篋，只《飲冰室文集》一部，中夾陳璧名刺一張，謠言遂從是出。陳首乞昆岡作主，昆岡諉為無力，乃改走李蓮英門路。亦不得已之苦衷也。

陳湜膽大於身

陳湜老君堂一戰，頗形踴躍。陳橫戈督陣，炮如雨墜，燃及鬚眉，而陳屹然不動。後獲勝，僉服陳之膽大於身。遼陽吃緊，無遣兵往救者。某營官以三千人往，未為敵撼。事後，將軍依克唐阿，擇尤保獎，部書索招呼費須二萬，某營官廢然而止。疏上奉批核議，久無消息。庚子義和團之變，想並付咸陽一炬矣。

陳景華精拳勇

廣西革命陳景華被逮後，越獄而逃，不知去向。有謂陳精拳勇，嘗黑夜至一村落，潛入人家菜圃，主聞聲驚出，鳴鑼號眾，鄰右紛集，並力攻陳，陳遁去。翌晨事主及鄰右謂之曰：「使人人能如爾輩之守望相助，則盜賊不足平矣。」各賞銀五十兩。事主及鄰右咸踴躍歡呼不止。陳剿土匪，至某山，有洞黝然而深。陳曰：「此巢穴也，盍破之。」眾趑趄不進。陳棄衣冠，爇菅為炬，狂呼直入。土匪果驚噪而逃。

梁鼎芬身短而蓄長鬚

梁鼎芬二十四，即成進士。官編修日，忽具摺參劾李文忠，有儼如帝制云云。致干宸怒，奉旨革職。後為潘衍桐學士操所刊輶軒文字選政。年甫三十有二，已蓄長髯。梁，熱衷人也。二十七歲時，以參劾李傅相罷官歸里，嘗自刊一小印曰：「蘇老泉發憤之日，梁鼎芬歸隱之年。」梁主講廣雅書院時，鄉人彭某，適以是歲捷南宮，乃在書院附近之南岸，召優演劇。梁聞之大怒，欲拆其棚。彭因詣梁，梁嚴詞責之。並曰：「若以唱戲為名，而以開賭為實也。」彭從容曰：「如某某街太史第，不設番攤，某即偃旗息鼓而去。」梁不能答，只得聽之。

梁身極短而蓄長髯，與康有為、陶森甲，可謂鼎足而三矣。嘗與某京卿侍南皮遊赤壁，在山下前後參差而立，見者詑為三矮奇聞，蓋京卿亦侏儒也。梁之頑固，幾與端剛相埒。見人有著洋布者，必怒罵之。一日，與友作穀埠之遊，俄而解衣，則所著之褲亦洋布者。友曰：「若亦作法自弊耶？」立褫之，梁大窘。梁在某書院掌教之時，一生偶穿洋絨馬褂，梁大怒，欲褫之。生從容進曰：「門生因聞老師已破洋戒，故敢以此衣相見。」梁愈怒，問其何據。生曰：「各生贄見，例用銀封。今老師洋錢亦收，非破洋戒而何？」梁不能答。

梁嘗與同人小飲，述及「有子萬事足，無妻一身輕」二語，謂宜改其一字。某孝廉曰：「有錢萬事足。」梁笑之，因曰：「當作有氣萬事足。」眾賞之。朱強甫曰：「不如有我萬事足。」梁曰：「什麼我？」朱曰：「『萬物皆備於我』之我。」一時服為雋談。梁工尺牘，嘗見其招友便條曰：「萬花如綺，春色可人。請野服過我，賞之以酒。」遒詞麗藻，可以想見一斑矣。梁有以數字為一箋者，結尾不書此請某安字樣。謂如此，則起訖不能聯絡，實名論也。梁每作短札，一事一紙。若數十事，則數十紙。且於起訖處，蓋用圖章。或問之，則侈然曰：「我蓋備他人之裱為手卷冊頁耳。」梁每致書某太史，稱以某某翰林。某太史乞人寄聲曰：「你下次再寫某某翰林，我當寫某某知府矣。」

梁鼎芬忠心耿耿

梁每與人抵掌談天下事，往往悲聲大作，涕泗橫流。嘗對兩湖書院學生人等演說兩宮西狩，淚隨聲下，至哽咽不能成一字。侍者以手巾獻，梁拭已，復以一手整理鬚髯，紆徐良久，始伸前議。說者謂其哭時，亦頗有局度安詳之概。庚子秋，在兩湖書院，正襟危坐講堂上，操燕粵音，顧謂生徒曰「你們想想看，皇太后同皇上，兩天只吃三個雞」，尚未說及「蛋」字，已嗚咽流涕，語不成聲。生徒哄然一笑，梁收涕怫然去。兩湖書院有方塘畝許，其深沒頂，嘗指謂諸人曰：「若兩宮不回鑾，此我死所也。」

梁自為制軍所賞，湖北一省學務，大權遂歸其掌握。梁病，學堂監督前往視疾者，絡繹不絕。往歲其少子死，學生皆摘纓往弔，徒步送喪。至於派充教習，諂送學生，尤非一無淵源者所能入選。兩湖書院庭樹極繁，梁嘗夏日在講堂與諸生剖析經義，萬蟬齊噪，聲為所掩，第見其兩頤翕張而已。諸生有失笑者，梁怒，即戒飭之。

梁鼎芬巧簧搖舌

梁之事張南皮也，賄其服役之人。南皮若觀一書，服役之人即舉其名以告。俄梁進見，南皮與談此書故事，梁竟能原原本本，故南皮不勝敬服，其實梁在外已瀏覽一通矣。梁二子，長名臥薪，次名嘗膽。臥薪因病而殤，梁哭之甚慟。某制軍曰：「臥薪嚐膽，今成截上題矣。」梁不覺破涕為笑。南皮所操者，為雲南京話。梁所操者，為廣東京話。二人相遇，則必接膝而談，格磔鞫鞫，聞者猝不能辨。

梁嘗在黃鶴樓設宴，督撫藩臬司道俱赴焉。酒闌，太守不知何往，遂紛紛散去。詰朝南皮尚書責梁曰：「你昨日為什麼不送客？」梁曰：「大人瞧過《黃鶴樓》的戲沒有？周瑜請劉備討取荊州，劉備跟著趙雲就溜了，周瑜何嘗在那裡送客？」尚書為之大笑。南皮赴京陛見，僚屬在黃鶴樓設筵公餞，梁獨設酌伯牙臺。尚書與之計議，謂：「若不到黃鶴樓，卻不過眾人情面。若不到伯牙臺，人家都道我掃你的臉，這可怎麼辦呢？」梁曰：「宮保，黃鶴樓萬不可到的。崔顥詩云：『黃鶴一去不復返』，他們是咒宮保不能回任。」尚書爽然若失，乃命駕至伯牙臺。

竟想謀反叛逆

某孝廉嘗言逐滿。梁一日慫恿之曰：「我公何不著為議論，刊示地球上，或藉此脫其羈絆，亦事之未可知者也。」孝廉欣然握管，稿成約千餘字。梁遽納之袖，戟手詈之曰：「你竟想謀反叛逆，我拿了這篇東西去回老帥，要你的腦袋。」又環顧左右曰：「跟我捆起來。」孝廉倉皇遁，星夜渡江，鼓輪而下。

馬桶請客

梁飲食極精，在京師時，日與朋輩置酒為樂。數月以後，庖人窮於技矣。一日，梁忽出一馬桶，陳諸席上，座中皆掩鼻而逃。及揭蓋，則中皆雞鴨肉魚各物，梁首先舉箸，眾亦隨之。明日都下喧傳馬桶請客。

梁于渭裝瘋賣傻

梁于渭字抗雪，改官禮部有年矣。翰林大考，未曾揭曉之前，梁忽出一紙示諸人：第一名文廷式，第二名黃紹箕，第三名梁于渭。人以其顛也，皆笑置之。日講起居注官入值，四人而已。一日，有五人焉，大駭，驗之，則漢人除文廷式、樊恭煦外，多一梁于渭，迄不知其從何時混入。眾恐干處分，夾之侍立，上乃勿覺。既退，咸切責之，梁拊掌狂奔而去。

甲午中東之役，梁自京師旋里，忽札飭本省藩司，令撥軍餉銀二十萬，已將起義師焉。藩司怒，命發番禺縣，某紳以瘋告，事乃得寢。梁又自居為懿親貴族，時謂某郡王是其叔，時謂某貝勒是其兄。人漫應之，不知者與之辯，皆被毆擊。

梁啟昌不師康有為

梁啟昌，梁啟超之堂兄也。康有為在萬木草堂設教時，梁之族人無不執贄於門下者，獨昌不從。且曰：「康氏不得志則已，得志則禍福並至。印方在手，刀已臨頭。行見吾弟之為盆成括也！」已而果然。

（按：昌少有文名，並具特識。賫志早沒，聞者惜之。）

梁頭康尾

梁士詒復試卷上，西太后視其籍貫，戲言曰：「此人得毋是梁啟超本家否？」蓋隨口之辭，而軍機大臣聞命，以為真也，乃斥之，亦可謂無妄之災矣。梁取列經濟特科後仍被黜之。張南皮頗為賞識，某尚書駁之曰：「這人一定是個維新黨。」南皮曰：「何以見得這人一定是個維新黨？」某尚書曰：「你單看他名字，頭一個是梁啟超的『梁』字，煞尾一個是康祖詒的『詒』字。」（康有為本名康祖詒）南皮大笑，一時遂有「梁頭康尾」之謠。

黃宗漢傲慢

黃制軍宗漢，以傲慢著。任浙撫時，藩司為其所辱，歸而雉經於大堂之上。至今浙藩署內，其大堂左右，無人敢居。黃始以欽賜舉人捐內閣中書，補缺後將升侍讀矣。同治甲戌，忽以第二人及第。朝考時，詩題為〈能虛應物心〉，通場不知出處。時同閣顧象山與黃聯坐，黃語之曰：「此蔣翾〈詠竹〉句也。」顧以是竟得朝元。黃於明年散館，以「蔚藍」二字，倒書為「藍蔚」，列三等，改為主事。而補其中書缺者，未三年，已授知府矣。

黃宗漢手摸椿壽帽頂

肅慎端華當國時，撫浙使者黃宗漢，其逆黨也。時椿方伯壽，以工部主事外放，旋擢浙藩。蒞任，往謁宗漢。語次，以手摸其帽頂。方伯愕然。事後首府授意，令厚賂宗漢，方伯婉辭拒之。始悟手摸帽頂者，猶言官職在伊掌握中耳。

黃漱蘭命題之巧

江蘇學政黃漱蘭少司馬體芳，命題之巧，為自來衡文者所莫及。其刻《諸山左校士錄》，及先後登諸各日報者，早已有目共賞。其尤為士林傳誦不忘者，如按臨太倉州屬，考試教職題為〈我不敢以夫子之道反害夫子，雖然，今日之事，君事也〉。其真婉而多風，謔不傷虐者也。後試松郡，當有金山縣學某附生投來請補欠考三屆，題為〈前日願見而不可得，士何事，如彼其久也〉，與前同一口吻。此等題若不經意者，然神情躍躍紙上，非老師宿儒而能若是乎！於此見四子書雖極熟腐，一經慧心人變化運用，無不可簇簇生新也。

命題托諷於微

黃督學江蘇，命題〈匪夷所思〉。錄遺時，貢監照例同場，貢題為〈有成德者〉，監題為〈有達材者〉。嘗有三縣童生合考，黃命題曰〈有李，國人皆曰可殺〉，指某相也；曰〈以左，是社稷之臣也〉，指左文襄也；曰〈老彭，吾無間然矣〉，指彭剛直也。可謂托諷於微矣。

黃某年在湖北，乘輿拜客。見一線鋪招牌，上有「太古琴弦」四字，「弦」字未缺末點，有犯清廟諱。歸而貽書張香濤，請其嚴飭該鋪，將招牌上「弦」字改過，以示尊王之意。黃按臨某府，得一卷，自始至終，皆書「之」字。時值端陽佳節，與幕中飲酒。因出此卷行令，曰：「有見而笑者，罰一巨觴。」眾諾之，及揭卷，則無不大笑，而無不大醉。

「有守無為」與「有為無守」

御史黃昌年，前劾李興銳，摺中繕作李勉霖，奉旨申飭，其實李興銳號勉霖，非勉霖也。以對查拿新黨時，某員所開名單內之張之棟，洵是天造地設。黃奏參兩江大小官員一案，業已喧傳遠近矣。其參某督臣曰：「有守無為。」其參某藩司曰：「有為無守。」此文章交互法也，不知侍御於何處學來。

黃紹箕不解手書

黃太史紹箕在南皮處，一日得某學士手書曰：「芝生竹岡建侯三侍郎。」有書致問，請即渡江商同裁答。太史去，則學士款一手談之局。太史因問：「芝生竹岡建侯何解？」學士曰：「此三人之姓合之，則為龍鳳白耳。」

黃彭年素博洽

黃方伯彭年，素博洽。開藩吳郡，學古堂經其手創，嘉惠士林不少。凡輪課書院日，方伯必躬親其事，從未嘗委員散卷。方伯邃於小學，一生好書奇字，書「秋」為「烁」。方伯以其眩俗驚愚，心甚鄙其為人。發案置高等，給獎日，生持浮簽往領，中丞書一「咊」字與之識，生瞠目不能答。方伯罰其膏火銀之半，生唯唯。轉請於方伯，方伯笑曰：「此『和』字也，猶爾所書之『秋』字耳。」能繼丁日昌之志者，為蘇藩黃彭年。署中手植雜花，開時治筵招諸生，飲酒賦詩，盡歡而散。章生鈺，胡生玉縉，皆黃所器者。因其言，建學古堂於郡城滄浪亭之北，栽培多士。卒之日，諸生執紼者數百人。

徐琪侈言祥異

徐琪號花農，曾任廣東學政。刊有《粵軺集》，侈言祥異。羅浮仙蝶，琴河赤鯉，以及並蒂之蓮，重臺之菊，長篇短什，無非貢諛獻媚而已。取士以年輕貌美，乃為合格。其老醜者，無不擯斥。去之日，滑稽者作〈嗚呼，老徐！〉文一篇，送之行。

男女同川而浴

嶺南多蜮，故男女同川而浴，乃山澤淫氣所生，不足怪也。徐督學粵中時，初不知有此。蓋官居廨署，不及見耳。旋被言官參劾，待罪神電衛。每飯後閒居，群僕皆出，日暮始返，竟成習慣。則痛笞之曰：「若輩亦效勢利人，欲棄擲我耶？」然不悛如故。一日午飯後，微伺之。則僕輩相率出城，因尾之同行至郭外，近河濱，見老少男婦，俱解衣入水，拍浮甚樂，彌望不絕，觀者如堵，略不羞澀。始知若輩寧受鞭笞，而不肯守舍者，良有以也。自此每飯後，徐必先群僕而出，僕遇之一笑而已。徐集中有詩紀其事，俞曲園和之，標題〈神電衛書所見〉，詩長不及備錄。

周玉山心中只有李鴻章

周玉山中丞，奉命往見各國公使，求將天津交還。中丞一見各公使，即涕泗滂沱，歷言李文忠與諸位往日交情如何親厚，今看文忠面上，亦應將天津交還各等語。心中口中，只有文忠，竟將清國置之腦後。倘使各國竟為所動，將天津交還，直是看文忠面上，與清國毫不相干矣，況乎其未必為所動也。曩讀《三國演義》，其目錄有〈死諸葛驚走生仲達〉一回，今請戲仿其詞曰：「死鴻章難騙活公使。」周每與人談，輒道其生平事實。謂少時曾在某省垂簾賣卜，已而在曾文正帳下供抄胥之役，遲之又久，始入李文忠幕。撫東時，嘗倩名手繪為冊頁，而親筆標題於上。居恒出以示人曰：「此我之『瞻思塔紀念碑』也。」

其夫人六十生辰，下屬有製屏獻者，僅錄其文。其餘饋羊酒者，概從屏絕。署中亦無舉動，堂上僅燃雙燭，婢僕每人賞麵一碗，藉償叩首之勞。周有一妹，嫁於馮氏。年二十一即喪所夫。哀痛之餘，誓以身殉，已七日不食矣。忽索水洗手，手入水中，而盆中之水立涸，乃知絕粒七日，腸腹既空，毛孔亦開，其水皆吸入毛孔也。轉覺大饑，眾勸之，以稀粥進，遂得不死。年七十，始卒於高牙大纛之巡撫署中。修短有數，不信然乎！

唐蔚之壯而好學

唐蔚之壯而好學，著作亦極可觀。庚子之秋，聯軍入寇，於時干戈滿地，荊棘盈途。南士劉君，欲粉飾太平，創立詩會。有一課題為〈三忠詠〉，取蔚之為第一，饋贈頗優。

官樣文章

余晉珊中丞聯沅，為侍御時，曾奏請將屈原從祀孔廟。一日湖南巡撫，接禮部咨文，內有「相應諮請貴撫，將該先賢籍貫官爵，有無著述，足以裨益聖教，查明咨復」等語。於「先賢」上加一「該」字，官樣文章，可發一噱。

丁鶚膽怯

道員丁鶚字翹山，前歲充當江蘇武備學堂總辦，奉派往日本閱操，因搭某郵船遄赴東京，在途中晏起，午餐已過，以未攜食物，饑火中燒，奔至廚房，攫櫃內所儲麵包大嚼。庖人執棒驅之，丁蹌踉而逃，事後人因加以偷飯鬼之銜。丁膽怯，在舟中見海浪奔騰，不敢至鐵闌邊小便，潛取痰盂一個，匿諸床下，乘隙而溲。西崽見之，大加詬誶，丁內愧，只得忍氣吞聲。

沈曾植不喜洋派

有謁沈子培者，沈欷歔而道曰：「今人步武洋派，設有一屋，位置大餐臺椅，因時制宜，原無不可。但舊有古鼎留存其中，何嘗礙事，乃非去之不可，實令人慘目傷心。」聞者唯唯而已。

沈克誠被責四百板尚無口供

沈克誠字愚溪，又號愚公，湖南人，文士也。以富有票案，名掛黨籍，遂致流落京津，藉筆墨為糊口。後因事被逮，承審者，必欲以前事鍛鍊成獄。聞已痛責四百板，尚無口供。清季治黨人，向無爰書，死非其罪者多矣。

沈曾植不贊成廢八股

沈曾植與南皮宮保談八股興廢之繇，沈曰：「八股在今日，儼然病者，廢之則死矣。病者有病，不過奄奄一息，若死則化為厲鬼，可以祟人。兩相比較，孰為可懼？」此說實屬異想天開。

不問科第，即問衙門

都中筵會，同座者，不問科第，即問衙門，頗覺逼人咄咄。孫慕韓星使，嘗遇一某部司官，向之請教貴衙門。孫答以候補，某司官意甚輕之。已而請教貴班，孫答以京堂，司官又惶然而駭，遂送煙壺讓坐，備極殷勤。

孫燮臣吹毛求疵

某年磨勘，孫燮臣相國，適當此任。以釐正文體為名，實則大肆其吹毛求疵之技。凡日者、俄而、英主、英君等字，悉遭挑剔。一卷用「法良意美」，孫擬用罰停之例，後經某侍郎解圍始免。

張百熙整肅大學堂

大學堂規模整肅，皆由張冶秋尚書經營慘澹而成。執事人主事楊楷請在講堂四壁書「孝弟忠信禮義廉恥」八字，勒石以垂久遠，俾學生等有所觀摩。

「同醉」變成「同卒」

鐵城黃香石工詩詞，一時有白香山黃香石之目。香石某日，與諸友飲於古佗城北，既畢，刻石其地，題諸人之姓氏，略云：「某年某月某日某某等，同醉於此。」好事者，以石灰塗其「醉」字之旁，不見「酉」字，僅見「卒」字。諸人聞而大怒，遂毀其石，磨其文。

徐世昌遷擢最速

徐菊人侍郎世昌，當戊己年間，不過一編修耳。庚子始開坊為司業，開坊亦非循資格，不五年，位至侍郎，軍機大臣，政務處大臣，會辦練兵事宜。清季漢大臣中，遷擢之速，無有逾於此者。

金邦平謁見袁世凱

金邦平至天津謁見直督袁宮保，身坐四人大轎。另有銜牌兩對，為之前導。嗚呼！蓋自有留學生以來，未有如是之光榮者也。

詩從放屁起

徐承煜辦理陵工，盛氣凌人，大有惟我獨尊之概。一日，徐謂眾曰：「家大人昨得〈感懷〉一截，弟適抄得原稿，知諸君子長於此道，敬求點鐵何如？」時都統崧昆在座，因與徐冰炭，故傳觀不及。崧目能視遠，實已默識於胸中。迨眾頌揚已，崧掀髯曰：「鄙人於此，素稱門外漢，頃成兩句，萬難入目。然諺云『詩從放屁起』，大雅其不掩鼻而過乎？」眾曰：「願聆佳什。」崧朗吟曰：「春衣典盡愁無奈，敢道臣心似水心。」吟已，復遜謝曰：「有污尊耳。」眾默然無一語，徐面紅過耳，逡巡而去，蓋兩句即徐桐原本也。

卷十五

王益吾與葉德輝

湘紳中以王益吾祭酒、葉德輝吏部為最頑固。然王督學江蘇時，有以西學發為文詞者，輒前列之。及歸湘中，與人合資營火柴業，大折閱，盡喪其資，遂仇視新學。葉雄於資而無勢，因極意結納於王。王以有勢而無資也，亦折節交之，故二人交甚篤。凡有作為，王出其力，葉出其財，由是湘人並畏其人。葉有妹年及笄矣，會有為之媒妁者，某婿賈人也，家於浙水。人極言其富，葉許之。既成婚，其婿挈以歸，則家有正室矣，強之為側室。及女歸寧，涕泣言於兄，葉慰解之。而女屢欲覓死，葉乃訟之湘撫。時湘撫為俞廉三中丞，謂之曰：「君妹已嫁，木已成舟矣，可奈何？為今之計，惟有令並妻匹嫡耳。」然葉慮並妻之名，不可為訓。中丞令捐助賑銀一千兩，而為之出奏。言某某之妻所捐，給「樂善好施」匾額，並令長居湘中，使其婿則往來湘浙，無嫡庶之分，其爭乃息。

徐桐嘲諷崔磐石

崔磐石觀察永安，在翰林時，以京察行將外放。有同年某，欲承其乏，令崔竭力謀之。崔言於昆筱峰中堂，昆適醉，謂：「某非保送知府乎？後日為接見堂期，汝可囑其不必來署。」崔言：「某雖得有保送消息，並未引見，尚係編修，到署亦無妨也。」昆不可，且言：「此為翰林院弊政，我正極力剔除，汝何必使彼亂我規矩耶？」崔無奈，出為某縷晰言之，並言：「君可往求徐蔭軒中堂，事當解也。」某往，果獲如願，而轉銜崔刺骨。會崔召見，兩宮所問為外洋近年交涉，崔奏對稱旨。及退，徐問：「召見時，奏對何語？」崔詳舉無遺。徐不悅曰：「今而後，我始知崔磐石懂洋務。」若嘲若諷，崔隱忍而已。某竟以是媒孽，致徐以有玷清班劾崔，幸崔已授運河道，得以無恙。

黃花農工於事上

黃花農觀察，事上之術最工。合省候補道三十餘人，無有能出其右者。故津海關道缺出，資格深者，皆不能得，黃獨得代理焉。繼而直督方欲拜摺改代為署，而太夫人忽病歿於署，於是觀察一慟幾絕，既醒，尤終日書空咄咄，狀如瘋癲。人皆以為孝子，不知其為忠臣也。旋由同寅從中斡旋，令後任者津貼數萬金，始破涕為笑云。黃總辦招商局時，並兼電報局差。凡北京政府與各直省督撫往來之電，黃皆得一一過目，騣騣乎與李文忠利益均沾，蓋專用一人以司其事也。故每日上院，中堂如有所詢，他人茫然不知者，黃莫不瞭若指掌，對答如流。其得寵者，蓋以此也。

徐致靖在獄中教書

徐致靖拘繫天牢，嘗聚諸囚之稍識之無者，教之讀以為消遣計。咿唔不絕，遠聞之，頗似三家村裡，決不疑其縲絏也。閱一年許，諸囚竟有粗通翰墨者。一囚蒙釋放，本以靴工為業，出監後，竟改行為冬烘學究，可云奇極。

朱臯之子頑劣

江蘇朱臯盲於視，一子甚頑劣，每出輒與無賴伍，朱恚甚。一日握其辮，推置書房內，以手執銅鐶，命左右取管鑰至，手自鐍之，竊聽無聲息，始逡巡去，殊不知其子已越窗遁矣。其子每他出，朱臯必使其立己前，摸索其頭，懼打油鬆辮也。而身而足，懼其著鑲滾衣，而履挖花厚底鞋也。良久始縱之，其子從容至門房內，呼薙工刷前劉海使下，渾身更換已，乃昂然而出。下元節，虎丘賽會，其子雇某公司巨舫，泊行春橋下，服天青線緞袍，繡竹一竿，深綠色，根灰色，上棲喜鵲一，黑其身，白其腹。不加半臂，亦不束腰帶，屹立船頭上，見者咸注目視之，而彼坦然無愧色。

徐桐不知萬國形勢

徐桐嘗語人曰：「世界安有許多大國？大約俄羅斯、英吉利、法蘭西、日本，則真有之，餘皆漢奸所詭造，以恫喝朝廷者耳。」徐之所以信有此四國者，因此四國在中國嘗發大難故也。昔利瑪竇入國，著《職方外紀》，言天下有五大洲，《四庫提要》以其言為誇誕。然紀曉嵐諸人，生於閉關鎖港時代，其識見淺隘，固不足怪，徐桐生於萬國交通之日，且不知萬國形勢何若，宜夫其助拳匪以發大難，而甘受顯戮也。

「夕陽簫鼓」不祥之兆

陳冠生殿撰冕，請假南旋日，暮乘錫山燈舫，容與中流，酒酣命筆，書「夕陽簫鼓」，顏諸鷁首。或謂此四字頗有衰颯之意，恐非佳讖。俄殿撰以是歲染疾而亡。

「繩匠胡同」對「帖包門第」

王之春賦，為汪侍御頌年在廣和居飯莊所著，首段尚脫一聯云「幕友無非桶學，閨門大有窯風。」起句「繩匠胡同」，所對為「帖包門第」，非「石頭長巷」也。

王龍文引拳匪入京

庚子之役，首引拳匪入京者，王龍文也。王以此事獲咎，致終其身不能見用於世，然王固愷惻慈祥人也。嘗語人曰：「拳匪適敗耳，若勝，則公等當崇拜我為維新開幕第一功臣矣。」

王鵬運有兩人

某年有兩王鵬運，一部曹，一內閣中書。部曹王鵬運，喜作狹邪遊，以染毒占滅鼻之爻。某御史具摺參之，中有「面目既經缺陷，聲名又復平常」之語。摺上，留中不發。冬間適中書王鵬運以京察記名一等，上誤會，未蒙圈出。彼都人士，以此事製為燈虎，射《四書》一句曰：「有鼻之人奚罪焉？」其後中書王鵬運易名鵬壽。部曹王鵬運遇之某處，戲之曰：「我殆長君數輩。」蓋中書王鵬運原呈內有運字係祖先諱號，故求更正云云。

何鐵生奏參

何鐵生太守為侍御時，奏參東華門三日內監者失慎被盜云云。翌日竟干嚴詰，謂：三日並無內監失慎被盜之事，何得妄列彈章？何覆奏稱臣所言，三日內者，忘其日期之故？監者，指東華門守門者。疏入，朝旨亦遂不報。

王乃徵參劾瞿鴻禨

御史王乃徵，參劾瞿鴻禨不諳交涉，擅作威福，每到外部時，頤指氣使，藐視一切云云。摺上，西太后見之甚怒。諭曰：「此無他，不過我所用之人總不好。」將立召該侍御入對。時某相在側，因言：「御史妄劾人，固極可恨。惟政府事極繁重，誠恐不免疏忽之處。奴才與共事諸臣，惟有『有則改之，無則加勉』，以息眾謗，而對聖明而已。」西太后始默然無語。越日宴見，太后復提及王乃徵事。某相曰：「御史參劾政府，此亦無怪。連上數封奏，則今年炭敬，便多收數分，不憂無度歲貲矣。」西太后大笑，然猶深惡王不已。

何乃瑩被外人列於罪魁

何乃瑩隨扈西安，後由陝西回順天府尹任。時外人方列何於罪魁內，索之甚急。一日遇陸鳳石總憲，問應否請訓。陸躊躇不答。堅叩之，則曰：「大名似宜少見《邸鈔》為是。」

一朝天子一朝臣

易佩紳笏山方伯，任蘇州藩憲時，豐裁嚴峻，人皆側目。有某寒士，前任曾致送乾修。易蒞任後，寒士持某當道函來謁，函係請託蟬聯致送。易取朱筆書其後曰：「一國將軍一國令，一朝天子一朝臣。停，停，停！」書畢，擲還之。

當是原舊，定非做舊

高季龕司馬邕之，浙之仁和人。書學李北海，得其神似。甲午以後，改號聾公。自刻私印曰「清人高子」，曰「中原書丐」。拳拳祖國，用心亦良苦矣。嗜鼻煙如命，日進兩許，鼻觀黝黑類灶突。又精鑒別，原舊做舊，察察自喜。或謂司馬曰：「公鼻黃黑相間，光怪朗潤，當是原舊，定非做舊。」司馬笑曰：「子言良是，惜我未曾入土，然雖非原舊者，與做舊有異。如子談鋒犀利，面目修整，的是投時妙品。雖經骨董家洗伐，奈終鮮絲毫舊氣何！」

大盜黃金滿來去如風

前二十年，江浙間有大盜黃金滿者，飛行絕跡，來去如風。一日，撫軍赴聖廟拈香，見大成殿上新懸之額，字大於斗，其落款則黃金滿也。而窗櫺塵封如故，不知其何自來，而何自去也。一城為之大駭。黃常年借宿人家，使其徒黨，爇香寸許，握之於手，徒黨有倦而思臥者，火灼其膚，以此終夜戒嚴，得不為捕者所算。其後彭剛直公，招之使降，賞以官職，規行矩步，亦碌碌無能矣。

詩潮張蔭桓

張樵野侍郎蔭桓，別號紅棉老人。當全盛時，炙手可熱。某侍郎薄其為人，詩以嘲之，頗傳誦於世。其句曰：「從來槐棘喻三公，誰識紅棉位少農。半世英雄標獨絕，一條光棍起平空。繁華畢竟歸搖落，衣被何曾及困窮。莫道欲彈彈不得，二徐終日摵長弓。」（二徐指徐少雲、徐季和）詞甚質切，自其後觀之，則搖落句，已成的讖矣。

何化龍招搖撞騙

何化龍曾在大學堂肄業，某助教見其猛進不已，為介紹於肅邸之前。蒙肅邸貼費，派往日本東京，講求實業。旋以肅邸名片，在彼招搖，自稱調查商務委員，頗有受其愚者。肅邸後與犬養大臣晤面，詢何蹤跡，始知一切。卑其品行，因遂置諸不理。後赴粵，在岑春煊處條陳時事，又自稱天津《大公報》執筆人。已而詢知不確，怒其虛誑，發交南海縣。何就捕，仰天痛哭，別無一語，見者嗤之。

黃章文被諷為「牡丹孝廉」

廣州時敏學堂，聘福建黃舉人章文為教習。聞黃開學甫數日，即出其大著數篇，以示同人。大都皆科舉資料，世所稱為投時利器者也。其尤可笑者，有〈牡丹說〉一篇，發端數語，大意謂牡丹乃花中最美豔之品，其所以能成此特色者，實由玉皇大帝加意製造，以悅世人之眼簾云云。某受而讀之，不覺失笑。堂中董事各學生聞之，均大失所望。未幾，黃接閩中來電促旋里，董事等乃亟饋贐四十金送之歸。後某出以告其友人，友人笑曰：「昔有青蓮學士、紅杏尚書，今復得此牡丹孝廉，詞林又添一典故矣。」

欲留反驅

丁長仁太史，廣東人也。庚子之秋，廷命兩廣總督李鴻章入京議和。土人恐其去後，變故將作，聯合本省諸紳士，往挽留之，丁亦與焉。李云：「時局糜爛已極，予不能不北上矣。」丁卒然答曰：「是是是，君父之難，不可不急。」李默然無語。已而舉茶送別，眾讓之曰：「吾等今日之來，欲留之也。君奈何反驅之耶？」丁大悔，然無及矣。

宋慶退駐摩天嶺

甲午中東之役，宋慶退駐摩天嶺。是處平沙一抹，煙火寥寥，非惟無日人蹤影，即居民亦鮮。宋擁兵數萬，作河上之逍遙。直至馬關定約，宋始率之奏凱而旋。

兩用「臣嘗采風泰西」

張南皮閱經濟特科卷，見有用「臣嘗采風泰西」字樣者。張軒髯笑曰：「此必宋芸子也。」芸子，育仁號，拔居第五。迨復試，宋又用「臣嘗采風泰西」字樣。張怫然曰：「這就太賤了。」遂擯之。

但湘良不知湖南物產

但湘良任湖南糧道時，一日，有教士前來遊歷，但在署設筵恭請。席間教士問：「貴處有何出產？」但侈然曰：「出玉蘭片。玉蘭片，筍乾也。」其僕在旁拽其袖曰：「大人，還有紅茶。」

天將喪斯文

路潤生，八股名家也。官翰林時，嘗竊取院中所貯圖書，凡百餘種。歸自龍門硤，大風捲水，舟為之覆，一切化為烏有。路恒鬱鬱，以為天之將喪斯文。

胡雪巖之豪奢

浙江巨商胡雪巖，受左文襄特達之知，賞黃褂加紅頂，遭逢之盛，幾無其匹。後以虧空公款，奉旨查抄，文襄再三為力，脫於文網，未幾鬱鬱而終。冰山易倒，令人浩歎。胡好骨董，以故門庭若市。真偽雜陳，胡亦不暇鑒別，但擇價昂者留之而已。一日，有客以銅鼎求售，索八百金，且告之曰：「此係實價，並不賺錢也。」胡聞之，頗不悅，曰：「爾於我處不賺錢，更待何時耶？」遂如數給之，揮之使去。曰：「以後可不必來矣。」其豪奢皆類此。每晨起，取翡翠盤，盛青黃赤白黑諸寶石若干枚，凝神注視之。約一時許，始起而盥濯，謂之養目，洵是奇聞。

胡有妾三十六人，以牙籤識其名，每夜抽之，得某妾，乃以某妾侍其寢。廳事間，四壁皆設尊罍，略無空隙，皆秦漢物，每值千金。以碗砂搗細塗牆，捫之有稜，可以百年不朽。園內有仙人洞，狀如地窖。几榻之類，行行整列。六七月，胡御重衣偃臥其中，不復知世界內尚有炎塵況味。花晨月夕，必令諸妾衣諸色衣，連翩而坐。胡左顧右盼，以為樂事。或言胡嘗使諸妾衣紅藍比甲，上書車馬炮。有一臺高盈丈，畫為方卦，諸妾遙遙對峙，胡與夫人據闌干上，以竿指麾之，謂為下活棋，亦可謂別開生面矣。

胡嘗衣敝衣過一妓家，妓慢之不為禮。一老嫗殷殷訊問，胡感其誠，坐移時而去。明日使饋老嫗以蒲包二，啟視之，粲粲然金葉也。妓大悔，復使老嫗踵其門，請胡命駕，胡默然無一語，但捻鬚微笑而已。胡嘗過一成衣鋪，有女倚門而立，頗苗條，胡注目觀之。女覺，乃闔門而入。胡恚，使人說其父，欲納之為妾。其父靳而不予，許以七千圓，遂成議。擇期某日宴賓客，酒罷入洞房，開尊獨飲，醉後令女裸臥於床，僕擎巨燭侍其旁，胡回環審視，軒髯大笑曰：「汝前日不使我看，今竟何如？」已而匆匆出宿他所。詰旦，遣嫗告於女曰：「房中所有，悉將取去，可改嫁他人，此間固無從位置也。」女如言，獲二萬餘金，歸諸父，遂成巨室。胡嘗觀劇，時周鳳林初次登臺，胡與李長壽遙遙相對，各加重賞。胡命以筐盛銀千兩，傾之如雨。數十年來，無有能繼其後者。

胡雪巖之垮臺

胡敗日，預得查抄信，侵晨坐廳事間，召諸妾入。諸妾自房出，則悉扃以鑰。已而每人予五百金，麾之使去。其有已加妝飾者，則珠翠等，尚可值數千金。其猝不及防者，除五百金外，惟所著衣數襲，餘皆一無所有。胡所居門窗戶闥，其屈戍皆以雲白銅鎔鑄而成。查抄後，當事者恐為他人盜去，悉拔之使下堆廢屋中，充樑塞棟。胡既以助籌軍餉受知於左文襄公，財勢盛極一時，故各省大吏之以私款託存者，不可勝計。胡以是擁資更豪，乃有活財神之目。迨事敗後，官場之索提存款者，亦最先。有親至者，有委員者，紛紛然坌息而來，聚於一堂。方擾攘間，左文襄忽鳴騶至。先是司帳某，知事不了，已先期遠颺，故頭緒益繁亂，至不可問。文襄乃按簿親為查詢，而諸員至是，皆囁嚅不敢直對，至有十餘萬，僅認一二千金者，蓋恐干嚴詰款之來處也。文襄亦將計就計，提筆為之塗改，故不一刻，數百萬存款，僅以三十餘萬了之。

胡之敗也，虧倒文達公煜存款七十萬兩，因陶德馨料理，言官劾之，謂文何得有如許巨資。朝旨令其明白回奏，後以歷任粵海關監督、福州將軍等優缺廉俸所入為對，並請報效十萬，竟蒙賞收。此項乃議以慶餘堂房屋作抵，其屋估價二十萬，尚餘十萬令胡自取為糊口之資。德之用心，可謂厚矣。胡豪富之名，更駕潘梅溪而上。敗後以天馬皮四腳袴，貨諸衣市，尚值萬餘金。肆中截長補短，改為外褂，到省人員多購之。後知其故，竟至無人過問者。胡第三子名大均，後以知府候補某省，每年必返杭一次，為收雪記招牌租金三千兩也。胡既敗，分遣各妾，金珠悉令將去。某年其第三子大均回浙，一妾依然未嫁。聞而探視，無何妾病，即卒於大均處。檢其所攜之篋，只珠二顆，值銀一萬兩，他物稱是，可想見胡平日之豪奢矣。胡之輿夫相隨既久，亦擁鉅資，輿夫有家兼畜婢僕，入夜輿夫返，則僉呼曰：「老爺回來了，快些燒湯洗腳。」一輿夫而至於如此，真是千古罕聞。

誰是中國出洋大員之鼻祖

有人問：「中國大員出洋，誰為鼻祖？」甲曰：「同治十三年，李鴻章建請議派公使於東西洋各國，禮親王等奏曰：『凡出使絕域者，莫不極一時之選。如宋之富弼、蘇轍等，皆以名臣大儒，膺斯職任。茲由臣等，查得主事陳蘭彬、員外郎李鳳苞、編修何如璋、知縣徐建寅、道員許鈐身、典簿葉源濬、編修許景澄、主事區諤良、同知徐同善等共九員，以備他日遴選之員』云云。又如知縣容閎之帶同學生留美等，此即中國大員出洋之初渡也。」乙曰：「不然。甲所言諸人，乃同治時始派出，且其位最高者，不過一道員耳，何足盡大員二字之意義。子不記康熙間張鵬翮出使俄國之事乎？」丙曰：「否，否。俄羅斯雖屬西洋大國，然張當時遵陸而往，若強稱以出洋二字，未免有類於陸地行舟。從前斌椿、志剛、孫家穀等出使海外，親見各國軍政船政，皆視為身心性命之學，加以出使元祖之名，毫無愧色也。」言未畢，忽有某丁大呼曰：「諸公所言，真所謂數典忘祖。試思大清國欽命兩廣總督部堂葉名琛男爵，乘坐大英國戰艦，出發於印度，其爵位果居何等乎？其時代為道光乎？為咸同乎？稱之曰中國大員出洋之元祖，寧有未當乎！雖然，更聞直隸袁世凱有往遊日本之說，粵督岑春煊有出洋求醫之請。如果見之實行，則除李鴻章馬關議和，聘俄密約之行，往各國駐紮星使外，以總督而出洋者，亦有三人，葉名琛不得專美於前也。」

高侶琴精於醫

松江高侶琴徵君翀，別號太癡。文名籍甚，尤精於醫。壯年出外幕遊，每經當道延入官醫局，以仁心濟仁術，痊活不知凡幾。比承以所著醫案見寄，內有一則，其治法實為靈妙絕倫，雖葉天士復生，亦不過爾爾矣。其言曰：沈家灣鄉人季某來就診，初不自言其病，診得左右手脈，大小遲數參差不齊。因曰：「此脈在法當有鬼祟，爾曾有所見否？」季驚曰：「先生真神醫也。我於某日墾荒，見枯骨一大堆，心中疑忌，遍體悚然，歸家即發寒熱，合眼便見有鬼來侵，聲言索命。我之來此，彼亦與俱。頃見先生，始不知暫匿何處耳。」余念此疾，殆所謂「疑心生暗鬼」也。因紿之曰：「此鬼甚惡，非藥可治，必得符籙，方可驅除。」季曰：「此間無能書符者，奈何？」余曰：「無勞遠求，即我便會。因我前在上海，遇張天師親授，百發百中。」季大喜，許以豆麥奉酬。余即退入書室，覓黃紙不得，乃以紫綠二色東洋紙，就畫碟內蘸朱膘，胡亂揮成。出告以服法佩法，鄭重其事以付之。後適天雨，越數日晴，季果以麻袋盛豆麥各一肩，親來報謝。云：「得符後，歸途已不復見鬼，真靈符也。」家人以余忽能書符，始各駭詫，後知其紿，亦各失笑。語云「醫者，意也」，其斯之謂乎？

何桂笙高度近視

老輩中足與李芋仙抗手爭一席者，當推何桂笙先生，故時稱芋老、桂老，且戲為之語曰：「二老者，天下之大老也。」先生諱鏞，別字高昌寒食生，為越郡山陰名宿，懷經濟之才，下筆千言，倚馬立就。其文得力於《國策》、三蘇，縱横排奡，氣勢若長江大河，議論悉關時政之得失。生平所著，不下數千萬言。自署曰《一二六存稿》，蓋取賈長沙一痛哭、二流涕、六長太息之意，則其文可知矣。著作之餘，尤精音律，善鼓琴，暇輒以弦歌自遣。性坦直，於人無所不容，而尤相見於肝膽，結交遂遍乎海內外。其憐才好客，不亞於芋老。當世士大夫之重之，即亦有過於芋老。

以早年勤學，致目視之短，甚於常人者數倍。其目鏡約厚五分許，中央凹處作坎窞形，偶碎之，一時無可得其當，故恒置一副以為備。作文屬稿既竟，自校之，竊訝字跡脫去邊旁者何其多，漸乃悟半字之在紙，而半字之在鼻也，其光之近如此。出門徒步，則必以相，人望見其鏡，無論識不識，皆指為何先生。一日，偶獨行，遇馬車初不覺，迨覺之，而馬鼻幾與人鼻相碰觸。大駭，急以手抵馬奮力跳而免。於是賦詩以誌幸，名曰〈擋馬篇〉。嘗與座客相周旋，遇王甲既叩其姓字爵里，少選模糊，見一客以為非王甲，遂又問其貴姓，而不知仍王甲也。闔座大笑。由是乃立意必俟他人先與通訊問，而後還叩之。不知者，或疑其傲，殆為是歟！每飲宴，肴品雜陳，亦不能辨，必由同座指示，或舉而奉之，乃敢以大嚼。蓋肴中嘗有五香鴿一品，此老未知，貿然夾以箸，覺其為大塊，即胡亂夾而食之，其大幾不能入口，遂又傳為笑柄。故嗣後不敢輕於下箸云。

李士棻才情品概極高

二十年前，名流薈萃滬江，時稱極盛。徵花載酒，結社題詩，先輩風流，令人神往。而才情品概，尤當以忠州李芋老為最高。其所著有《天瘦閣詩集》，詩在少陵、義山之間。嘗有句云：「萬事向衰無藥起，一身放倒任花埋。」可以想見其志趣。蓋此老以名孝廉為曾文正公所知，依其幕府有年。後出為江西某縣令，視民如子，卓著循聲。然自恃才望，幾若龐士元之屈於耒陽，色間恒露其抑鬱不平之氣。會新調某藩司，夙以嚴厲著，尤惡有嗜好者，屬員不敢攖其鋒。顧出身卑賤，素為李所輕。至是晉省謁見，徑攜煙具，就官廳中噴雲吐霧，旁若無人。或阻之不聽，入白於某，某怒傳見，面加詰責。李益忿曰：「鴉片，洋藥也。因病飲藥，人事之常。先師曾文正，係何等人，乃不禁我，汝一豎子，反欲執此以相繩耶？奇哉！我李士棻豈戀此七品官者。」擲冠而去。遂浪跡於江湖間，其名亦益為士大夫所引重。

屢次遊滬，愛愛桃、愛卿姊妹，遇宴會駢招之侑觴。嘗自稱：「二愛仙人。」其重視友朋，不啻性命。揮金錢則如糞土，而於後生小子，獎勸之殷，竟有執手語之涕泣者。或謂之憐才有癖，洵不虛也。以身老多疾，自謂：「死便埋我靜安寺側。」其即「放倒任花埋」之意歟！最奇者，出入青樓，每由僕攜一物以相隨。偶至某妓家，僕匆匆置之，有事他往。妓傭見物以圓形外罩布套，精緻絕倫，疑為茶桶之類，移置妝臺。俄而芋老忽呼令速取自帶之便桶來，蓋時正脾泄，幾不可一刻無此君者。妓傭茫無以應，言之再三，始悟高供妝臺者，即係厥物。急取下之，而北里中，已遍傳以為笑柄。

卷十六

張之洞宴客卻鼾然入夢

南皮張香濤署兩江宴客，不期而至者八人。南皮見座無餘隙，乃起身出，箕踞胡床上，勸客盡釂。且徐徐下令曰：「當與公等一訴衷情也。」眾唯唯。既而南皮隱几而臥，鼾然入夢。酒罷，南皮未醒，眾不敢散。中有一客，為某宮保哲嗣，素嗜阿芙蓉膏，徘徊廳事間，煙癮大作，涕泗橫流。直至夜盡，南皮始欠伸而起，眾興辭出，已東方欲白矣。

張之洞起居無節

南皮嘗終日不食，終夜不寢，而無倦容。無論大寒暑在簽押房內和衣臥，未嘗解帶。每觀書，則朦朧合眼睡，或一晝夜，或兩三時不等。親隨屏息環立，不敢須臾離，彼此輪流休息。侍姬妾輩，亦於此時進御，親隨反扃其扉，遙立而已。蓋簽押房有一門，故與上房通也。

張之洞面試狂士

南皮博學強識，口若懸河。或有薦幕友者，無不並蓄兼收。暇時則叩其所學，傾筐猶不能對其十一，多有知難而退者。任某督時，有狂士某，投刺入。命見，見已遽曰：「我某某也，我通測繪學，汝知之否？」南皮授以筆欲面試，以窮其技。狂士一一臚列，瞭若指掌。南皮大歎賞，乃委充畫圖局教習。某狂士出謂人曰：「此公固易與也。」

張之洞有雅量

南皮有侄捷南宮，某日開賀，座客雲湧。席半，各分朱卷一冊，多有故作諛詞以讚歎者。座有某太史，文章經濟，卓絕海內，且讀而且訾之。未終幅，裂而碎之，擲於地。南皮大惶恐，逡巡入。次日語人：「某人的批評，固然不錯。但於我面子上下不去耳。」僉服南皮雅量。

張之洞忘著襯衣

一日閱操，南皮騎款段馬，馬為某營官所獻者。老而羸，躑躅行，途中過一山，上坡時，四差弁承馬後而擁之登。及下坡時，左右無能為力，馬驟然一躍，南皮乃臥於馬背，緊握轡繩不敢釋，懼其逸也。既至平地，乃徐徐起，見者無不掩口胡盧。又南皮嘗至某學堂，衣行裝，穿馬褂，開氣袍，忘著襯衣。既至堂，天大風，南皮下立滴水簷，與教習絮絮談。忽吹開氣袍起，中露一銀紅縐褲，另有藍緞繡花褲帶及香囊等，彰彰在人耳目，南皮急掩之不及，眾皆匿笑。

張之洞通西學

南皮通西學，製造一切，頗能窺其門徑。時洋務局總辦某觀察，固懵然於此道者。一日傳見，南皮詢以鑄一大炮用鐵若干磅，觀察率然對曰：「職道給大人回：大炮五六十磅鐵，小炮用二三十磅鐵就彀了。」南皮軒髯大笑曰：「這點點鐵只彀造一個鍋子，一個湯罐。」觀察赧然出，明日撤其差去。

張之洞被撞額頭

南皮嘗創辦一書院，延吳中某孝廉為掌教。孝廉短於視，五步外不能見人影，惟辨其聲而已。開院日，南皮率肄業生，行謁師禮。孝廉撝謙甚，下位掖南皮起。突然一撞，聲砰訇，則孝廉額擊南皮額也。觀者譁然，幾致不能成禮。

張之洞探花及第

南皮廷試策一道，多至萬餘字，不依卷格，改寫雙行。緣是探花及第，並獲文名。作五經文，光怪陸離，不可逼視，此是生平絕大本領。訓詁之學，不過野狐禪耳。

張之洞患痔瘡

南皮嘗患痔，每坐起，必血殷座上。曾延朱少伯廣文療治，云係受燒酒暖鍋之害。蓋南皮每飯，必飲老白乾斤許，且佐以湯羊肉。北方風高地燥，南皮久居卑濕之區，不知其中弊病，以致一發難收矣。

張之洞字近於北魏

南皮作字，自以為蘇也，其實桀驁不馴，近於北魏。端午橋學褚，臨《磚塔銘》甚有工夫，高於南皮多矣。

張之洞擅長五經文

南皮生平最擅長者，為矞皇典麗之五經文。其所以掇魏科者，半由於此。或云《江漢炳靈集》八股文，皆南皮改本。管中窺豹，可見一斑。

張之洞號令不時

南皮號令不時，是其一生弊病。有出洋學生數輩，已束裝待發矣，南皮忽命入見，學生日日詣轅守候，直至一月之久，音信全無。學生大為憤激，因發傳單，以聲其罪，後得梁鼎芬調停始已。

張之洞好讀書

南皮喜閱書，無論何人往謁，若當卷帙縱橫之際，惟有屏諸門外耳。某觀察，日自侵晨候起，至掌燈為止，未嘗出見。詢諸僕從，始知其故，然亦無可如何也。

張之洞建兩湖書院

南皮所建兩湖書院，共費十萬餘金。一湖在講堂之下，即梁鼎芬所謂「兩宮若不回鑾，此吾死所」者。一湖在大門之外，雙堤夾鏡，風景天然。南皮無事，輒騎馬而來。冬日戴一紅風帽，長髯飄拂如銀，見者皆有望若神仙之歎。南皮善騎，梁鼎芬有時策鞭其後。梁軀肥短，偶然縱轡而行，則以兩手緊據判官頭，遠望之僅見一背隆然高起。南皮一回顧，而笑聲作矣。兩湖書院肄業諸生，體操之外，更習行軍。嘗有五十人，至紅山試馬，馬皆劣者，下坡之際，墜者多至四十餘人。南皮一一為之延醫調治，約半載，始次第而瘥，從此肄業生不敢復作據鞍之想矣。南皮所練童子軍，異常矯捷。統領則使其子為之，營官皆其孫也。張彪所部，輒為所窘。後因張彪進讒不已，始行遣散。

于蔭霖隨張之洞閱兵

于蔭霖撫鄂時，嘗隨南皮騎馬至校場大閱。時方盛暑，立於秋陽之下，僅張一傘，雖有親兵揮扇而悶熱殆不能堪。於歸遂病，幾瀕於死。

張之洞作息與人不同

南皮於下午即進晚餐，已怡然就寢。戌正著衣而起，盥漱畢，即下簽押房。伺應者往往苦之，惟輪班交替而已。

張彪事張之洞無微不至

張彪初為外戈什，既跑京折兩趟，乃升內戈什，其後輾轉保至記名總兵。其事南皮也，無微不至。南皮之衣敝矣，張彪製新者疊庋其旁，南皮取著之，亦忘其為他人物也。南皮嘗呼張彪曰：「為我購某物、購某物。」張彪諾之而去，從不向帳房索銀。既獻，南皮又曰：「某某物不佳，某某物不佳，為我持去。」張彪乃留備自用。一年之內，此種賠累，累萬盈千。

張之洞曾患口瘡

南皮曾患口瘡，其勢甚殆。嘗延上海某醫為之診治，某醫按脈之後，低聲曰：「宮保此病，恐怕有點外邪。」此說一傳，而楚人好謠，誣衊之事起矣，故南皮深憾之。

張之洞以誠待外人

南皮傳見屬員，有自朝至暮不能謀一面者。惟於外人則否，外人或約三時而至，則兩時半已候於大餐室矣。久坐焦急，屢向材官訊問，極困倦亦不偃仰片刻，其以誠待外人如此。

張之洞身矮

黃花農極長，南皮極短。談次，必在室中往來蹀躞。黃時時離座，與之應對。二人並立，相距有英尺二尺八寸之多。

張之洞電稿冗長

南皮不以改革外官為然，竭力反對，電稿有四千三百餘字。略謂：天下本無事，庸人自擾之。天下無事，庸人擾之，不過天下多事。今天下多事，而庸人擾之可乎？此皆由於新進喜名圖功之過云云。

張之洞善騎驢

南皮不善騎馬，而善騎驢。嘗於雪後跨黑衛，循行江干，戴風帽，上著一笠，大似畫中人。某君比擬韓蘄王，絕口不談天下事。

張之洞疏薦張彪不果

南皮疏薦張彪於朝者屢矣，政府諸公，皆置不理。南皮大怒，抵書某邸，洋洋灑灑凡數百言，大旨責其蔽賢。某邸見而笑曰：「香濤想是瘋了。」

梁鼎芬為張之洞之孫寫碑文

南皮之孫墜馬而殞。墜馬處，立一紀念碑，碑係梁星海廉訪鼎芬所撰。語極沉痛，南皮往往拓以贈人，蓋以舐犢之愛，猶未忘也。南皮之長親某，一日由遠道寄書來，假銀三百。飭帳房備銀如數，而令幕友作覆函焉。既成，閱之蹙然曰：「太深了。」另覓一人起稿，又曰：「太淺了。」將自握管為之，以事冗無暇及此，忽忽已逾三月。俄得電文一紙，則其長親已以老病而亡，而銀猶儼然在也。

張之洞怒斥楊葆初文案

湖北督轅文案，有楊令名葆初者。一日代擬致某大員書，有「弟愧學而未能」一句，閱之大怒。謂

「此人我所素鄙，豈甘學之，更何至學而未能？楊令太卑視我矣！」遂亟下撤席手諭，後經同幕友環乞，始獲蟬聯。

張之洞創湖北仕學院

南皮咨學務處，請將裁缺湖北巡撫衙門，改為湖北仕學院。手訂章程二十條，大致府廳州縣入院肄業者，月給薪水銀四十兩。同通州縣入院肄業者，月給薪水銀三十兩。佐雜班入院肄業者，月給薪水銀十八兩。課程共分九類：一曰法律，二曰地理，三曰財政，四曰格致，五曰圖算，六曰武備，七曰交涉，八曰文牘，九曰方言。共分正科簡易科兩項。正科三年卒業，簡易科兩年卒業。卒業後，破格錄用，藉以鼓勵人才。

張之洞剛愎

南皮議奏改科舉為學堂一摺，中有「三年之後，如果學堂無效，請仍改科舉」云云。張長沙見而詫曰：「君亦作此出爾反爾之言耶？寧不畏他人譏笑耶？」南皮曰：「吾謀已決，勿瀏乃公也。」長沙不語，退將南皮疏稿鈔示鹿傳霖。於此二語上，附陳所見。鹿閱訖，報書一紙，亦表同情。翌日長沙出鹿書示南皮曰：「芝軒之言如此，君其從否？」南皮無奈，乃刪二語。事後長沙謂人曰：「南皮剛愎，故不得不以權術播弄之也。」

張之洞急電找苦沫菜

南皮陛辭之日，奏請將上海製造局，遷至蕪湖。一旦失和，以免為外人占奪。及估工，則需三百萬。說者謂：「有此三百萬，何不另起爐灶之為愈耶？而且一旦失和，上海之製造局外人能占奪之，蕪湖之製造局外人獨不能占奪之耶？吾恐南皮笨不至此。」南皮回里時，雅興勃發，思食苦沫菜，乃作一八十餘字之三等緊急長電，達天津某官，歷述昔時在天津，有縣令曾供此品，其菜如何種樣，如何食法云云。無如遍覓不得，某無以應，乃亦發八十餘字之三等緊急長電於某大軍機，在京居然覓得一握，計費錢十二吊（京中以五十大個錢為一吊），用馬封六百里加緊送至，南皮得之大喜。

張之洞抗顏前輩

南皮之調署兩江也，密電鹿大軍機，問其內廷有無真除之意。覆文曰：「可望。」南皮喜而之任，已而另簡他人。南皮入京責鹿不應誑己，詞色甚厲。鹿陽為謝過，而於暗中播弄之，以致南皮置散投閒，幾逾一載。鹿亦狡哉！南皮在京日，鬱鬱無聊，或有諷之乞退者，南皮攢眉而已。後始知天津原籍，僅剩破屋數椽，其餘古董書畫，所值無幾。此次僅一展墓，而親戚故舊之告貸者，已不絕於門。南皮苦之，匆匆登程而去。南皮在京潦倒可憐，不復如從前意態矣。政府諸公嘗曰：「他本來是個當書院山長的材料，那裡能夠做督撫呢？」或告張，張歎曰：「天下紛紛，伊於胡底。我方恐將來欲為文學侍從之臣而不得，諸公此論，亦復何傷。」

南皮入京之後，抑鬱無聊。袁世凱慰之曰：「近聞軍機處將增一人，老世叔何不圖之。」張問計，袁曰：「明日與老世叔同詣慶王，求其保奏，則此事可唾手而得也。」張大喜。明日與袁連鑣而往，慶王卒然問曰：「香濤你有什麼事情沒有？」張赧於啟齒，乃曰：「請王爺安耳。」未幾端茶送客，二人怏怏而出。將至中門左近，袁回顧曰：「世凱還有話面稟王爺。」慶王曰：「既如此，你進來。」張惟目睛睒睒而已。又明日，朝命下，著榮慶在軍機大臣學習行走。張聞之，一悶幾絕。

政府諸公，與張南皮反對者，王文韶一人而已。王素柔和宛轉，西太后呼作琉璃蛋，亦可想見其為人矣。前此與南皮以廢科舉事，意見大為相左。一日，有問：「張某可以回任了罷？」王仰天冷笑曰：「不叫他去，他敢去？」南皮嘗謂人曰：「不解何事開罪仁和，而彼與我一再為難至於此極。」或告之曰：「仁和有存款在某侍郎處，常年生息，某侍郎為公所劾，差既撤，利亦止焉，仁和以是痛心疾首。」南皮曰：「劾某侍郎者，老袁之力居多，何能怪我？」或曰：「老袁氣焰方盛，公已荏弱可欺，仁和舍袁而就公，是其半糊塗處也。」南皮與仁和在朝房閒話，南皮謂：「科舉一日不廢，則學堂一日不興。」仁和聞之，鬚眉倒豎，直斥南皮曰：「別的我都不管，我但問你是從科舉出身，還是從學堂出身？」南皮不服，仁和怒甚，勢將用武，幸為蘇拉勸散，否則仁和定以老命相拚云。

南皮抗顏前輩，不肯下人。如李鴻章、劉坤一，皆與之意見參差。庚子張劉既訂東南之約，李在京，惟日往來于聯軍總統瓦德西之門而已。張遺書誚讓之，李告人曰：「香濤做官數十年，猶是書生之見也。」蓋謂其不諳大局也。張聞而勃然曰：「少荃議和兩三次，乃以前輩自居乎？」時人目為天然對偶。

張之洞辦事之宗旨

南皮曾語某比部云：「我辦事有一定之宗旨，即『啟沃君心，恪守臣節，力行新政，不背舊章』十六字，終身持之，無敢差異也。」又語人曰：「我此次由湖北到京，一路所遇少年，其言語每好作反對，是亦無可如何者。」一日晝臥，忽蒙叫起，以俄約故也。服役者撼之不醒，乃為加衣冠，舁諸車內。及至頤和園左近，張始欠伸而醒。詢知其故，不覺大笑。讒者摭拾其事，因有「精神委頓」之字樣。

張之洞重經史詞章

南皮在京日久，無所事事，惟定大學堂章程而已。有見其手稿者，謂如此嚴密，學生其何以堪？此語為某邸所聞，莞爾笑曰：「照這樣子，只好關門。」於是外間遂有「張之洞關了門」之對，蓋較陶然亭，尤為現成也。南皮在京所定學章，最重經史，故曾於大學堂添設經史學科。向張長沙云：「能解經典之文章，自無離經叛道犯上作亂之弊，方足為異日立身應事之基礎。」自返鄂後，亦曾欲於鄂省學堂添課經史。某日，某尚書得其手札云：「現已通飭全省大小學堂，一律添補經史學科，且擬將兩湖書院改為經史專門學堂」云云。南皮於經史之外，並重詞章。嘗慨然謂梁鼎芬曰「自新學行而舊學廢，訓詁詞章等等，幾如一髮千鈞。我輩不可不任仔肩」等語。梁鼎芬因擬創一國粹會，蓋示己之宗旨，與南皮相吻合云。

張之洞議論多與張百熙不合

南皮入京，每召見，必力持廢科舉之議。迨奉督辦京師大學堂之命，議論多與張冶秋尚書不合，於是翻然思異。一日召見，語及科舉，奏曰：「臣前亦以科舉當廢，迨今考察學堂，所造人才，多不可恃。不如仍留科舉，免滋流弊。」朝廷頗然其說。嘗與袁慰庭合詞同奏，請廢科舉。有某侍御駁其說云：「如謂科舉之中鮮經濟，張之洞詎非由科舉出身？如謂學堂之外無人才，袁世凱何嘗由學堂擢用？」樞垣諸大老見之，為之點首者再。南皮最莫逆者，為張冶秋。時至大學堂，與之商榷。冶秋拙於辭令，遇事唯唯而已。南皮嘗謂：「冶秋這人，明白是很明白，可惜見了面，沒有什麼談頭。」

張之洞斥軍機之文不通

南皮之入都也，行抵汴梁，致一電於瞿、鹿兩軍機，授意囑作一奏稿。瞿、鹿得電，即以付諸章京輩。章京知為張物，數人會議，窮數日之力，斟酌盡善，張至呈之。張閱竟，唶曰：「此軍機筆耶，何惡劣若是？此不能用，須吾自為也。」瞿、鹿大慚。未幾被西苑門騎馬之命，又囑作謝恩摺。瞿不之應，鹿以親誼故不能卻，強應之，後以付諸章京。稿既脫，張見之太息曰：「吾不虞軍機之不通如此，仍須吾自為也。」自是不復有所屬矣。

張之洞請整飭學堂

南皮請定學堂冠服程式，並請通飭各省提學使，將學堂內逆書謬說，剪髮等弊，隨時嚴行查禁，及刪減讀經講經功課，不習國文諸弊，認真考核，以期整肅學制，杜遏亂萌。召見時，因此事奏對良久。

張之洞與樊增祥

南皮寓京日久，只以飲酒賦詩為事。樊雲門時隨杖履，亦復樂此不疲。某日南皮又在琉璃廠搜求骨董，曾憶：「李文忠於庚子議和之歲，嘗謂人曰『香濤做官數十年，猶是書生之見』。文忠此語，先得我心。」當樊增祥未曾赴陝之先，日與南皮詩酒流連，頗極賞心樂事。瀕去時，作書留別，有曰：「倘或前緣未盡，定重逢問字之車。如其後會難知，誓永立來生之雪。」南皮見而惻然流涕，亦可見師弟情深矣。自樊增祥之官陝西後，獨處無聊。時至龍爪槐、錦秋墩等處閒遊，車馬贏，見者幾忘其為封疆大吏也。樊增祥，張南皮特拔之士也，於結納李蓮英之外，復依附仁和。嘗宣言曰：「仁和如劾南皮，已當代為主稿。則南皮罪狀，可以纖悉無遺矣。」南皮聞而大怒，召之至，顧之冷笑曰：「君今日儼然吳中行矣，其如我非張江陵何！」

張之洞為黠匠所騙

南皮督粵時，經營廣雅書院，糜金巨萬，校藏舊學諸書，風雅好事，不減阮文達也。一夕，輿發手書一額，並撰七言楹聯一副，飭匠火速製成。明日午前必見之於講堂之上。諸匠皆有難色，一黠匠曰：「吾能為也。」明日午前，果已告竣。南皮大喜，賞賚有加。未及半年，額與聯俱拳曲如梳矣。後知匠先以額木鋸分四片，聯木鋸分十四片，以匠四人環一額而刻之，額凡四片，需匠十六人，聯凡十四片，需匠五十六人，然後釘以貫之，漆以塗之，油以澤之，驟視之，固無斧鑿痕也。此匠亦深得《戰國策》九九八十一萬人扛鼎之遺法哉！

張之洞將饋銀充公款

廣東向有惡習，凡新任督撫到粵，則太平關饋銀十萬，海關運司各饋五萬。督撫署任者到粵，則太平關饋銀五萬，海關運司各饋二萬五。此非私囊之賄賂，蓋習慣自然，不啻開銷公款矣。南皮到粵時，下車未久，此款累累獻至。張佯驚曰：「此阿堵物何為者？」後命充作公款。其直情逕行歟？抑矯揉造作歟？是未可知。今粵海關已承旨裁撤，想官場中人，必為之一歎曰：「又少五萬！」南皮去粵，其書吏有恩澤難忘，在署中有供奉其長生祿位者。說者謂：「魏忠賢亦配享孔子。」張之得食人間煙火，不得謂為優異也。

張之洞遊雞鳴寺

南皮在金陵日，嘗遊雞鳴寺。南皮立高處，左望玄武湖，澄澄如鏡。右望臺城，則林木叢雜，不能一覽無餘。南皮不慊於心，因命材官伐樹。寺僧伏地哀之曰：「樹皆百年物，伐之則生機絕矣。」南皮不顧而沉吟曰：「其如寥闊何？無已，其蓋一三層洋式高樓乎？」寺僧以南皮為其置別業也，喜而謝。胡硯孫觀察進曰：「以名勝之地而蓋洋樓，似乎不古。」南皮深然其說。寺僧又忐忑不已。瀕行時，顧胡曰：「你替他將就搭幾間屋罷，茅蓬都使得。」言畢，匆匆乘輿而去。

張之洞遊秦淮河、玄武湖

南皮偶遊吳氏園，俯瞰秦淮河，畫船如織。南皮忽動容與中流之興，急命雇船。材官入曰：「某某船為人雇去吃酒，某某船為人雇去打牌。」南皮曰：「吃酒呢，還罷了。這打牌的，真可惡。這樣的水光山色，領略不盡，連書都可以不看，何況打牌！」材官退，乃另覓一小船。南皮既登，狂喜欲絕。南皮平日慣坐小輪，榜人雖打槳如飛，猶嫌其緩，命戈什二人臂助之。戈什多不諳其法，有失楫者，有濕襦者，船幾為覆。

一日，又遊玄武湖。玄武湖不通外港，惟以划子往來而已。材官奉南皮命，覓一巨舫，以百餘人舁之起，放入湖中。南皮半晌流連，登岸而去，材官相率一哄而散，此舫遂不能復還原處，舟人大為怨望。西門胡園花木甲於一郡，南皮欲往遊之。辦差者因張燈懸彩，自朝迄暮，至於四鼓，蹤影全無。承值者，皆倦而臥矣。東方甫白，南皮攜幕友汪荃臺至清遠堂，徘徊良久，而諸人無知之者。南皮謂汪曰：「是遊也，可謂清而且遠矣。」南皮又遊明故宮，感慨興亡，流連陳跡，題詩於壁，欷歔而去。後為一斷髮學生所見，抄示於人。並附會之曰：「某句實言革命。」事為南皮所悉，急令堊工塗抹之。

張之洞最恨吸鴉片煙者

魏午莊嘗具柬請南皮宴飲。南皮覆之曰：「近方具疏，筆墨繁勞，不出門已三日矣。」此風一露，闔省大驚。南皮最恨吸鴉片煙者，糧道胡硯孫適犯此病，而南皮極賞識之。一日接見諸員，痛詆吸鴉片者，末指胡曰：「像他吃煙，這才無愧。」胡因自行演說曰：「職道起得最早，只抽六口。晚上睡得最遲，亦只抽四口。論理還是不抽的好。」南皮曰：「能夠起得早睡得遲，就抽十口煙也不妨事。」言至此，目視黃花農方伯。黃急起立曰：「司裡也最恨吃煙的。」散衙後，有人謂：黃既作此語，則其不吸煙可知矣。然藩署常熬廣土，大約不是姨太太，就是師爺也。

張之洞束裝待發

南皮在金陵日，日日束裝待發。各營將弁之恭送行旌者，無不疲於奔命。有畫策者曰：「鼓樓為宮保出入必由之路，盍紮營於此以待之乎？彼必不能插翅而飛也。」眾是其言，於是鼓樓前後，皆擐甲執兵之士矣。南皮至下關時，某國兵輪未曾聲炮，張虎臣具告之。南皮見魏午莊曰：「這船上的營務很廢弛。」魏唯唯而已。南皮在金陵與魏午莊僅謀兩面耳，一在雞鳴寺，一在糧道胡硯孫席上，平時由某觀察及幕府汪鳳瀛傳話。南皮終日遊行街市，其通馬路者，則乘車，其不通馬路者，則坐於籐椅上，旁懸短槓，由材官舁之而走。南皮人極短，著二寸許之厚底靴，口操貴州語。南皮在下關，拓得古碑一紙，考之為六朝某名人墓誌銘，出土甫三月耳。原石也，為某中丞以千金購去，將樹之墳園內，以備摩挲。

張之洞失官暴怒

南皮自聞李興銳出缺之信，喜而不寐，以為兩江一席，捨我其誰矣。及朝命以周馥調署，不覺暴怒。其時適在簽押房內，擲毀器皿無數。有霽紅花瓶一具，南皮嘗一日三摩挲者，至此亦成齏粉。

張之洞輓李鴻章不贊一詞

南皮因各國公約暨俄約各事，與合肥李文忠公意見不合，大有芥蒂。文忠既薨，南皮遲之又久，始送祭幛一幅，中只書一奠字。上款署文忠侯中堂，下款署晚生張之洞拜輓。以示不贊一詞之意云。

張之洞篤念故舊

袁慰庭之從弟某，故漕運總督袁保恒之子也。以同知需次於鄂，久不得差委。會鐵良閱兵至鄂，因求向南皮關說。南皮傳見時，謂之曰：「你幾時到省的，我都不曉得。你不是袁某人的兒子嗎？你老人家從前同我同寅很要好，你算是我故人之子，我自然應該招呼你，你又何必找寶臣來說話呢？你下去，我馬上就委你差使。」袁謝而出。次日即委充銀元局文案。又飭銀元局總辦齊太守，問袁薪水敷用否。袁以家累太重，懇求憲恩為詞。齊上院覆命，南皮躊躇良久曰：「這怎麼好呢？我記得去年，你們局裡有兩千塊錢的紅沒有分，就把他去罷。」於是袁到局之次日，即領洋二千元而去。一時官場傳述以為美談，咸謂南皮篤念故舊，破格施恩，為向來所未有也。

張之洞用人之術

南皮某日，傳見桑鐵珊、寶子年兩觀察。即進見，南皮痛斥桑，某某事不稱監司之任。並曰：「我許久就要說你的，因為人多不便說。今日只有子年在這裡，他是熟人不要緊，所以特為告訴你，你要痛改前非才好呢。旋顧寶獎勵數語，謂其辦統捐甚有效驗。時施鶴道缺出，例應以本省候補道稟補。桑、寶兩人資格均可望補是缺。既退之後，寶大喜，以為施鶴道捨我莫屬矣。數日後往探，則督轅摺已拜發，請補者桑，而寶不與焉。寶憤極，逢人輒述是事，以為宮保騙我云。

血歷史131　PC0743

新銳文創
INDEPENDENT & UNIQUE

評點晚清人物
──南亭筆記

原　　著　李伯元
主　　編　蔡登山
責任編輯　鄭夏華
圖文排版　周妤靜
封面設計　王嵩賀

出版策劃　新銳文創
發 行 人　宋政坤
法律顧問　毛國樑　律師
製作發行　秀威資訊科技股份有限公司
114 台北市內湖區瑞光路76巷65號1樓
電話：+886-2-2796-3638　傳真：+886-2-2796-1377
服務信箱：service@showwe.com.tw
http://www.showwe.com.tw
郵政劃撥　19563868　戶名：秀威資訊科技股份有限公司
展售門市　國家書店【松江門市】
104 台北市中山區松江路209號1樓
電話：+886-2-2518-0207　傳真：+886-2-2518-0778
網路訂購　秀威網路書店：https://store.showwe.tw
國家網路書店：https://www.govbooks.com.tw

出版日期　2018年7月　BOD一版
定　　價　440元

國家圖書館出版品預行編目

評點晚清人物：南亭筆記 / 李伯元原著；蔡登山主編. -- 一版. -- 臺北市：新銳文創, 2018.07

面；　公分. -- (血歷史；131)

BOD版

ISBN 978-957-8924-22-2(平裝)

857.27　　107009193

讀者回函卡

感謝您購買本書，為提升服務品質，請填妥以下資料，將讀者回函卡直接寄回或傳真本公司，收到您的寶貴意見後，我們會收藏記錄及檢討，謝謝！
如您需要了解本公司最新出版書目、購書優惠或企劃活動，歡迎您上網查詢或下載相關資料：http:// www.showwe.com.tw

您購買的書名：____________________________________

出生日期：________年________月________日

學歷：□高中（含）以下　□大專　□研究所（含）以上

職業：□製造業　□金融業　□資訊業　□軍警　□傳播業　□自由業
　　　□服務業　□公務員　□教職　□學生　□家管　□其它______

購書地點：□網路書店　□實體書店　□書展　□郵購　□贈閱　□其他

您從何得知本書的消息？

□網路書店　□實體書店　□網路搜尋　□電子報　□書訊　□雜誌
□傳播媒體　□親友推薦　□網站推薦　□部落格　□其他__________

您對本書的評價：（請填代號　1.非常滿意　2.滿意　3.尚可　4.再改進）

封面設計____　版面編排____　內容____　文／譯筆____　價格____

讀完書後您覺得：

□很有收穫　□有收穫　□收穫不多　□沒收穫

對我們的建議：____________________________________

____

____

____

請貼
郵票

11466
台北市內湖區瑞光路 76 巷 65 號 1 樓

秀威資訊科技股份有限公司 收

BOD 數位出版事業部

....

（請沿線對折寄回，謝謝！）

姓　　名：＿＿＿＿＿＿＿＿＿＿　年齡：＿＿＿＿　性別：□女　□男

郵遞區號：□□□□□

地　　址：＿＿＿＿＿＿＿＿＿＿＿＿＿＿＿＿＿＿＿＿＿＿＿＿

聯絡電話：(日)＿＿＿＿＿＿＿＿＿＿＿(夜)＿＿＿＿＿＿＿＿＿＿＿

E-mail：＿＿＿＿＿＿＿＿＿＿＿＿＿＿＿＿＿＿＿＿＿＿＿＿